一个人和世界的

时代出版
时代出版传媒股份有限公司
安 徽 文 艺 出 版 社

那马，本名黄杰，记者。军事院校毕业，曾参加老山作战。47岁开始学外语，尝试走世界，现已基本走遍中国，在世界上20多个国家留有足迹。边旅行，边分享，2015年获评“中国户外圈最具影响力KOL（意见领袖）”。

一个人和世界的艳遇

那马 著

时代出版传媒股份有限公司
安徽文艺出版社

图书在版编目(CIP)数据

一个人和世界的艳遇/那马著. —合肥: 安徽文艺出版社, 2016.12

ISBN 978-7-5396-5821-6

Ⅰ. ①一… Ⅱ. ①那… Ⅲ. ①游记-作品集-中国-当代 Ⅳ. ①I267.4

中国版本图书馆 CIP 数据核字(2016)第 172771 号

出 版 人: 朱寒冬

责任编辑: 周 康 王婧婧 装帧设计: 褚 琦

出版发行: 时代出版传媒股份有限公司 www.press-mart.com

安徽文艺出版社 www.awpub.com

地 址: 合肥市翡翠路 1118 号 邮政编码: 230071

营 销 部: (0551) 63533889

印 制: 安徽金日印刷有限公司 (0551)65376638

开本: 710×1010 1/16 印张: 19.75 字数: 300 千字

版次: 2016 年 12 月第 1 版 2016 年 12 月第 1 次印刷

定价: 56.00 元

意大利古罗马斗兽场

目 录

在行走中倾听内心的声音(代前言) / 001

作者近年旅行足迹 / 004

环球掠影

尼泊尔:混在喜马拉雅南麓 / 003

菲律宾:那片美得令人心颤的海 / 028

澳大利亚:房车自驾大洋路 / 052

泰国:美女带我潜入深海 / 067

芬兰、瑞典:八千里外守候极光 四天四夜如痴如狂 / 087

印度:去印度　跳探戈 / 099
欧洲:欧罗巴穷游散记 / 124

激情行摄

西藏:雪山下的激情探戈 / 149
滇川:我就一旅游疯子 / 164
丽江古城:时光柔软,我心流连 / 164
环泸沽湖骑行:遭遇大雨,终生难忘 / 167
稻城、亚丁:从冲古寺出来,我才知道,我就一旅游疯子…… / 170
新都桥:我走入天堂…… / 172
香港:夜蒲兰桂坊 / 178
巴丹吉林:沙漠深处,那一抹温柔 / 184
贵州:多彩贵州,原来可以这样玩 / 190
新疆:路到痴绝处,强闯唐布拉 / 196
西塘:如果不得不堕落　我选择在西塘 / 201
滇西北:自驾误入丙察线 / 207

驴行屐痕

库布齐沙漠:不一样的穿越 / 229
牛背山:独狼激情牛背山 / 234
东北:我在雪乡撒个欢儿 / 239

驿路亲情

厦门:厦门海的恋情 / 249
山西:流浪日记 / 258

领队手记

川西：登顶四姑娘山二峰，故事连着故事 / 271
大西北：一半是风花雪月，一半是历练修行 / 282

边走边想

两位驴友关于河南郭亮村的对话 / 297
旅途拾翠 / 299

代前言

在行走中倾听内心的声音

是什么促使我一走再走?

我是个喜欢穷究事理的人,常常会思考一些虚无缥缈的问题。比如“人活着有什么意义”“上帝派我降临这个世界,到底给我分派的是什么角色”,等等。在答案弄清楚之前,我会很郁闷、很苦恼。年少的时候,我遵照亲人的叮咛,一直在奋斗、追求,忙碌和责任暂时掩盖了苦恼。40岁以后,当迷烟散去,尘埃落定,突然有一天,我发现自己并不幸福。一门心思争取的,并非自己想要的。或者说,并非完全与自己想要的相贴合。都说四十而不惑,可我依然困惑。

在这种情况下,我开始户外行走,跟着驴友去徒步,回归山林,释放压力,化解郁闷。后来渐行渐远,发觉在旅行中可以想明白很多事情。

2012年10月,我在尼泊尔遇到一群来自中国沿海地区的年轻人,他们有男有女,均风尘仆仆,黝黑精壮,身背70L的大背包,灿烂地笑着,露出一口白牙。我那时已在外面旅行20多天,自认为时间已经够长了,一交谈,才知道他们在尼泊尔、印度、中国西藏一带已经漂泊了6个月。只要看他们一眼,就会被那种发自内心的快乐所感染。我心里在问:难道你们不工作吗?不担心这样玩会影响前程吗?但我终没问出口。我感觉,在他们眼中,我所谓的前程,无非功名利禄,那是他们不屑的。他们要把握的,是做回自己。他们用他们真实的快乐毫不痛惜地颠覆了我们这一代大多数人的人生观和价值观,让我受到了极大的震动。

2013年春节,在菲律宾,我在飞机上遇到一对受过高等教育的马尼拉夫妇。

聊天中，感觉他们对西班牙和美国殖民统治并无刻骨仇恨，相反，还有点欣慰。他们认为，殖民时代给菲律宾带来了先进的文化，建立了一套科学的教育体系，结束了菲律宾的蛮荒和蒙昧。我当时听了这些话很是震惊，久久没有说话。虽然我完全不能苟同他们的观点，但我突然明白了一件事：这个世界，有很多不同的价值观，你千万不能以你的价值模式去忖度别人，那样不仅十分荒唐，而且非常可笑。

随着远行的次数增加，我心里渐变敞亮。我慢慢知道了自己想要什么，我其实要的是——像风一样自由。在行走中，我听清了自己内心的声音，这个声音说：庸人，你必得有一个自由的灵魂，你方快乐！

现在，我知道我该做些什么了。为了灵魂的自由，我要不断修正自己的价值观和行为方式。也许暂时还做不到完全自由，但至少我不再困惑。我心明朗。

我以什么方式与世界“艳遇”？

在无可救药地爱上旅行之后，我一度想要辞职去周游世界。但经反复思量，最终还是放弃了这个想法。我“有家有爱有欧派”，不是无根的浮萍，不能抛开责任担当，不顾一切地出走。我选择了一边工作，一边利用假期去旅行。这样，虽然我走得慢一点，但有资金保障，能够走得更稳，走得更长。

近几年，几乎每个节假日，我都与世界在不同的地点“约会”。短假期，我用来走国内；长假期，我用来出境游。除了单位组织的旅行，我几乎不跟团，都是自由行。很多人不明白，我怎么会有那么多时间旅行，其实我工作也干得挺好(呵呵，自我表扬一下)，关键是要科学利用假期。

举例来说，2010 年中秋节，我用 9 天时间去了新疆的北疆，用了一天中秋假、两个双休日，只请了 4 天年休假。2012 年 10 月，我去了西藏和尼泊尔，用的是 7 天国庆长假和 15 天公休假。在干好工作的基础上去旅行，心里是踏实的。在这里，要特别感谢夫人的理解和支持。她是个心胸宽广的女人，有她的理解，我才能走到现在。

我旅行时大多是独行，一人，一背包，一单反，天马行空，自得其乐。并不是我偏爱孤独，只是怕结到无趣的游伴，一个无趣的游伴会毁掉整个行程。如果结伴能降低费用，或者路途危险需要联手，我尽量在旅行过程中结伴，而不是出发时。旅途中结伴，如果发现气场不合，找个借口就可以开溜；出发时结伴，有时你还对他担着一份责任，不太好临时甩人。

作为工薪一族，经济条件决定我只能做一个穷游者，旅行中尽量节省开支，睡青年旅舍，订打折机票，吃简单食品，用尽可能小的成本游尽可能多的地方。我睡过机场，为节省7块钱车票走过5公里山路，有一次为省掉中午一顿饭，把免费早餐吃到吐。我不认为这很囧，而是乐在其中。感谢我爹我娘，他们给我遗传了一个好胃口，草根都能吃成珍馐。

边工作、边旅行，你也可以

读者诸君，当你看到我这篇文章时，我不在远行的路上，就在准备远行。我不在高位，也没有高薪，但我的生活让很多人羡慕。他们说："我理想中的生活，就是你现在的状态。"呵呵，我很荣幸被你们视为标杆。但是我想说："边工作边旅行，你也可以。"有句话说得好：走不开的理由有一千个，走开的理由只有一个，那就是——走！我的体会是，你真的走了，你就进入状态了，原来的问题也就不是问题了，至少不是什么了不得的大问题。如果你总想等将来情况好一点再去旅行，那永远也迈不开脚步。当你一切都能放下的时候，你已经老了，已经失去了"走"的冲动，或许连"走"的力气都没有了。所以，趁着你还年轻，趁你还有梦，还在分泌荷尔蒙，赶紧去远行吧。不去走世界，哪里会有世界观。

作者近年的旅行足迹

2009年前

徒步安徽省十条经典驴友线路：牯牛降、九华山、白马尖、龙井河、新安江等及河南郭亮洞

2009年

5月　自驾凤凰、张家界

10月　徒步穿越黄山西海

2010年

4月　广西北海 漓江 阳朔

5月　西安

6月　河南洛阳 嵩山 开封自驾

9月　新疆北疆自驾

2011年

2月　黄山醉温泉 花山谜窟

3月　江西婺源

4月　黄山太平湖

5月　江苏天目湖户外嘉年华

7月　敦煌 嘉峪关 甘南 景泰

7月　山东灵山岛

8月　江西武功山国际帐篷节

9—10 月　云南麻栗坡、丽江、泸沽湖、香格里拉，四川稻城亚丁、新都桥、成都

11 月　江西三清山

12 月—2012 年 1 月　东北雪乡、天池、查干湖

2012 年

2 月　黄山拍雪景

3 月　柬埔寨暹粒、吴哥窟

4 月　海口、三亚

5 月　凤凰、张家界

6 月　山西壶口、平遥、祁县、浙江西塘

7 月　安徽太湖县花亭湖

8 月　浙江乌镇、南浔

9 月　西藏

10 月　尼泊尔加德满都、博卡拉、布恩山

11 月　三清山、皖南

12 月　厦门、南靖

2013年

2月　香港、澳门

2月　菲律宾马尼拉、长滩岛

4月　贵州黄果树、千户苗寨、镇远

5月　川西牛背山

6月　巴丹吉林沙漠、张掖

10月　澳大利亚房车自驾

11月　九寨沟

2014年

2月　泰国涛岛潜水、清迈闲走

5月　川西四姑娘山二峰登顶、二上牛背山

10月　印度

2015年

2月　芬兰、瑞典追寻极光

7月　青海湖、敦煌大环线

10月　自驾怒江大峡谷、滇藏丙察线

2016年

2月　法国、西班牙、葡萄牙、意大利、梵蒂冈、阿联酋

10月　内蒙古坝上草原

一个人和世界的艳遇

YIGEREN HE SHIJIE DE YANYU

环球掠影

一个人和世界的艳遇·环球掠影

尼泊尔:混在喜马拉雅南麓

第一天:和 3000 只羊一起过关

在拉萨的青年旅舍和 8 个驴友拼了一辆车,用两天时间到达了中国、尼泊尔边境的口岸——樟木。一路上感觉,这 8 个驴友组成的队伍整体上显得有点沉闷,不符合我"融洽、快乐、有戏"的结伴原则,我计划到了樟木就独行,天马行空地干活。

从定日到樟木,沿途有 5 个军警检查站,看起来形势有点小紧张。但哥哥我是有身份(证)的人啊,我面带微笑,神色自如,一般情况下穿制服的看一眼就放咱过去了。当然,有个小小的例外:过最后一道防线的时候,那个武警战士把别人都放过去了,唯独把俺的护照拿给他的长官看,长官又到里间去验证。不过,10 分钟之后,他就微笑着把护照还给俺了。后来俺想,可能是俺仪表堂堂、器宇轩昂,他把俺当成领导干部了。按规定,领导干部不能随便因私出境的,所以他要去验证一下。

在樟木海关前下车,跟司机结了账,正好中午 12 点。其他人往右走,去兑换尼泊尔卢比,我悄悄地溜掉,往左找饭馆吃饭。要了一份蛋炒饭、一个蔬菜汤,打发饥肠辘辘的"魏(胃)长官"。吃了一半,门口呼啦啦来了一群山羊。不是一小群,是一大群哎,3000 只的山羊大阵。大家都不吃饭了,纷纷出门看羊。饭店老板说,过几天就是尼泊尔的宰牲节了,几个尼泊尔人从中国贩了一批羊过境去卖个好价钱。

后来我过友谊桥就是跟在这群羊后面进去的。我认为,那是一种暗示。我在尼泊尔的 13 天,有 4 天跟羊打交道,在布恩山徒步的四天,每天和羊争道。羊是一种温顺的动物,这是不是预示着我尼泊尔之行没有风险、一路平顺?

闲言少叙,书归正传。我正在饭店门口看羊,一起拼车的山东小情侣过来了。他们说,大哥,我们正在找您呢。得,溜是溜不掉了,那几个人已经走过来了,我赶紧笑着说:“来来来,先吃饭,吃完饭咱们一起过关。”

樟木人民币兑换尼币的汇率一天一变,昨天还是 1 比 14.2 呢,今天只有 13.8 了。不知加德满都汇率是多少,我先在这儿兑换 1000 块钱再说(后来到加都就后悔了,加都的汇率最高只有 13.2)。

过了友谊桥,早有人等着我们,并领我们到尼泊尔公安局办理入境手续,后来才知道这是吉普车主,想让我们租他的吉普到加都。填了入境证,顺利上车,没有传说中的索要小费现象。书上的攻略坑爹啊,我在尼泊尔 13 天,一个索要小费的公务人员都没有。

8 个人租了一辆吉普,副驾驶坐一人(俺码子大,坐副驾),二排坐 4 人,三排 3 人。司机是个尼泊尔帅哥,长得像宝莱坞明星似的,一路跟女大学生小凌聊天。咱外语不行,咬紧牙关不讲话,任由小凌打点。说实话,樟木到加都的风景没什么特别的,和咱这山区农村一样。只是中途下车看了一会蹦极。这个咱不敢玩,看一会儿闪人。

5 个小时后,到达加都特米尔街区中国人开的凤凰宾馆。这下哥真要闪了。我跟他们说,我在这等朋友,你们别管我了。他们怏怏地走了。那一刻,我还真的有点不忍心。

第二天:一个人出门去猴庙　喝不到热水　找不到厕所

今天睡了个懒觉,8 点才懒洋洋起床。尼泊尔时间 8 点可是北京时间 10 点 15 分哦。起床后,去餐厅吃免费早餐,稀饭、馒头、咸菜,挺对胃口。自己冲了一杯牛奶,又泡了一杯六安瓜片(无论到哪儿,我都带茶叶,这是我旅行中唯一的腐败,吃的倒不讲究),消消停停地享受休闲时光。

凤凰宾馆是加都中国人开的宾馆中名气最大的,老板姓江,老板娘姓龚,四川人。在加都几天,我没见到老板,都是老板娘龚姐在打理。在加都期间,龚姐对

我和“机灵”

我关照有加。那天傍晚，我们一行人到达之后，他们到前台问询，被告知没有房间了。我找了个凳子，低头记旅行日记。待他们走远，我上前询问，服务员看一眼龚姐，龚姐说："有。给他安排东楼206。"哗，东楼206是个带阳台的大房间，同样700卢比，比其他房间好得多。谢谢龚姐！我决心在未来的几天里都在中餐厅消费，给龚姐壮人气。后来我要办尼泊尔SIM卡，龚姐给我复印护照，我要加都地图，龚姐给我拿，都是免费的。

今天我要去猴庙。

猴庙就在加都边上，打车200卢比。下车就有小朋友过来主动兜揽生意，当小导游。我知道这是要小费的，不过看那小朋友聪明伶俐，乐得让他挽着我上山。

那小朋友的名字很长，我也记不住，我就叫他"机灵"。机灵一路用英语给我讲解，我90%都听不懂。不过他给我照相，镜头感出奇地好，比后来我遇到的那些驴友好多了。售票处在半山腰，票价200卢比。买门票的时候，我给他300卢比，对他说："One hundred, give you."他不要，最后要了我5块钱人民币，加40卢比，合110卢比。这家伙挺会算计的哈。

回程我是自己走回来的，但走着走着迷路了。我一路问路。"I lost my way, please tell me the direction to Thamel?"加都街边的小贩，有的会几句英语，有

加都杜巴广场夜景

的不会，好不容易遇到一个三轮车夫，英语讲得叽里呱啦的，可是俺听不懂。我估计，我听力差占30%，他口语不行占70%，呵呵！我想给泡了茶叶的户外保温壶灌一点热水，跟一个咖啡店的姑娘比画了半天，她似乎听懂了，跑到自来水龙头前给我满满灌了一壶自来水。尼泊尔的生水不能喝，喝了要拉肚，我走到街角就倒掉了。可惜了我的好茶叶。我走走停停，忽然一阵内急，就去问一个卖羊毛披肩的小老板："Where is the toilet?"他说："Walk,walk,up,second,left."我照他说的：走，走，上去，二楼，左拐……二楼封死了，根本上不去。回头跟他说，他不信，带我去，果然上不去。我那个急啊！后来他跟对面一个商店的老板说了，那老板让我在他店里的厕所解了急。尼泊尔人真好啊，我连说几遍"thank you very much"。

不知谁说的，不会外语，又不会死人。死人倒是不会，但是不方便啊，能把人憋疯。

因为外语不好，当晚我还出了一个糗。晚上我到小店买洗发水，我比画着洗头的动作，女老板很快明白了，给我拿了四袋，便宜，一共才10卢比。洗头的时候我还奇怪怎么尼泊尔的洗发水不起泡沫呢，第二天戴上帽子，发觉帽子内圈一层油。请教懂行的人，才知道袋子里是头油。晕死！

话说回来，我外语很差，可是我很勇敢。我一路问路，突然眼前一亮——成片的庙宇豁然展现在我的眼前。原来我误闯到加都著名的杜巴广场来了。这不正是我计划中要重点游览的吗？我也不知道哪个是活女神庙，哪个是供湿婆罗的神殿，就那样边看边拍，在里面流连了几个小时。

第三天：巴德岗，悠闲的市井生活

昨晚，在酒店大堂里看见一个用手提电脑上网发博客的老小伙儿，聊了几句以后，才知道他就是大名鼎鼎的户外老驴、色驴"行摄匆匆"，人称"葱头"。好多到尼泊尔旅行的人都是看着他的帖子设计旅行线路的。我提议一起出去吃尼餐，和"葱头"一起从EBC徒步回来的美女说："你如果打算未来几天去博卡拉徒步，现在就不要吃尼餐，因为徒步时天天吃尼餐，叫你吃得够够的。现在要抓紧时间吃中餐。"后来我和"葱头"在龚姐的中餐厅里喝酒(喝25块钱一瓶的劲酒，国内才卖10块)，相谈甚欢。他给我介绍了很多布恩山徒步注意事项，对我几天后顺利走完小环线起到了大作用。

昨天我独行迷路，深感自己外语不过关，于是决定跟着外语好的人在一起混，能混一天是一天。正愁没人捡我呢，早餐时邻桌一对小夫妻过来问我："大哥今天去哪儿？"我说想去烧尸庙。他们问："巴德岗去不去？要去我们拼一个车。"我说好啊。就这样我被来自上海的大李、小雷夫妻俩捡了。他俩一个在外企工作，一个在上海电视台外语频道当制片人，英语说得杠杠的。

巴德岗神庙

出旅馆的门又遇到三个中国人，也是去巴德岗，于是6个人打了两辆车。进了巴德岗景区大门，几个人就分头玩了，临走照了一张合影。

古时候，尼泊尔有三个鼎足的国家：加德满都、巴德岗和帕坦，这三个国家的皇宫都在加德满都谷地里，相距不远。相比加都，巴德岗更加安适休闲，没有乱糟糟的行人吵嚷，也很少有呼啸的摩托车横冲直撞。我在巴德岗的杜巴广场慢慢欣赏、品味，有时候索性坐在咖啡馆门前喝喝茶，看人来人往。后来，我信步走入寻常巷陌，看尼泊尔妇女在井台汲水，看孩童在巷子里顽皮，看老人在庙里沉思，感觉渐渐融入了尼泊尔的市井生活。

大李、小雷的计划是今晚住巴德岗，因为巴德岗有很多幽静而有特色的guesthouse(客栈)，中古的氛围浓厚。而我的行程是看完巴德岗就去纳加廓特，住在纳加廓特山顶客栈，早上一边在床上吃早餐，一边推开窗户看连绵起伏的雪山。玩到下午3点，大李、小雷给我打电话，说受到我的蛊惑，要和我一起去纳加廓特，于是我们又一起混到了纳加廓特。

会几句汉语，如：哥哥，累不累，冷不冷，好吃吗，等等。我自己背着摄影包，把三脚架、衣服、纯净水、从国内带的一点食品让他背，一天给 1000 卢比工钱。政府规定，走小环线的背夫，背包不能重于 20 公斤，我的只有 11 公斤，比我自己身上的摄影包重不了多少。

早上，我在燕巢慢悠悠地吃了早餐：两片烤得焦焦的吐司，两个煎蛋，一根香蕉，一杯牛奶咖啡，才 160 卢比，很好。服务生给我叫了一辆的士，说好 1500 卢比到徒步的起点南崖瀑（Nayapul）。橡子和我一起走，但她说自己钱包瘪，只搭车，不出钱，我也不好意思说你不出钱就别坐。有个香港男孩丁丁，昨晚说好要跟我一起去徒步，后来看到一个小美女，就把我甩了。

说到丁丁，我得多说两句。这家伙已经 31 岁了，还跟个小孩儿一样，走哪儿都抱着一个布娃娃小驴，说是他的吉祥物。可笑的是，见到漂亮姑娘，他就要上去搭讪，屁颠屁颠地给人家买啤酒、买牛奶，要求跟人家一起玩。这两天，滑翔、划船我都带着他，但他一搭上美女，立马不理我了。

第一天，徒步 6 个小时，强度不大，途中景色一般，晚上住在乌勒瑞（Ulleri）。这一天，我和一对韩国情侣、哥伦比亚“微笑姐”琳达，还有橡子，结伴行走。尼泊

神秘的安娜普纳峰

巴德岗印度教寺庙里的性雕塑

巴德岗的理发师

第四天：Localbus 的拉风之旅

从巴德岗到纳加廓特山顶，必须打的，因为巴士只到山腰。打的到山顶最高的那家宾馆，我刚把摄影包放到沙发上歇口气，大李就挥手叫我们 outside。原来是没房间了，看来这里房间还怪紧俏的。到了另一家，叫“新大象头宾馆”，有房间，两个标间要 50 美金。大李跟 boy 叽里呱啦一通神侃，boy 同意降到 45 美金。得，能住下就幸运，赶紧进房。后来我问小雷：你的英语也不怎么样吧，不然我怎么光看到大李在说话？他俩相视一笑。大李说：“哥哥你有所不知，小雷这是锻炼我呢。她在电视台英语频道工作，比我英语强得多。”原来这样啊。

放下行李，洗把脸，出门到另一家宾馆的楼顶平台上拍晚霞。说实话，晚霞很一般，但山谷里的景色很美，拍摄的过程很有意思。我后来在布恩山徒步时看到的雪山远比在纳加廓特看到的大，但是在这儿我和大李、小雷相处的过程是愉快的。我们萍水相逢，却亲切友善，互无芥蒂，很能谈得来。

晚饭是在二楼平台吃的，微风习习，令人神清气爽，我要了一个鸡肉炒面，一杯黑咖啡，和二人边吃边聊。我们谈了对尼泊尔和加都的观感。大李说，加都就像我们内地 20 世纪 70 年代的小县城，又脏又乱，但是比县城大得多。小雷说，虽然城市不咋地，但是尼泊尔人民很友善、很温和，从来没有看到谁朝游客瞪眼睛，这样好的人民打着灯笼都难找。我说，为什么好多中国人把尼泊尔旅游作为出国旅行的 first？一是因为尼泊尔从来不拒签；二是因为尼泊尔消费低，来一趟不需要多少银子，你到美国旅行，每天花大把大把的美元，心里那个疼啊，快乐的感觉就被腰斩了；三是尼泊尔有最好、最成熟的徒步路线；四是尼泊尔人民温善友好，这是保证一路好心情的必要条件之一。大李问：“哥哥，如果有两个国家，一个是现代化的，比如美国，一个是落后但淳朴的，比如尼泊尔，你会选择在哪儿居住？”我说，富裕文明永远比落后蛮荒要好，尽管后者看起来返璞归真。原始社会最生态、最淳朴，但有几个人想回到那样的生活呢？

这顿饭，我学到了米饭叫 rice，面条叫 noodles，炒面叫 friednoodles。我很笨，可是我不拒绝学习，我利用各种机会不断丰富我的英语词汇，期待单飞的那一天。

早晨 5 点半，大李来喊我去拍日出。站在观景台上，面前是连绵起伏的雪

纳加廓特的日出

山，安娜普纳，郎当，希夏邦马。但是离得很远，不是很清楚。吃早餐的时候，大李、小雷说他们要徒步去昌古拉扬神庙，不急着回加都。我得一个人下山了。我说我去坐localbus（当地巴士），我要坐车顶。这时旁边位子上一群中国人中的一个小美女冒出了一句："我也想坐 localbus，我也想坐车顶。"瞧瞧，瞧瞧，我又被捡了。

美女叫小林，北京人。吃过饭，我们下山到巴士站，大李、小雷因为要乘车到 teikot，从 teikot 开始徒步，就陪我们坐一程。到了车站，小林跟驾驶员说我们要坐车顶，驾驶员说这段路太险，不行。我怏怏上车。到了 teikot，大李小雷要下去徒步，小林说她也去徒步，我突然感到很无助，在开车的那个瞬间，一个箭步蹿下去，加入他们的徒步行列。

后来我跟大李说，咱们还是有缘啊，你想甩都没甩掉我。大李说，你看到美女就想甩我们，结果还是被我们黏上了。我们捶胸揽肩，开怀大笑。

徒步到昌古拉扬，2 小时，强度极小，一路观尽加德满都山谷美景，在此不表。从昌古拉扬神庙回加都，我终于如愿以偿坐上了车顶。看到我兴高采烈攀上车顶了，大李心里痒痒得难受，在征得夫人同意后，和我一起猴攀到车顶拉风。哈哈！车顶上风好大，电线和树枝从头皮嗖嗖掠过，一不留神就会被"斩首"。车子歪歪倒倒，晃里晃荡，把我们紧张得手心出汗。没有人提醒你注意电线什么的，安全全靠自己掌控。看当地人上下自如，如履平地，我们自叹弗如。一直到加都郊区，快见到警察岗亭了，我们才下来。

第五、六天：在费瓦湖上空飞翔

来博卡拉之前，我就打算留一点时间在费瓦湖发呆。我得思考一些问题。不然就这样乐呵呵地傻玩，有点太浮躁了。思考于我，就像呼吸，停滞意味着死亡。

那天清晨，我真的在费瓦湖边上坐了2个小时。湖水静静的，蓝得像是上帝留在人间的一块宝石。谁也不认识我，没人来打搅我。在湖边的草地上，露水打湿了我的肩头和屁股，我想了很多很多……

我为什么出来旅行？就是来寻找快乐的吗？是，好像又不完全是。静下心来分析，在深沉的意识里，我其实是出来寻找两个坐标：我在这个世界的坐标，中华文化在这个世界的坐标。出门旅行，我习惯带着地图——我得弄清我所在的位置，我未来要走向哪里。人生也是一次旅行，我也要清楚自己身在何处，意向何方？上帝派我来，让我受了这么多磨难，到底是要我干什么的？为了弄清楚这

昌古拉杨神庙的大门，是用金箔打造的

些，我得做一些比较——我要看看别的人是怎样生活的，看看落后国家的人怎样生活，也看看发达国家的人怎样生活。以此反照自己：我这样子生活是对的吗？我是否在浪费生命？我该在人生观、世界观、价值观上做哪些调整？我也在观察别国的文化，先进的，落后的，生机勃勃的，死水一潭的……我拿他们和中华文化相比较，明确中华文化的地位，预测中华文化的走向，并按照自己的意志对她的走向进行干预。尽管这种干预微不足道，但我心里要保持清醒，决不能活得含含糊糊，不明不白。

我不是一个极限运动的挑战者，也不是一个探险家，我只是在寻找。因此我不做在死亡边缘走钢丝的游戏。我出来时，老娘交代又交代：我支持你旅行，但你不要冒险。你要知道，对于这个世界来说，你个人微不足道，但是对于我们家来说，你就是一切。我有过在死亡边缘挣扎的体验，那是一种“活着就好，其他神

具有尼泊尔特色的小舟，静静泊在费瓦湖湖面

马都是浮云”的彻悟，那种感受我没有忘记。我谨记着老娘的叮咛，时时注意安全。

飞翔在空中，超脱了尘世间的一切

从西藏开始，我不断遇到旅行牛人，有的半年前就出来了，一直在印度、尼泊尔、西藏地区游荡。我好生羡慕。照我现在的节奏，一年才走2个国家，何年何月才能把这个世界走完？我好想一年有11个半月在外面旅行啊。但我知道，我做不到这样。我“有家有爱有欧派”，不是无根的浮萍。真正的流浪者，其实是不幸的，因为没有人牵挂，因为总会有倦鸟思归的时候。我还是做一个边工作边旅行的人吧，儿子、丈夫、父亲，领导、朋友、下属，这些角色我都要演好，“一个都不能少”。

书归正传。

15日离开加都，我坐了9个小时的touristbus(观光巴士)到博卡拉。车票是在凤凰宾馆前台订的。那天清晨，我们走了8分钟街路来到巴士车站，走在我旁边的是个一声不吭的精壮汉子，他就是一句外语不会也敢闯天下的辽宁老李。呵呵，从这天起，我开始捡人了。

在车上，老李坐在我旁边，和我叙了一路。据他说，他是辽宁一个市的公务员，单位二把手。过去，因为天天接送女儿上学，在家宅了好多年。去年，女儿上大学走了，他才抽出时间出去玩儿，先是学摄影，后来又爱上了登山徒步。他的梦想，是今年走ABC(安娜普纳环线)，明年走EBC(珠峰大本营环线)，后年再走一个比EBC更大的环线。呵呵，老李跟尼泊尔雪山较上劲了。

搞笑的老李，把QQ说成“球球”，把奥迪Q5说成是“四环球5”。更让人大跌眼镜的是，他居然一句外语不会讲就闯荡到尼泊尔来了。不过老李的攻略做得很细，第一天到哪儿，第二天到哪儿，背夫在哪儿找，小费一般给多少，他都门儿清。来之前，他就在“球球”上和博卡拉“燕巢旅馆”的女老板燕子联系好了，来了就住“燕巢”，我还是他推荐到“燕巢”的呢。

不过，不会外语，一路上吃饭、上厕所确实不方便。这时就该我大显身手了。经过几天的磨炼，我已经有了不小的进步，这一路，老李点菜、如厕、买饮料、抽烟借火，都是我罩着。车到山前必有路，平时记不清的单词、句式什么的，真到用的时候，自然而然就从嘴里迸出来，我自己都觉得惊奇。我慢慢有了信心。要知道，在尼泊尔，外语为王。那些外语好的“小米女”“小蟀锅”，你不知道有多牛气，我这个教授级人物，在他们面前哪里还有师道尊严？现在，我渐渐找到了感觉，原来大大的舌头现在赶了个时髦，变得卷卷的了；原来磕磕巴巴，欲说还休，现在变连贯了；原来是说单词，现在可以说短句了。

在“燕巢”入住之后，老李陪我上街找滑翔公司询价。沿着费瓦湖岸，一溜排有很多家旅行社，有的可以办理徒步，有的经营滑翔、漂流。我俩问了几家，用简单外语跟人家交流，居然把什么都弄得清清楚楚。从滑翔公司出门，我俩不禁哈哈大笑。成，咱打通了任督二脉，到了可以自由行的境界了。

晚上，我和老李到中国人开的兰花饭店喝酒。老李第二天要上雪山，吃了很多肉。吃过饭，老李在宾馆阳台遇到一个叫橡子的浙江女驴，听说她也要上布恩山徒步，就把她带来见我。

这个橡子，不是个凡角，她每年有6个月在外面旅行。橡子旅行，从来不花钱买车票，一路搭车，军车、警车、拖拉机，什么都搭过。在西藏当雄，她搭了一辆藏族人的拖拉机去纳木错，一下子深入藏区原始村落腹地，走不出来了，在人家家里白吃白住耗了4天，而且没有被侵犯。她在国际交友网上交了一个德国男友，那德国人要“嫁”到中国，而她想去德国，两人正僵持着。论英语单词，她记得比我多，论句子，我稍强一筹。我就把她捡了。

我的滑翔安排在16日的中午12点。一辆大吉普拉了5个人到博卡拉郊区的萨朗科山上，那坡上已经有好多人在准备滑翔了。我的教练是捷克布拉格人，他给我们讲解注意事项，我基本听懂了：贵重物品放在屁股底下的滑翔袋里，不要蹲，不要跳，walk,walk,run……fly! (走，走，跑……飞！)

第一次起飞失败，第二次起飞——成功！捷克教练带着我在空中飞了26分钟。我们盘旋上升，又盘旋下降，看尽费瓦湖和博卡拉风光。这是我首次这么深切地体味飞翔的滋味，那是一种脱离红尘看红尘的感觉。那一刻，我身上散尽了厨房的油烟味，不再凡俗，不再庸碌，而是像一个浪漫的王子，正在经历童话。这个过程虽然短暂，仅仅26分钟，但我已满足。原来，生活还有另一种感觉，值得我们去追求，去期待。为此而付出努力是值得的。

第七到第十天:布恩山徒步琐记

尼泊尔拥有全世界最好的徒步线路,路上风景优美,设施完备,无须重装穿越。到了尼泊尔不去徒步,真的是一种遗憾。因为时间限制,我不能去 ABC 9 天,更不能去 EBC 18 天,我只能选择时间稍短的 Poonhill 环线(布恩山环线,4 天)。

不管是哪一种徒步,都要办进山证和劳务证。进山证是国家公园保护区的门票,劳务证是使用背夫的许可。如果你不使用背夫,也要办理劳务证(20 美元),使用背夫则只需要 10 美元,尼泊尔政府以此鼓励你雇用背夫。在博卡拉,自己去保护区办公室办理两证,需要 2900 卢比(在使用背夫的情况下),宾馆帮你办理,需要 3100 卢比。我懒得费事,就让宾馆办理了。多出 200 卢比,也就是 10 来块钱的事。

宾馆给我找的背夫叫谷卖得,是个 24 岁的当地青年,会说简单的英语,也

徒步路上

尔徒步，每过1个小时，甚至半个小时，就有一个休息站，可以吃饭、买水、住宿。那建筑五颜六色的，在绿色的山谷里格外醒目，看起来很美。住宿一般很便宜，150到200卢比一间，合人民币十几块钱。床很小，没有电视，也没有wifi。一路上，背夫的住宿、伙食由客栈免费提供，但客人必须消费。客人不消费，背夫就没得饭吃。琳达中午不吃饭，但考虑背夫要吃，只好要了一份尼餐，自己喝蔬菜汤，主食给背夫吃。琳达是个可爱的姑娘，苗条的身材、长长的腿，永远都是一副笑模样。

在乌勒瑞住下，我先去洗澡，再去吃饭。那里有简易的公共洗澡间，可免费洗澡。水不太热，勉强可洗。但是喝的开水是收费的，一玻璃杯20卢比，1升60卢比。我喝水厉害，一早一晚消费了180卢比。几个老外带着气罐上来，自己煮开水，省了开水钱。

第二天，徒步5个小时，景色一般，不如川西。中午1点就到了计划中的住宿点格拉帕尼(Ghorepani)。这是布恩山最高峰下的小村庄，住在这里是为了早晨冲顶看雪山日出。这一路，我跟法国老帅哥帕瑞一起走，那老兄体力真好，中途很少休息。他说他自己有一个养牛场，我估计他牛肉吃得多。我的背夫谷卖得

在布恩山顶看日出，对面就是安娜普纳峰等著名雪峰。

甘杜克村母子

不像昨天那样紧紧跟着我，而是黏在橡子屁股后面，跟她套瓷。到达格拉帕尼之后，我睡了一觉，醒来推开旅馆的窗户就看到了雪山。我和帕瑞、一个德国帅哥、橡子在旅馆门口的观景平台上度过了黄昏时光，喝茶聊天。看得出，那个扎着马尾巴的高大的德国人喜欢橡子，约好明天跟她一起走。橡子是中国人认为长相一般而老外特别喜欢的那种人，外国人和中国人审美观就是不同。

晚上吃饭时，谷卖得凑过来说话。在一本尼泊尔杂志上，谷卖得画了一个一箭穿心的图案，旁边写了一行英文：I love you，然后给橡子看。这家伙，想找橡子一夜情呢。博卡拉有个中国旅店的女老板，就是在尼泊尔徒步时遇到她现在的丈夫的，当时他是她的背夫兼向导。两人产生了感情，就在尼泊尔结婚了。谷卖得难道想照单复制？橡子笑笑，把杂志推给我看，我故意在下面写了一行字：You can take her to your home, but please give me money first（你可以带她回屋，但请先给我钱），给谷卖得看。那家伙看完就讪讪地走了。我本来在徒步结束的时候想给他 1000 块钱小费的，但因为这件事，我只给他 200 块钱。太不敬业了。

第三天，是强度最大的一天，徒步 10 个小时。也是风景最美的一天，看到了雪山日出和世外桃源。

我们早上 4 点 15 就起床了，爬了 40 分钟的山，上到布恩山顶看日出。天很冷，我穿上了羽绒衣。谷卖得在前面带路，空着两只手。走了差不多有 20 分钟，我一想，不对呀，凭什么我背着沉重的摄影包而他空着手呢，谁是谁的背夫呀？我叫“谷卖得”，他说“嗯”。我说“Please help me”，他这才把摄影包接过去。

徒步路上拍到的鱼尾峰

日出很壮观，日照金山很美，这些有照片为证，我就不赘言了。山顶人很多，世界各国的都有，简直就是全球美女帅哥的大 Party。在山顶，我遇到了一个也在"燕巢"住宿的姑娘。我问："跟你一起的丁丁呢？他不是要和你徒步的吗？"姑娘说："那小孩儿太不靠谱了，见到更漂亮的美女就把我放单了。"呵呵，搞笑。

第三天的徒步开始下行了，但中间也有几次上坡。网上有人说，布恩山徒步很轻松，老头老太太穿着人字拖就上去了，纯属谎言。那路根本就是原始的砍柴小道，拖鞋在这儿是没有办法行走的。感谢淮南三毛户外运动俱乐部，我在那儿团购的高帮防水登山鞋在布恩山发挥了大作用，我如履平地，蹦跳自如，走得很科学、很舒服。

下午 6 点，我到达世外桃源甘杜克(Ghandruk)，住进了甘杜克的安娜普纳旅馆。这是我四天中住得最好、最贵的旅馆，有卫生间和淋浴。但洗澡水基本不热，我洗了个冷水浴。到达时天就黑了，没来得及观景。早晨一起床，哗，窗外就是鲜花和雪山，赶紧的，提着相机去拍照。这是一个建在山坡上的小村庄，原汁原味的尼泊尔风情，石头房子，碎石路，房前屋后种满了鲜花，村民纯朴而友好。我冒昧地到人家家里家访，没有受到拒绝，拍了好多有意思的照片。

第四天，徒步 4 小时回到南崖瀑，坐 localbus 回博卡拉。不表。

第十一、十二天:捡个美女去漂流

回到博卡拉,我馋了,想吃中餐想吃肉。布恩山徒步四天,吃了四天尼餐,顿顿土豆咖喱米饭,把我吃腻了。最后一天中午,实在不想吃尼餐,就点了一个意大利面,一个巧克力布丁,但是貌似没有吃饱。所以回来那天晚上,我在燕巢旁边的兰花餐厅点了三个菜:一个铁板牛肉,一个炒蔬杂,一个蒜蓉拌黄瓜,还有一个西红柿鸡蛋汤,一小瓶虎跑泉白酒,全部扫光。

吃饭前,我在宾馆前台交了2200卢比,订了漂流回加都的联程票。吃完饭,我在庭院里上Wifi,听到几个人叽里哇啦讲着英语进来了,坐在我邻桌。在中国人的旅店里讲英语,我猜这些是日本人,因为这个旅店还有一小部分非中国住客。我没抬头,继续在微博上发消息。过了一会儿,一个女的用中文说:"对面那个淡定哥,看手机看得好专心,不搭理我们哦。"啊?原来是中国人啊。

既然是中国人,咱不能不理啊,于是就聊了一会儿。说话的女的有三十三四岁,蒙古族人,在中国外交部下属的一个分支机构工作。坐在她对面的是大连姑娘李曼,两人也是在博卡拉认识的,一起玩了几天。那个李曼,她不去徒步,也不去探洞,就每天坐在费瓦湖边晒太阳,发呆。谁去劝她去徒步,她都微笑摇头。她"不羡鸳鸯不羡仙,只羡山茶开湖边",人称"淡定姐"。听说我明儿漂流回加都,"淡定姐"高兴地拍起手来:"哈哈,我运气怎么这么好啊,一路遇到大哥大姐照顾。明儿漂流我不怕啦,我不会游泳啊。"

蒙古族姐姐郑重地交代:"这是我路上遇到的好妹妹,她娇气,您一定照顾好她。"我说,您放心吧,照顾美女我会用心的。

次日早上7点半,我们,乘坐一辆touristbus往加都方向走。10点40分到达一个小镇,在路边的漂流公司换装备。正在这时,来了两个骑自行车的中国人,老姜和小卢。他们一个从西藏骑过来,一个从缅甸金三角骑过来,都晒得黢黑。我们4个和两个塞尔维亚胖大姐及他们的导游一起漂流。

尼泊尔漂流,不似我们中国漂流平和,那真的是一个险滩接一个险滩。浪高时把我们送上云天,低时把我们摔入谷底,让我们全身没一处干纱。教练指挥着我们,时而急流重桨,时而借势轻漂。滩平处,我们4个和两个塞尔维亚胖姐姐赛歌,一首接一首。两个胖姐姐高兴极了,时不时开怀大笑,笑得山谷朗朗回响。

捡个美女去漂流

我们的情绪也受到感染，扑扑腾腾跟着教练翻到水里去游泳。三位女士不想下水，都被教练强拉入水，全部湿身……

可惜相机不允许带到橡皮舟上，没有留下惊险刺激而又快乐的镜头。

漂流了3个半小时(中间上岸在树林子里吃了一顿尼泊尔午餐)，我们和老姜、小卢告别，上车继续往加都进发。天渐暗，风凉了，我们全身潮透透，坐在靠车门的位置，好冷。我把摄影包的防雨罩拿给李曼盖上，她还是冷。衣服都放在车尾的行李箱里了。“淡定姐”这时候不淡定了，抖抖索索地让售票员停车，售票员光答应就是不跟司机说。看李曼冷得不行，这样子下去会生病的，我走到司机边上说话了：“Driver, please stay a little time, my friend feel cold, very cold. We need to take the clothes. ”(司机，请停一小下，我的朋友冷了，很冷。我们需要拿衣服)司机听了，赶紧停车。我们穿上厚衣服，气定神闲地到了加都。

我仍然住在凤凰宾馆东楼206，这是事先打电话给龚姐订的。早上起来，我知道，这是我在尼泊尔的最后一天了，还有一个烧尸庙没看，我决定上午去看烧尸庙。神佑我，在出行的这么多天里，我没有感冒，没有拉肚，没有高反。每天晚上倒头就睡，一夜不做梦，不上厕所，早上6点准时醒，睁开眼就感到神清气爽、精力充沛。我觉得自己还行，还能走很多地方。但愿最后一天功德圆满。

烧尸庙在加都边上，和猴庙正好反方向。我决定坐"卢谷乐"去。卢谷乐就是我们所说的"拐的"，带篷的载人机动三轮车，很便宜。出了旅馆门，我就问哪里有卢谷乐，一路问一路走。拐进特米尔区的一个小巷子里，一个司机让我上他的小面包。我说："From here to Pashupatinathtemple, how much?(从这里到烧尸庙，多少钱？)"他伸出了3个指头："Three hundred."(三百)。我说："It seems a little higher. One hundred, ok？"(看起来有点高了。一百，可以吗？)"No, no."我这边正在跟司机砍价，对面来了两个中国姑娘，说：大哥你要去哪里？我说我去烧尸庙，我想坐卢谷乐去。她们问，坐卢谷乐多少钱？我说，20卢比吧。一个带牙套的姑娘说，那我也去。就这样，我把小聪捡了。

走了几步，迎面遇到小聪认识的两个男青年，他们听了我们的计划，也要跟我们走。这样，我又把小孙、小马捡了。

四个人乘卢谷乐到了烧尸庙。攻略上说，烧尸庙是印度教神庙，非印度教徒是不给进的，只能隔河相望。但是现在开始卖门票了，买了门票好多地方就能进了。我和胖小孙买票进去了，小聪和瘦小马不愿意花钱，在门外跟保安套瓷，后来没要票也进来了。据说，小聪是用一个飞吻"打倒"了保安，小马跟着沾光了。

烧尸庙，尼泊尔语叫帕斯帕丁。

看完烧尸庙，我们四个又去了附近的博纳佛塔，又是我和小孙买票，他俩逃票。一上午就这样过去了。

下午，我上街闲逛，看看能否买几件伴手礼。进入尼泊尔之后，我换了2500块钱，加上在樟木换的1000块钱，我才花费了3500元人民币。13天，3500块钱，这样的消费太便宜啦。我得再花点钱。

帕斯帕丁的印度教修行者

尼泊尔的伴手礼主要是绿松石饰品、银器和羊毛披肩。绿松石，产地是中国，尼泊尔的绿松石都是从西藏运过来的。所以，在尼泊尔买绿松石饰品不如在西藏买便宜。我的感觉：绿松石和银器（特别是藏银）饰品与藏族人略带高原红的、饱经沧桑的面容更相配一点。尼泊尔的羊毛披肩质高价美，倒是可以带一点回去。我喊了李曼过来参谋，入手了2条披肩。

从特米尔嘈杂的、脏兮兮的、风尘仆仆的街道上回来，我的旅程基本就结束了。进了门，我打了一个大大的哈欠，这才发现，我累了，想家了——想念夫人温存的目光，想念儿子干净的微笑。

我在思念中入梦。

旅行贴士：

关于签证

我是在淘宝网上找旅行社代理的签证，代理费200元，快递费20元，共花了220元。假如你从陆路去尼泊尔，可以在拉萨市的罗布林卡路尼泊尔领事馆办理签证，停留15天的是175元。但是你如果英语不行，找人填单要15元左右。尼泊尔签证几乎没有拒签的，这是很多驴友第一次出国首选尼泊尔的原因之一。

关于机票

我是从陆路进、空中回的。回程机票3080元,是打折票,在昆明中转,过一夜。机票是在“去哪儿网”订的。本来想先飞过去,从陆路回的,但是飞过去的机票当时是3800,我嫌贵了。等了一天,机票突然涨到6666,而且再也降不下来,只好选择从陆路进、空中回。这个机票虽然是打折的,但还是贵了点。要想获得特价机票,必须提前半年关注打折信息,一旦有特价票(据说有500元左右的),立即下单。

安全

以我的经验看,尼泊尔比较安全。我没有遇到游击队拦路收取赞助费的情况,也没有遇到小偷。当然,我时时把摄影包和腰包(装现金和证件的)带在身上,保持警觉。我也没有遇到官员索要小费的情况。尼泊尔人民始终是微笑的,LP上说,这是一个逆来顺受的民族,有超强的忍耐力。但是任何人都有忍耐的底线,一定要尊重他们。

哪些景点最有价值

到尼泊尔,有两个地方是必玩的:一个是加德满都,一个是博卡拉。加德满都市区以及加德满都谷地有很多中世纪的古迹,比如猴庙、烧尸庙、加都杜巴广场、巴德岗、帕坦、纳加廓特、昌古拉扬等等。我没去帕坦,据说那里的杜巴广场规模较小,路过时可以看一下,不路过就不必要专门去看。纳加廓特我去了,但是我建议,你如果去博卡拉徒步,就不必去纳加廓特,在纳加廓特看雪山远不如在徒步路上看雪山,而且山顶住宿很贵。博卡拉是尼泊尔第二大城市,到那儿,你可以在费瓦湖划船,去山顶滑翔,去雪山徒步(有好多条徒步线路可供选择)。从博卡拉回加都的路上,你还可以漂流。另外,你如果带孩子去尼泊尔,可以到奇特旺国家森林公园骑着大象看野生动物;你如果是个虔诚的佛教徒,可以去蓝毗尼,那是释迦牟尼出生的地方。

不会外语怎么办

到尼泊尔旅游的中国人很多,但是西方国家的人更多。如果你英语不行,我建议你到加都住中国人开的旅馆,比如凤凰宾馆、泰山宾馆。那里就像在国内,连大厅里的电视放的都是江苏卫视的《非诚勿扰》。宾馆总台可以订车票、换钱、快递。在宾馆大厅,你可以找人拼车,结伴出游,让会外语的人捡你。尼泊尔的出租车司机和超市的营业员都会说简单的英语，不过口音很重，P 和 F 不分，比如把 father 读成 pather，你得花时间适应。

人民币和美元在尼泊尔能用吗

有的地方能用，但大多数商店只收尼币。加都和博卡拉街头到处都有官方批准的货币兑换处，兑换的比例每天都在变化。不过我建议你过了樟木口岸就换钱，那里的比例要高一点。我在樟木换的是 1 比 13.8，在加都只能换到 1 比 13.2，就是说每 1000 块钱吃亏 600 卢比，合 40 多块钱。

关于交通

尼泊尔的长途车有两种，一种是观光巴士，一种是当地巴士(localbus)，后者的票价便宜一点，但车况较差，人满为患，有时候车顶上坐满了人，车门边挂得也是人。尼泊尔人对此习以为常。你若想体验一下当地人的生活，不妨乘当地巴士并坐在车顶拉一下风，不过安全要自己负责。在加都市区，你可以打的或者坐卢谷乐。的士都很小，后排只能坐 2 个人；卢谷乐就是我们国内的“拐的”，票价便宜到你想象不到——我从特米尔到烧尸庙只花了 20 卢比，就合 1 块多钱。当然，如果你到卢卡拉(注意，不是博卡拉，是卢卡拉)走 EBC，必须坐小飞机去。尼泊尔的小飞机安全性不高，这个一定要慎重。

关于结伴

在尼泊尔旅行，不愁找不到结伴者，因为都是独行的人。有朋友担心地问我，你在外面结伴游没有遇到过坏人(比如骗子)什么的吗？我还真的没有遇到过。我的感觉是，在外旅行的人，很多是为了放松自我、寻找自我、净化自我，偷和骗有违他们出行的初衷，所以那样的人极少。当然不是说绝对没有。

关于花费

尼泊尔消费较低，我在尼泊尔 13 天，不加机票、礼物只消费了 3500 元人民币，而且徒步、滑翔、漂流，什么都玩了。一般不带卫生间的标间只需要 30 元一晚，在布恩山徒步时只要 10 来块钱一晚。从加都到博卡拉乘坐观光巴士只要 550 卢比，合 40 多块钱。要知道，那有 9 个小时车程呢。吃饭方面，小吃的话，比如 momo、虾团等等，一顿十来块钱。正规的尼餐要 30 多块钱。中餐可贵可便宜，吃面条便宜，喝酒贵，一瓶啤酒合二三十块钱。

菲律宾:那片美得令人心颤的海

对蓝色的海洋和风情的海岛,我一直是非常向往的。长期以来,我就计划着春节去哪个国家的海岛旅行。在亚洲的濒海国家中,有不少著名的岛:马尔代夫诸岛、泰国的普吉岛、印尼的巴厘岛、韩国的济州岛、菲律宾的长滩岛……这其中,马尔代夫价格昂贵,普吉岛中国人太多,巴厘岛太远,济州岛又过于单纯……在反复比较之后,我最终选择了菲律宾的长滩岛。长滩岛的落日是世界七大最美海岛落日之一,很对我这样的行摄者胃口。

一切准备工作都提前3个月在网上进行。在淘宝网找一家靠谱的旅行社代办了菲律宾签证(350元),在美亚网订了南京到香港的往返机票(含税费1600元),在"亚洲廉价航空"订了香港往返马尼拉的机票(含税1680元,不含回程时马尼拉机场的基建费),在飞龙航空官网订了马尼拉飞长滩(卡利波机场)的机票(含税费294元),在雅高达订了马尼拉的青年旅社和长滩岛的青年旅社。这里需要说明几点:1.我为什么不从上海直飞长滩或者马尼拉,而是从香港转机?因为直飞的机票特别贵,比几程加起来都贵。再就是,香港我还没去过,我也想就此机会把香港、澳门看一下。2.我为什么没有订长滩岛返回马尼拉的机票?因为我计划从长滩岛乘船到薄荷岛潜水,然后从薄荷岛

螃蟹船、三角帆、落日云霞、海浪沙滩、遥远的天涯，所展现出的宁静之美、空阔之美是我们在滚滚红尘中想象不到的。

旁边的宿雾市飞马尼拉，但我不确定时间上能否来得及。如果来不及，我就在长滩好好待几天，玩个透。故此，我准备到时候再订长滩回马尼拉的机票。临时订可能会贵一点，但不会贵很多。我必须给自己留一点弹性的空间。

因为要去香港、澳门，我到公安部门办了港澳通行证及签注。办的时候才知道，淮南户口是不能港澳自由行的，必须跟团。因为已经订了南京飞香港的机票，我只好网上联系南京一家旅行社送关，又花去 400 元。如果没订机票，我可以从合肥飞深圳，从罗湖口岸过境，那里送关只需要 50 块钱。但生米已经煮成熟饭，只好将就了，多花 350 块钱，从相对便宜的机票上对冲回来。

好在路上一切都还顺利，没有出现证件不全上不了飞机的情况。

第一天：到马尼拉就被宰了

这次依然是独行。

我晚上 8 点半在马尼拉机场落地。下了飞机，要先找地方换钱，不然打车没法付钱。出了机场大厅，左手就是一个货币兑换点。注意，不是银行，只是官方批准的货币兑换处。我问她的兑换比率，她说是 1 比 6，就是 1 块钱人民币换 6 比索。我想，不错呀，我好像记得官方比率是 1 比 5.55，看来民间更高一点。当即兑换了 3500 元。后来，我在马尼拉市区看到兑换比率是 1 比 6.3，才明白我记错了，官方比率是 1 比 6.55，不是 5.55，我这马大哈，吃亏 200 多块钱。

马尼拉街头张扬的吉普尼

攻略上说，出机场不要打黄色的士，要打白色的，因为黄色的贵。我就往左走，看那边停了一排白色的士，就把手机上青年旅社的地址给司机看。那青年旅社的名字很奇怪,叫“Where 2 next Manila”,不知是啥意思。司机要价 1000 比索,我说太贵了,你打表,有多少算多少。他不同意,说最低 700 比索,旁边过来一人,问我干啥,我说找愿意打表的出租车。他热心地领我到了 300 米外的一个黄色的士停靠点。坐上的士,司机问我有烟吗,我说有,他就找我要烟抽。一路走,一路跟司机聊天,一路欣赏马尼拉城的夜景。说实话,作为一个国家的首都,马市不怎么美,也不怎么壮观。车子走了个大圈,感觉又往机场方向走了。进了一条小巷,右前方出现一个大坑,司机好像没看到,只顾自往前闯,右前轮爆胎了。司机下来换轮胎。我也乘机脱去厚衣服——马尼拉太热了。换好轮胎,司机上车,又找我要烟抽,我又给他了。总算到了旅社门口,司机亮开表给我看:520 比索。我说,你换轮胎耽误的时间不能算我的。他说,好的,你给多少?我说给 400 比索吧。400 比索也就是人民币几十块钱。他说好。给钱,下车。(后来才知道我挨宰了。第二天我从旅社打的到机场,那司机也绕了路,才 180 比索。如果不绕路,撑死 150 比索。)

我网上订的旅社房间是 6 张高低床、12 人的大间。550 比索,含早餐。登记入住的时候,服务台收了 200 比索押金,给一条白色的床单。没有被子,床单就是你的毛巾被。服务员领我进房间,告诉我哪是男洗,哪是女洗,哪是你的小柜子。与我的床并列的那张床,有一个金发女郎躺在那里看手机,床边挂了一条蓝色大浴巾,权当床帷。

我简单洗把脸,上街去买电话卡。我答应朋友的,一路要用微博发照片和心情,所以要买个当地的卡。换上短裤、T 恤、拖鞋,揣上小相机,悠悠出门。门口有条小街,开的有酒吧、日本料理馆,一群西方游客聚集在大排档聊天、喝酒。十字街口,有光着膀子的菲律宾男人递给你一张带有照片的广告单,上面都是穿得很少的女人,大概是色情场所的广告。有小孩在乞讨。感觉马尼拉挺乱的,不过也很有生活气息。管理得过于井井有条的国家,是很难产生故事的。

我有点饿,本来想去吃日本料理的,后来一想,为什么要让日本人赚我的钱?于是进了一家甜点店,要了一个面包、一杯杧果冰沙,权且充饥。

不远处,有一个“7-11”超市,跟香港的“7-11”超市是连锁的。我进去买卡,营业员热情地给我拿了一个 Globe 卡。但是这是一只大卡,我的苹果手机用的是小卡。虽然已经拆封,店长还是给我退了货,并交代我明天上午到附近的一个 shopping mall(购物综合体)去买小卡。

回到房间,金发女郎已经睡下,另一个高个子女郎正在洗漱,声音轻得几乎听不见。我轻手轻脚洗浴完毕,为头朝哪边睡犯了愁。如果和金发女郎头对头,我怕打呼噜吵着人家。如果脚对着人家的头,又怕气味熏着人家。中国人在国际上形象不太文明,俺就不能再抹黑啦,要特别注意才行。最后,反复思量,决定脚对着她,用速干衣包住脚睡。

一夜无话。

第二天:机场安检好搞笑

昨晚睡得很好,空调打到 22 度,盖一条床单,不冷不热。我睡时房间里只有三四个人,早晨醒来一看,12 个床位都有人。他们是深夜入住的,我怎么没有听到一点声音呢?这些外国人,动作非常轻,非常注意别人的感受,简直就像影子在活动。

下楼,到旁边的餐厅吃免费早餐。早餐是 2 片烤吐司,一个煎蛋,一只香蕉,半块杧果,一牙木瓜,一杯咖啡或奶茶。我喜欢这样的早餐。住宿 550 比索还含早餐,太实惠了,强烈推荐这家旅舍。

我一边和对面两个从马来西亚来的华人女孩聊天, 一边用红茶包调制奶茶,太好喝了,连喝了三碗(碗很小)。两个小女孩都是健谈之人,对中国大陆怀着不可遏制的好奇,问了我很多问题,比如中国和日本会因为钓鱼岛争端开战吗,等等,好像我是国际问题专家似的。我差点被她们问倒。

我 9 点 40 分来到两条街以外的 shopping mall 买手机卡,人家还没开门呢。等到 10 点钟开门,进去,到处找不到卖卡的商店,我情急之下,拉了一个菲律宾小伙子带我去。他也是问了好多人才找到卡店。临走的时候我拿出 20 比索给他,说这是一点小费,请收下,他坚决不要。我听人家说菲律宾人喜欢索要小费,看来事实不是这样嘛。

从青年旅社退房,我拦了一辆的士去机场。开车的小伙子毛手毛脚的,不知怎么钻进了一条步行街,那个堵哦!好不容易钻出来,倒车时又撞了一个铁桩子。看起来,马尼拉的的士司机不怎么专业啊。

换登机牌很顺利,小姐问我有没有行李要托运,我说 no。她说你挂在包包外面的三脚架可能在安检时通不过。我说不会吧。她说你试试吧。果然,安检时穿制服的一男一女要求我把三脚架塞到包里，要不就托运。我说我从南京到香港、从香港到马尼拉，这个架子一直挂在外面，从没有人要求我托运，说明它是安全的。那男的又搂我肩膀，又给我敬礼，坚持要我塞进包里。我觉得好笑——他工作怎么跟玩儿似的？又觉得马尼拉机场安检好奇怪，水可以带，打火机可以带，却又对三脚架这么在意。没办法，我把旅行包里的衣服掏出来，捆在摄影包上外挂，把三脚架放进了旅行包——嘿，正好塞进去。那男的笑了。掏衣服的时候，女的看到了我包里的一大袋糖果，问我带这干吗，我说给乡下的孩子们，她立马和颜悦色起来，安检完后又和我叙了很多话，问我为什么一个人出行，是做公司还是公务员，等等。

但是我刚在候机室坐下就发现情况不对——我网上订的是 1 点 55 起飞的飞机，怎么登机牌上是 3 点 55 起飞呀？赶紧回到安检，问那男的是咋回事。男的给我解释一大通，我没听明白。回想起来，有一个单词我没学，或者学过了没记

蓝天碧水、沙滩椰影、三角帆、比基尼，这一切构成长滩岛特有的美好、快乐的元素。难忘！难忘！

住就是:delay(延误),他说 flight delay,我没能听懂。这是菲律宾旅行中唯一让我着急的一次。实在沟通不了,我说“Please find a chinese to talk with me”,他就跑去候车室找了一个中国团队的领队——一个小伙子。小伙子说,他也是这班飞机,飞机延误了,所有旅客都乘 3 点 55 的飞机。原来是这样啊!飞龙航空太不靠谱了,我得在候车室坐等 4 个小时啊!

不知是手机设置有问题还是怎么的,候机室上不去网,我就去吸烟室打发时间。吸烟室有一对青年男女,男的叫村上,日本人,长相猥琐,女的叫孟莎,台湾人,十分漂亮,两人从深圳跟团来菲旅游。我们就聊了聊天。

说是 3 点 55 起飞, 其实 5 点才起飞。和我同座位的是一对菲律宾年轻夫妇,像是受过高等教育的,一路就有一搭没一搭地聊天。听说我也去长滩,男的让我下机后跟他们走。1 个小时后,到了卡利波。卡利波机场很小,候机厅的大门跟个小商店似的。出机场,我跟着他们上了一辆面包车,10 个人,每人 250 比索,1 个半小时到卡地克兰。下车后又乘螃蟹船(两边有 6 个爪子的船),船票 175 比索,税 30 比索,15 分钟后到达长滩三号码头(S3)。

我订的青年旅舍是一号码头(S1)的 frendz hotel,攻略上说,从 S3 到 S1 走 15 分钟就到了,我决定步行过去。上了大路,往高坡走,走了 20 分钟都不见灯火。两边是比较荒凉的小矮屋和灌木丛。难道我走错了?(后来才知道,那 15 分钟是指顺着海边的沙滩走。)没办法,后面来了一辆偏三轮,只好上了。我说多少钱?司机说 100 比索。我说太贵了,50 比索行不行?他说行吧。(其实 S3 到 S1 的偏三轮票价是固定的,20 比索,我又挨宰了。)

找到 frendz,前台对我非常热情。那是个漂亮的菲律宾年轻人,棕色的皮肤,卷卷的头发,亮亮的眼睛。他伸出手,说,我叫××,很高兴为您服务。名字具体叫什么我记不住,外国人的名字难记。我也热情回应,说我叫××。从我侧后方又过来一个光头的西方青年,主动伸手来握,说我叫××,来自奥地利。我也告诉他名字,说来自中国。然后光头噼里啪啦跟我说话。他说得太快,我基本听不明白,只好耸耸肩、摊摊手,说:“I only can speak English a little.”他失望地走了。不好意思,我英语太烂,对于朋友们强烈的交流欲望难以回应,回去后一定加油学英语。

从 frendz 出门,穿过一条小巷,走 150 米就到了白沙滩。放下行李,我去白沙滩用膳。那沙滩真是热闹。因为是晚上,我辨不清方位,只看到无数的帅哥美女在沙滩小径穿行,棕榈树和椰子树下,有狂歌劲舞,也有小饮浅酌。我找一张露天的桌子,要了一份叫 Taco platter 的西餐,一支啤酒,慢慢享用。呵呵,经过了

这道主食叫 taco platter，翻译过来就是“煎玉米卷盘”，好吃不贵。

长途跋涉，长滩岛，我终于来了。

一天都在路上，吃完饭，我有点累了，回屋休息。我找个插头，把手机充上电(菲律宾的插头制式和中国大陆是一样的，时间也一样，没有时差)，就呼呼了。

明天才是嗨皮的开始呢。

第三天：邂逅美女　邂逅海鲜大餐

昨晚很晚才睡着，原因是房间有蚊子。我住在一座聂柏屋的二层，16 号房，屋里 5 张床，有几台电扇，没有空调。一睡下就有蚊子热烈亲吻，仿佛多年不见的老朋友，欢迎我的到来。忘记带风油精和防蚊水了，我只好把准备当礼物的清凉油拿出来涂遍全身。凌晨 3 点还听见有老外在吧台那边的公共活动区聊天呢，他们真能熬。

下楼吃早餐，照旧要了烤吐司、杧果、煎蛋和奶茶，但不是免费的。吃早餐的

沙滩边缘,有当地人表演菲律宾传统舞蹈。瞧这服装,真个色。

时候对面来了两个广州姑娘,一个叫烟,一个叫CK,刚到长滩,人显得疲惫。这里的酒店到下午2点才能入住呢,所以她们虽然订了酒店,还是不能安顿。Frendz住着她们一个朋友,叫麦乐迪,她们来找她。

用完早膳,我顺着小巷走到海边。天哪!一出巷口,立即展开一片海天的世界。透过婆娑的树影,看见那一汪由浅绿到深蓝、纯净得无以复加的海水,和海上慢慢驶过的三角形桅帆,我的心情为之一振。阳光、沙滩、海水、椰影——太、漂、亮、了!长滩,我来对了。数千元的交通费只有花在这样的地方才不会心疼,才不会后悔。在选择旅行目的地时把握正点,把美得让人心颤或者能产生故事的景点握在手中,旅行才会happy。我预感自己将在这里度过一个难忘的假期。

长长的白沙滩分成三段:最北端是S1;往南走,过了D-mall,就是S2;再往南,过了一个界碑,就是S3。S1沙白沙细,海水纯净,最适合游泳拍照;S2也还行;到 S3 那沙子就有点像黄黄的粗盐了,而且海边有很多海藻。所以 S1 是游客最多、最热闹的地方。

我沿着 S1 溜达,过了圣母岛,一直走到最北端有一座小山的地方,再往回走。听说翻过小山,那边有一个度假村,是梁静茹结婚的地方。我不是追星族,就没过去。沙滩上到处都是比基尼,也有西方国家的美女帅哥沿着沙滩跑步,还有孩子们在玩沙子。我背着摄影包,手握相机,不停地拍照。心里老激动了——到处都是景,不知道拍什么好了。只是在心里告诫自己,不要老拍比基尼,拍几张就行了,那没啥意思的。这里中国人不是很多。听说普吉岛几乎被中国人占领了,到处是大呼小叫的同胞们,我庆幸没有去普吉岛。

S1 沙滩边有一个 Steak house(牛排餐厅),它的沙滩椅是 Frendz 的客人可以免费使用的。我逛完沙滩,回房间甩下摄影包,换了泳衣,到沙滩去睡躺椅。海风轻轻吹,海浪轻轻拍,阳光透过树影,细细地照在身上,那个美哟。我要了一大杯杧果冰沙,躺着细细啜饮。菲律宾的杧果冰沙真好喝,到长滩一定要喝杧果冰沙。不要管价钱,那是长滩一绝哟。

长滩岛的杧果冰沙,堪称一绝。

中午又去昨晚去的那个叫 Manana 的餐厅吃西餐。不仅是因为那个 Taco platter 好吃,还因为要去给那个黑黑的女服务员小费。菲律宾是个小费国家,有的餐厅把 10%的服务费打在账单里,有的不打在账单里,需要客人主动给。我昨晚消费 382 比索,买单时给了 400 比索,对女服务员说,零钱不用找了。结果结完账,她又把 18 比索放在菜单本子里给我了。我拿着零钱,心想:咋啦,给小费都不要?

今天我才想明白:原来人家不能不找你零钱,人家找给你之后你不拿走人家才会收起来当小费。我糊里糊涂把零钱拿走了。这不是失信于人吗?人家肯定在心里说:这个中国人,说过要给小费的,最后还是抠巴抠巴把零钱揣兜里了。我怕给中国人抹黑。

所以中午我又去了那家餐厅,用完膳后跟女服务员认真说了一句抱歉,在菜单本子里留了40比索。女服务员露出了高兴的笑容。

吃饭时遇到烟、CK和她们的朋友麦乐迪,三个人兴高采烈地逛沙滩,花枝招展的。我们就打了个招呼。

中午小睡了一会儿,4点半提着相机和三脚架出门,准备到海边拍sunset(日落)。长滩岛的sunset是最美的,世界知名。在小巷里遇到游泳回来的麦乐迪,她说,那马叔,你干吗去?我说我去拍sunset。她说别去了,跟我们一起到海鲜市场买海鲜去,拿到餐馆加工。咦,这倒是个好主意。早就听说到长滩可以自己去买海鲜,拿到饭店加工,比在饭店点海鲜便宜多了,还可以根据饭店的风格调整口味。我犹豫再三,决定跟她走。明儿再拍sunset吧,今儿我就体验一下自助海鲜大餐的感觉。

烟和CK早就在Frendz等着了,5点钟,我们准时出发去海鲜市场。挑挑拣拣,讨价还价,买了够7个人吃的海鲜——小麦在网上还约了其他3个朋友呢。小麦早就在福建人老李和小李开的餐馆订了位子。我不懂海鲜,一切都是小麦打理。把海鲜过秤,拿到厨房,我们就等人家空出来位子。人真多,台子都翻了几遍了,还没轮到我们。有一个胖胖的中年男子,带着一家人出来吃饭,也是买了海鲜来加工,5点钟就把海鲜送到厨房了,8点半还没位子呢。几个姑娘去逛商店了,我在那守着。9点钟,终于有位子了,姑娘们也回来了,小麦的另外2位朋友随后也到了(还有一位有事不来了)。我一看,天哪,清一色的美女,就我一个"党代表"。这是咋地啦?阴盛阳衰哪!

海鲜上桌,好一个风卷残云!那几位都是海鲜小怪兽,吃海鲜有瘾。她们边吃边评价,说味道不咋样啊,攻略上吹得有点过头了。我说今儿人多,人家可能仓促了点。另外两位是重庆姑娘,一个叫淘,一个叫露露,淘活泼,露露文静。淘晒得黑黑的,说话笑声爽朗,走过好几个国家了。这次来长滩,她在网上抢到了1元机票。牛啊!她还给我推荐了几个抢票牛人的微博。

10点半才吃完,一算账,每人1380比索,合230块钱。我对海鲜没概念,是贵是便宜,我很懵懂。

第四天:醉美日落在天涯

晨起,收拾行李,搬离Frendz hotel。这里的蚊子忒热情,我得换个地方。

昨晚回来时，在巷道里看到有一家叫 club ten 的度假村，环境很好，就预订了一晚。好房间价格不菲，合人民币 400 多块钱。400 多就 400 多吧，我懒得提着行李去找房。好在物有所值。那是一楼的大房间，前后都有大阳台，门前就是花园，阁楼间还有厨房，可以自己做饭。那个舒适度是青年旅舍不能比的。我还委托酒店预定了 16 号回马尼拉的机票——从菲律宾的交通状况看，去薄荷岛是来不及了，路上就得一天。与其两头都玩得仓促，莫如在一个地方玩透。"试图把所有景点都写入行程单的人，出发前已经迷失了旅行的初衷。"我不能迷失。机票含税将近 400 块钱，不算太贵，依然从卡利波走。从卡迪克兰走虽然近一点，但是要 1000 多块钱，不划算。

因为这里的酒店下午 2 点才能入住，我暂时把行李寄存在 Club ten 的前台。前台 2 个姑娘，稳重的菲迪和活泼的简，都很和善。因为要麻烦人家看管行李，我送了她们每人一盒清凉油。她们不知这是啥东西，我告诉她们是 cold oil，还交给她们使用方法，她们挺高兴。来菲时我带了 10 盒清凉油，一路送人，润滑了人际关系，效果很不错。

存了行李，我到海边溜达。今天的主要任务是拍日落，所以上午很休闲。我沿着白沙滩往南走，从 S1 走到 S3。沙滩上，很多老外涂了油在晒日光浴，身上晒

长滩岛的特色地标之一，用树棍拼成的"星期五"。

成了小麦色。西方人以小麦色为美,认为那样的皮肤健康;中国人以白为美,怕晒。海边的太阳,因为有海水反射紫外线,特别毒。我昨天脖子后边防晒霜没搽到,今天就有点火辣辣的。这样毒的阳光,中国人的皮肤受不了,所以鲜见中国人暴晒在阳光下。

也有老外躺在沙滩椅上看书,或者坐在露天吧台的高脚凳上慢饮,聊天。中国人大都在沙滩小径上走着,浏览两边的货摊,或者在海边摆 poss 拍照。一个金发小男孩,捡拾被人丢弃在沙滩上的树枝和垃圾,很认真地用垃圾袋装好,丢进垃圾桶里,可爱得让人想去摸摸他的小脸。

走到 S3,我要了一杯杧果、香蕉、凤梨混合的冰沙,坐在沙滩上歇脚,看风景。风和日丽,天蓝水碧,白帆点点,如堕仙境。眼前,一艘螃蟹船停在岸边,即将启航去深海,菲律宾教练给全副武装的“水鬼”们最后一遍讲解动作要领。一切显得那么热闹,又是那么安闲;那么蓬勃,又是那么寂寞;那么美,又是…… 又是那么绝望——谁能留住时间的脚步,让青春永驻?谁又能一生把握这样的美景,而不叶落归根?我突然有一些伤感。

中午去比萨屋吃了一只 10 吋比萨,然后入住 Club ten。睡了一觉,起床后和值班的简聊了一会儿天。活泼可爱的简像孩子一样问了我很多问题,有些问题显得很无知,比如中国男人现在是不是三妻六妾,中国有没有杧果、有没有槟

椰，等等。我一边打趣她，一边心情平复了。5点钟，我背起摄影包去拍落日。

拍落日，要有云霞点缀天空，也要有合适的物体填充前景。我选择一艘螃蟹船作为前景。这是长滩岛独有的船型，有明显的地域特征。5点钟的太阳光线柔和了，少了“毒”性。5点半，太阳接近天际线。我架好三脚架，用长焦“小白”拍摄落日云霞、海水船帆。5点40分，太阳慢慢沉入大海，速度非常快，整个过程只有2分钟。太阳落下后，余晖投射到云层上，把云层涂抹得华丽辉煌。这才是最美的时刻，美得令人心尖儿颤！把握住，一定要把握住！不要激动，手不要抖！我把光圈设在11，追求较大景深，不停地摁下快门。每一分钟，云层的形状和色彩都有变化，可以说，每一瞬间的景色都不可复制。我忘却了自我，心里只有“拍摄，拍摄，拍摄”。拍了长焦头，我又换上广角拍大景。虽然我个人觉得长焦的画面更唯美，但我吸取过去的教训，用不同的透视角度去全方位记录画面。事实证明这样做太正确了。回国后我在电脑上打开照片，看到的最具震撼力的画面是用广角镜头拍的。当时如果不是我多长个心眼，不定现在怎样后悔呢。

一直到6点半，光线太弱了，不能拍了，我才恋恋不舍地收起脚架。

晚餐是在沙滩上的一家中国餐馆吃的荷花炒饭。餐台设在沙滩上搭起的棚子里，面对大海，是半躺型的座位，非常舒服。餐馆还提供土耳其水烟，不过我没尝试。吃完饭，我又去圣母岛拍了夜景，在沙滩看了当地的火灯舞表演，直到12

落日的余晖，让大海浮光耀金，三角帆仿佛行驶在辉煌的宫殿里。这儿，离天堂应该不远了吧？

螃蟹船上，看日落的人们，目睹了万紫千蓝、千变万化的夕阳与落霞。

点，回去上 wifi，睡觉。

第五天：跳岛潜水去

今天还得搬家。Club ten 接下来几天的客房都订满了，有钱也住不上，所以早上我就把行李寄存在前台，准备找到酒店再提走。

今天的安排是跳岛游、浮潜。跳岛，我原以为英语是 Jump island，其实不是，是 Islandhopping。浮潜，不是 diving，diving 是深潜，浮潜是 go under water。在那样的环境下，每天英语都能进步一点点。在家时，我总是记不住"烟灰缸"的英文，在长滩，我一次就记住了。

昨天在 S1 的一家小商店预定了今天的跳岛游。按照牌上价格，跳岛游要 1500 比索呢。但这里是可以讲价的，我讲到 920 比索，含中饭。网上有人说曾经讲到过 600 比索，那个太"狠"了。总得让人家有赚头，太便宜的价格服务肯定打折扣。

今天小商店那儿有人等着，把我和一对西班牙夫妇用“摩的”送到S3。散客都在S3集中。集中的时候，看到了烟和CK，原来她们也去跳岛游，和我拼到一条船上。这一行，有20多人，像联合国一样，什么肤色的都有。

小小的螃蟹船在波涛上起伏，蓝色的海水有时候会哗地盖过人们的头顶。那海水真蓝啊！又蓝又纯净，诗意的纯净，让人觉得生活在电影中。船行约20分钟，停在一个小岛边。这个岛叫Crystal cove（水晶湾），里面有一些棕榈树、步道阶梯什么的，还有一个洞，叫水晶洞，洞里海水齐腰。有去过这小岛的人说，其实没啥意思，还要加收200比索门票。我和烟、CK都没上去，在沙滩上拍照玩儿。那天海浪好大，我站在岸边，被海浪推着走，拖鞋陷在沙子里，带子绷断了。索性甩了鞋子，当个赤脚大仙。

1个小时后，他们从岛上下来，继续开船20分钟，到一个浮潜地，开始浮潜。所谓浮潜，就是眼上戴个潜水镜，嘴里含个呼吸管，潜下去看水底3到7米的珊瑚。为了拍到珊瑚照片，我老早就从网上买了相机防水罩，并且到游泳池试拍了

晚归的螃蟹船，刚刚停泊，等待客人下船。

五彩斑斓的海底世界，是你未知的。

几次，确认罩子不漏水。因为想潜得离珊瑚近一点，我把呼吸管扔掉了，一个猛子扎下去。第一次潜水拍照，没有经验，老是呛水，呛得我咳嗽恶心。那个防水罩有点小，相机镜头一伸出来，就被挡回去了。为了使镜头能够充分伸展，我放了一点空气进入罩内。但是罩子里有空气，总是向上浮，阻碍了我下潜的深度。我使劲儿往下潜，屁股撅到天上，各种萌，无奈人就是不往下沉。好不容易下去一点，为了保持深度，胳膊不停地划水，相机就把持不稳。所以拍出来的照片很不理想，离得远，而且焦距模糊。诸位凑合看吧。

潜水 15 分钟，上船，到一个岛上吃中饭。中饭是自助餐，虽然不算丰盛，也还对胃口。有黄瓜片、西红柿片、洋葱片、鱼肉、鸡肉、烤肉串，还有炒胡萝卜。我吃了一大盘。先把肚子填饱再说，吃饱了不想家。

吃完中饭，上船，到了另一个浮潜地，再一次下海浮潜。这一次主要给烟拍潜水照片，但是刚下水，她就发现眼罩是坏的，只好上来，坐在“螃蟹腿”上拍了几张伪潜水照。

回到 S1 之后，已经下午 5 点了。我再一次来到沙滩拍落日。这次走过了圣母岛，到了 S1 的尽头。今儿是不同的景象——乌沉沉的天空，在水天相接处露出一片红，别有一番风情，谋杀了我一个 8G 卡的一大半空间。

拍完日落，我赤着脚去找酒店，脚硌得生疼，没找着合适的。回到 Club ten 去穿鞋子，简问我找到酒店没有，我说还没有。简想了想，说我把放床单的房间腾出来你住吧，就是简陋点，有点委屈你，你去看看可行。我一看，除了床窄了一点，其他都很好，洗手间就在隔壁。重要的是，才要 800 比索，还含早餐、免费 wifi，比 Frendz 都划算啊。在这间房里，我一直住到离开。真得谢谢那个简。

第六天：海滩上的“马杀鸡”

今天的安排，是到长滩岛的菲律宾当地人家里访问，到海滨游泳，到沙滩做一次“马杀鸡”。

在酒店吃了早餐，逆着海滩的方向往上走，出巷口，就到了主路。越过主路到对面，有一口大水塘。过了水塘，有一大片居民区。我在居民区溜达，试图去做一次家访。

我一直认为，旅行不完全是对美景的欣赏，也是对世界的深入了解，对人性的重新认识。到他乡异域，有条件的话尽量结识当地人，到人家家里坐一坐，与人聊一聊家常。长滩，我赏了美景、尝了美食，现在还缺家访这一课。我要去补上。

对于沿街开店的家庭，我不进去；对于盖了新房的富裕家庭，我也不进去。我要选择一个最普通的、原汁原味的菲律宾家庭进入。走了很久，我找着了这样一个家庭。房子的外形比较破旧，也没有门面做生意，孩子们穿得有点寒酸。我进去，微笑说，hello。

“May I come in?”（我可以进来吗？）

“Yes,you do.”(可以，请进)

我从兜里掏出一袋糖果，分发给几个孩子。“Chinese candy,please.”（中国糖果，请品尝。）

面露疑虑之色的中年妇女，这时露出了笑容。“Where are you from”（你从哪儿来？）

“I am from china .(我来自中国)”

“I am a tourist,and a newsman. I’d like to talk with you,ask some questions for you ,then look at your house,ok?”(我是个游客,也是个新闻记者。我想跟你说说话,问你一些问题,然后看看你的房子,可以吗?)

“Yeah.”(好的。)中年妇女笑着说。

于是我用我有限的英语慢慢和她攀谈。中年妇女叫 Michaela(米基拉),是长滩岛众多家庭妇女中的一员。她住在一个院子里,院里还住着四五家人,她的儿子、媳妇及侄女一家和妯娌一家。男人们都到沙滩上干活去了(干什么活,我没有听明白,反正就是各种揽客者、商店营业员和酒店保安之类的。潜水教练、管理人员大概不会住这样的房子)。我问他们一家人每月能收入多少钱,她说男人挣的这一块有 6000 多比索吧, 相当于人民币 1000 块钱。说话的时候,米基拉的妯娌、侄女、邻居都围了过来,大概从来没有外国游客来家访过,他们觉得新鲜。我又给几个成年人每人一盒清凉油,他们越发和善。

编个风格独特的辫子,换一种心情,是年轻女游客的最爱;男的嘛,一般是做个纹身,不过你也可以选择能洗掉的那种。

我说请带我到各屋看看吧,米基拉就带着我把院子里几家都看了一遍。总体上是比较破旧、比较简陋的,每家屋子的后门都有一小片菜地,正门外面共用一个小小的天井。天井的外墙快要颓倒了。这时院墙外围了一些人,是来看热闹的,里面还夹杂着外国游客。我招呼米基拉一家:来来来,我们一起合个影吧,让你们家的男人也来。可是没有男人,男人都出去工作了。我把相机交给一个院门外的游客,在愉快的笑声中,我和一群妇女、孩子照了不太美但是很有现场感的合影照片。

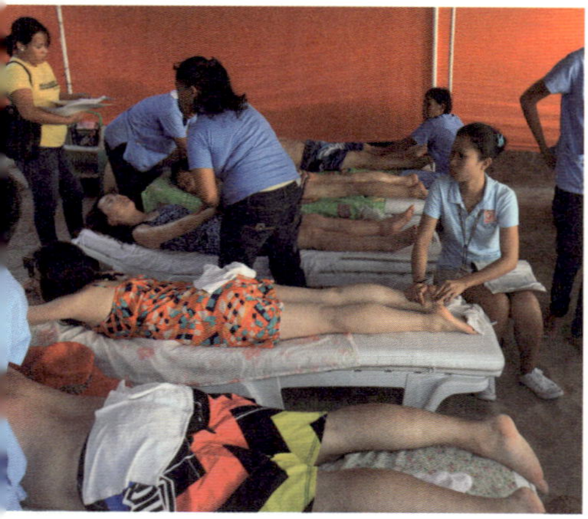

到长滩岛来,大多数游客都会做一次“马杀鸡”,享受菲妈粗粝大手的松骨按摩。

走时,她们送了我很远。真是些淳朴的人!

家访后,我回酒店换了泳衣,披了酒店的大浴巾,到沙滩去做“马杀鸡”。所谓“马杀鸡”(massage),其实就是全身按摩。在沙滩上做马杀鸡的都是四五十岁的菲律宾大妈。走路走久了，游泳游累了，需要她们粗粝的手给你的肌肉放松。凡是到长滩的游客，没有几个不做“马杀鸡”的。我是个土老帽，在家乡从来不做按摩、足浴，但到这里要体验一下。

躺在沙滩椅上，让菲律宾大妈捏你的筋骨。菲律宾大妈的手很重，我是个不吃重的人，不断跟她说“overweight”（超重了）。这是在机场托运行李说的话，在这里我用来表达我的感觉。菲律宾大妈听懂了，手放轻柔了。

“马杀鸡”做了 1 个小时，全身舒泰。结账，付给菲妈 350 比索。

吃完中饭，回到酒店，餐饮部的一个女服务员跟我要 cold oil（清凉油）。还剩最后一盒，我拿给她，她欢天喜地地走了。一会儿这位女服务员给我送了一个电热壶过来（按规定，800 比索的房间是不配电热壶的）。播种春风，就收获杨柳，中外皆然。

午睡后，我下海去游泳。

平缓的沙滩一直延伸到海的深处，海边 150 米以内都是浅滩。我挥臂畅游，向着大海深处。海水略咸，但比三亚的海水淡了很多。不少人在游，到处闪烁着比基尼的身影。我游。我再游。游累了，就到沙滩上躺一会儿。旁边有一对老夫妻，听说话像我们老乡，一问，是徐州来的。老两口都是农民，儿子挣了钱，带他们来旅游。在这里，我遇到过上海人、广东人、江苏人，但没有遇到过安徽人。听麦迪乐说，我来之前，Frendz hotel 住着一个安徽人，叫徐军（音），我来的前一天刚走。我无缘晤面，很是遗憾。

今天是我在长滩的最后一天，晚上我要喝点儿酒，犒劳犒劳自个儿。

在 D-mall 里拣了一家韩国餐馆，要了一瓶韩国清酒，慢慢喝。麦迪乐通过微信问我是否还去跟她们一起吃自助海鲜，我说，体验一次就够啦，不去了，谢谢啦。

本质上，我不喜欢热闹。在一群人的嘻哈中，我感觉烦乱。安安静静地一个人喝酒，其实挺好。

一瓶清酒下肚，我有点晕乎了。酒量始终练不出来，没办法。结了账，我到 D-mall 里买户外水壶。自从在马尼拉遗失了我的水壶，这一路我都是买纯净水喝，我带的好茶也喝不成。但是没有买到水壶，我就晕晕乎乎回去了。菲迪在值班，我说我明天要走了，菲迪说祝你一路顺风。她给我详细写了明早在哪儿打“摩的”，“摩的”多少钱，怎样坐螃蟹船到卡地克兰。还说，放心睡吧，明天我给你叫早。谢谢菲迪。我通过你们认识了长滩，认识了菲律宾，度过了美好的一周。我无以回报，祝你们一生平安幸福。

第七、第八天：在机场丢了签证，我傻眼了……

早晨6点40分，菲迪准时喊我起床。我办好离店手续，挥别长滩，先后搭乘摩的、螃蟹船、中巴车，10点钟到达卡利波机场。还没吃早饭呢，看到对面有家中国餐馆，我进去要了一份蛋炒饭、一杯杧果冰沙。

餐馆老板姓黄，和我是本家，台湾人，来菲有20年了。我吃饭时，他要出门进货，交代儿子照顾我。那儿子敦敦厚厚的，从厨房给我端来一碗牛肉汤，说是送我的，免费。汤里有很多牛肉，让我很感动。

换完登机牌，又交了40比索机场建设费，才获准进入候机室。卡利波机场没有广播，也不像尼泊尔加德满都机场有工作人员举着写有航班号的牌子通知旅客登机，一切都得自己看，显得无序。我差一点儿上了其他航班，检了票了又被机场工作人员喊回来。

到了马尼拉，我不想再住Where2青年旅社了，我有半天的时间，想去看一看唐人街，就打的去了岷伦洛区。从国内出发时，我还不知道有唐人街，在飞往长滩的飞机上，看到飞龙航空的杂志，才知道这也是一个可以看一看的景点。

中国从明朝开始就有大批福建、广东、台湾人移民菲律宾，总体上能和菲律宾人和平相处。但是历史上也有两次中国移民反抗压迫的起义，都被菲律宾人联合西班牙人、日本人镇压了。菲律宾这个国家，被西班牙殖民统治350年，被美国殖民统治45年，独立得很晚。她的民族比中国还要多，她的语言有100多种。美国人帮助菲律宾建立了一整套教育体系，统一了语言(英语)。

华人有经商头脑，在马尼拉做生意很成功，华人社区岷伦洛区基本上可以说是马尼拉的商业中心。我在唐人街的Lorenzo Ruiz广场下车，提着行李找了好久都没找到旅馆，貌似这儿的旅馆不多。在一个到处挂着中国招牌的小巷里，我问了一个中药店的老板，他给我指了一个方向，我还是没找到旅馆。不得已，我回到广场，对一个三轮车夫说，你送我到最近的一家旅馆。他说要100比索。我说不，30比索。他摇头。另一个车夫说，70比索可以。我摇头。这时上来一个黑瘦的车夫，说30比索他拉。结果他拉了我50米，就到了一家如意快捷宾馆的门口。我晕！我从宾馆门口来回几遍，恁大的中国字居然没看到。我对车夫说，这么近，你不能收我30比索，20比索怎么样？他说你答应的，要讲诚信。这家伙！

我以 750 比索的价格订了一个小小的单人间,住下,到街上去转。这里很多中国人,很多中国餐馆,还有南北货商店。我在一家中国餐馆吃馄饨,老板见到我态度冷淡,没有见到祖国亲人的感觉。街上很多水果摊,那些水果国内都有。大杧果 8 块钱一斤,不便宜。淮南华联超市卖 8 块 5,差不多。问了餐馆老板娘,附近有哪些景点,老板娘想了半天,说只有一个岷伦洛教堂。我到教堂看了看,就回去睡觉。

进入菲律宾时我换了 2.1 万比索,现在还有 3000 比索。没什么要买的。准备明儿结完酒店的账到机场再换回来。

几个月前,我曾在 QQ 说说里写了这么一条:“Tip,小费的意思。到菲律宾要给小费。”现在我后悔记住了这个单词了。为什么呢?因为次日我到马尼拉机场找银行换钱,一时没找到,就求助了一个大盖帽。大盖帽热情地把我从二楼带到一楼。在电梯里他向我索要小费。我要是听不懂 tip 就糊里糊涂混过去了,但是我听懂了。我下意识地打开钱包,看到里面还剩一个 500 比索的,2 个 1000 比索的。我举着 500 比索的说,big charge,意思是只有大钞了,没法给小费。谁知那家

岷伦洛教堂

伙很自然地接过去了，连声说 thank you。我晕。我不好意思要回来，就这样被“劫持”了 500 比索(合 80 多块钱)。那大盖帽肯定在心里感叹：中国人真有钱，我把他从二楼带到一楼，他就给我 500 比索小费。哈哈。

剩下的 2000 比索换了 275 块钱，合 7.2 比索换 1 块钱。太不值钱了。

换登机牌时，排在我前面的人证件有点问题，20 分钟都没搞好。我急得直看表。在柜台边值机的一个美女问我：先生有行李要托运吗？我说没有。她接过了我的护照和行程单，拿到 10 米外的另一个柜台去办。办好给我，让我去交机建费，填写离境单，然后过海关。我一看，机建费要 550 比索，坏了，我的比索都换成人民币了。我真是瞎勤劳，这么早把钱换回来干吗呀。我急中生智，问保安：我用美元行不行？保安说，行。还好，我带了一点美国碎银子，在这里用美元比用人民币划算。于是交了机建费。

过海关，排了很长的队。好不容易挪到跟前，一个女柜员看了我的证件，说少了 visa(签证)。我拿过来一看，确实少了 visa。咦，我的 visa 呢？刚才还夹在护照里的呢。我开始翻找腰包和裤兜，连个影儿都没有。那一刻，我冷汗下来了。要坏事！

赶紧回头沿着我来的路线找。排队的地方，没有；填写离境单的地方，没有；交机建费的地方，也没有。又来到换登机牌的地方，那个值机美女还在。我对她说：“Excuse me,I lost my visa ,please help me to find it.”(请原谅，我遗失了签证，请帮我找找。)

她问：“Where do you made bordingpass?”(你在哪儿办的登机牌？)

“Here you.”(在你这儿)

“I have give you all.”(我已经把所有文件都给你了)

“Please find it again.”(请再找找)

她微笑着摇摇头。

我完了，回不去家了。没有 visa，就登不了飞机。重新到大使馆补办 visa，至少耽误一天，那么接下来香港回南京的飞机也就耽误了，那损失大了。我一边重新翻找口袋，一边脑子里翻江倒海：最近我是怎么了，在马尼拉丢了水壶，害我全程喝不上茶水；在长滩丢了三脚架的快装板，三脚架成为一堆废铁。现在又遗失了 visa，我不是做了什么缺德事儿吧？思来想去，没有啊，我一贯与人为善呀。那 visa 刚才还在呢，现在怎么会神奇地消失呢？难不成有人要留我？难不成菲律宾人民嫌我在菲花钱太少了，要我再消费一天？种种奇怪的念头都冒了出来。我看着掏在台子上的一堆纸：有餐巾纸、行程单、船票、机票、老黄的名片、打火机……乱七八糟的，太没有条理了，不丢东西才怪。

我这边正急慌慌地找着，那边值机美女举着一个单子走过来："Huang sir,is this yours?"哈哈，找到啦。我说呢，原来是她想留我。谢天谢地。我说："I'll cry ."(我要哭了)。美女脸涨得通红，憋了半天，才轻轻吐出来一句："I am sorry ."

进了候机室，才想起早饭还没吃呢。用美国碎银子买了面包和饮料，一边吃，一边平静下起伏的心绪。

准点登机，依然是菲律宾航空的宽体客机，很舒适。旁边依然坐了个菲律宾姑娘，和来时那个长得差不多。貌似来时菲律宾人接我，走时菲律宾人送我，一切都显得那么友好、温馨。虽然在马尼拉我有被宰过，但菲律宾还是给了我美好的印象。到发展中国家旅游，在计划之外多花点冤枉钱是正常的，符合天理。谁让你挣的比人多呢？在香港，一切都很规矩，没有宰人，没有漫天要价，但是物价很贵。寸有所长，尺有所短吧。下一次，我该去发达国家看看了，看看富人是怎样生活的，也开眼看一看钻石级的奢靡。戴上眼罩，我迷糊过去了。

澳大利亚:房车自驾大洋路

阳光明媚　我们出发

当那个又高又长的大家伙缓缓停在我们面前时，我和我的小伙伴都惊呆了。

那辆阿波罗公司的房车，虽然已经历了18万公里的驱驰，依然熠熠生辉。它的白色的车头，像一尊蹲卧的雄狮，在漫不经心中显示出力道；它的长方形后

这辆阿波罗公司的福特房车，堪比货柜车，在国内至少持有B照才有资格驾驶。

箱，像一个集装箱货柜，隐藏着数不尽的神秘。从网上看图片，觉得它挺大的，就像一辆依维柯，哪承想它长 6 米，宽 3.5 米，比依维柯大得多。一想到要驾驭这座手动挡、柴油版、驾驶座在右侧的大家伙，沿着异国他乡的海岸和乡村驰骋近800公里，历时 4 天，我第一次感到有点心虚。

小伙伴们看出了我的犹疑，脸上浮现出惶恐的表情。罢罢罢，别人开得，我也开得，有什么好怕的。军心不可动摇。我深吸一口气，挤出一丝微笑，跨上驾驶座，扣好安全带，点火，松手刹，挂挡。“都上来了吗？”“都上了。”“那好，走起……”我松开脚刹，踩下油门，房车慢慢挪出了租车公司的大门。

6个月前，Lelly 在一个旅行专业网站上发了个召集帖，要去澳大利亚大洋路房车自驾，立即获得了一片响应。小时候，看电影《叶塞尼亚》，对那种开着大篷车一路流浪、四海为家的生活十分羡慕——无所谓始终，无所谓追求，心无羁绊，歌舞相伴，满眼都是新鲜，车停便是故乡，那是多么艺术的生活，多么精彩的人生啊！从那个时候起，我心里就种下了流浪的情结。现在看起来，有这种情结的不止我一个。开着房车去旅行，也许就是对这种情结的小小释放吧。

明天就是十一了，澳洲还在春天，依然春光烂漫。阳光正好，温暖的光线透过驾驶窗洒在身上，舒适而惬意。小伙伴们都没有说话，他们知道，开头的路程必须让我集中精力，以百倍的精神去应付。他们是一群有素养的小白领，温文尔雅，理性自制。这里，请允许我把我的小伙伴们介绍一下（以出场先后为序）：Kelly，上海外企白领，网上召集人，英语达人；Lily，杭州国企 HR，英语达人；那马，安徽媒体资深记者，摄影师；小吴，杭州某外资银行 IT，浙大计算机硕士；蓝心，杭州某民营企业建筑设计师，此行的后勤总厨。

开车上路才晓得，这房车真重。我不是说它体量大，我是说它的方向盘重、离合器重。而且看起来这辆福特房车三档比较难挂，有时要挂两三次才能挂上，要弄顺溜还需要点技巧。澳洲公路是靠右行的，我之所以敢把恁大的房车开上路，不完全是凭着阿 Q 式的“别人摸得，我也摸得”的莽勇，还因为之前我们 5 个已经租了一辆 SUV 从悉尼开到了墨尔本。那一路，小吴、蓝心都当过我的副驾驶，一人开了一段。但现在，小吴不敢开了，他没开过手动挡车；蓝心也不敢开了，她纤细的胳膊实在扳不动沉重的转盘。只剩下我“独撑危局”。

好在，20 公里之后，我就慢慢适应了。已经适应的标志就是“忘我”，就是说，忘记了自己是在国外，忘记了自己驾驶的是右舵车，忘记了这个车除了乘客和车架，后面还拉着饭桌、餐具、床板、冰箱、炉灶、被褥和厕所。小伙伴们也都放松下来，浙江籍的蓝心大声唱起了《茉莉花》，“好一朵美丽的茉莉花，好一朵美丽的茉莉花，芬芳美丽满枝丫……”优美的歌声在空间里回荡，引来大伙儿的齐声应和。

无限风情扑面来

大洋路是第一次世界大战结束后由澳洲退伍老兵修筑的。彼时一些老兵退役后找不到工作，经常在街头闹事。政府为解决他们吃饭，把他们组织起来沿海岸线修路。谁知，修成的大洋路因风光旖旎，被人赋予了“世界著名海景大道”的称谓，这条双向两车道遂成为世界各地人们趋之若鹜的自驾热线。“澳洲一战退伍老兵”群体也因此荣登史册，并在大洋路入口处被塑像纪念。

我们设计的大洋路房车自驾，往返4天，墨尔本是起点和终点。前三天是去程，沿大洋路开到瓦南布尔，第四天是回程，从内陆开回墨尔本。时间充裕，路程不太赶，我们且走且停，充分享受着澳大利亚的阳光海风，领略着大洋彼岸的壮美风光和异域风情。

Bell beach，是我们第一个观景点。这是一个冲浪海滩，2米多高的海浪，不大不小，正是冲浪爱好者喜欢的图形。站在岸边陡峭的悬崖边，我们欣赏着远处的无限蓝，看澳洲的帅男靓女在波诡云谲的海面上弄潮。一次次迎着潮头站立，矫健地在波峰前滑行，又一次次被海水扑倒，淹没在浪花之间。我们很羡慕，但又觉得这样的生活离我们很远。有人说，澳洲人的生活观念与我们不同，他们工作是为了休闲玩乐，我们休闲度假则是为了给自己充电，更加精神抖擞地投入工作。很难说谁的生活观念更加科学和正确。我们有我们的情况——要想摆脱落后挨打的命运，我们尚须奋斗，目前还不能把玩乐视为生活的主流。

攻略上说，在Anglesea小镇有一个高尔夫球场，球场边生活着一群慵懒的袋鼠。球场是开放的，不收门票，这让我们很兴奋。凡是不收门票的景点都让我们兴奋。一专业旅游网站说，澳洲的旅行标签就是珊瑚、袋鼠、大石头，珊瑚，我在大堡礁已经看过了；大石头是指乌鲁鲁巨岩，在澳洲内陆，我们看不到；袋鼠作为澳洲特有的可爱动物，我们一定要去看看。

沿着高尔夫球场兜了一圈，才在一户民居门口的大树底下勉强找到停车的地方。房车太长，屁股伸出一小截在居民进出的小路上，有点不礼貌，但也没办法，总比停在路边挨警察开罚单强。从一条花径走进去，就看到绿草如茵的高尔

贝尔海滩的冲浪者。

夫球场。有一群老人在击球。我们继续往前走，在几棵大树底下看到了一群袋鼠。这里的袋鼠受一个动物保护组织的庇护，食宿无忧，个个长得健硕漂亮，它们或立或卧在安详地吃草。我和小吴趋前拍照，袋鼠旁若无人，顾自用膳。一会儿，穿着大红上衣的 Lily 远远地走了过来，袋鼠们霎时全部站立起来，盯着 Lily 看，看傻了一样。天哪，原来袋鼠也喜欢美女啊。

正拍照间，一个手握球杆的洋大爷走了过来，很严肃地说，这里是私人领地，非请莫入，看袋鼠请到球场外。

在澳洲，私人权益很被看重，我们要学会尊重，遂全部退出了球场。

当然，大洋路上那个著名的红顶灯塔我们也没有错过。这座有着 122 年历史的巍巍灯塔，在漆黑的夜晚和大雾天气曾经给无数个漂泊的游子指明了方向，如今，它静静地矗立在一块伸向海面的岩台上，一边沐浴着温暖的夕阳，一边接受我们目光的抚摸。在红顶灯塔，我们还遇到了同样是自驾的儿拨中国人。

大洋路的精华景色全在坎贝尔港附近，那是以 12 门徒岩为代表的 8 个壮美的海蚀红岩景点。我们从东向西开行，左手是碧波荡漾的大海，右手是绿草如茵的牧场。大海辽阔深远，令人心胸豁然开朗；牧场起伏有致，令人情绪宁静安详。到了坎贝尔港附近，海岸变得陡峭起来，岸边的岩石颜色渐深，最后变成了赭红色。海水像一把神奇的刻刀，经千百年的精雕细刻，将岸边的红颜蚀塑成千姿百态的造型：有的如孑然立于海中的圣者，是为12门徒岩；有的如天然的双孔拱桥，是为伦敦大桥……

从东向西，这8个景点分别是：吉布森台阶、12门徒岩、洛克阿德峡谷、拱门、伦敦桥、人工洞室、马特湾、岛屿湾。

海边的天气，说变就变，刚才还在阳光普照，转眼间变成大雨倾盆。游览坎贝尔港的时候，我们正赶上狂风骤起，晴雨交替。我们顶着九级大风观看耶稣12门徒的“圣容”，雨衣被风吹起，像是佐罗身上的斗篷。

计划中，到了12门徒岩之后，我们要乘坐直升机从空中俯瞰坎贝尔

高尔夫球场的袋鼠

十二门徒岩，风太大了

港，那样的景致更加壮美。起飞点就在停车场边上，飞行一次，15 分钟，大约 1200 块钱(RMB)。但是今天的天气变幻莫测，如果在起飞的 15 分钟之内，乌云蔽日，光线暗淡，我们将什么也看不到，我们不想花 1200 块钱去冒这个险，几个人商量了一下，忍痛取消了飞行计划。

如果说，澳洲的白昼呈现的是有形之美的话，那么，澳洲之夜表达的就是一种神秘的美。那晚，在瓦南布尔的 big4 营地，夜空晴朗。用完晚膳，我背起摄影包，扛上三脚架，手中提了一把帆布折叠椅，一个人远离营地，到一个长满黑松的高岗上拍星空。四周没有人烟，也没有光污染。只隐约感到我右侧后方有一个黑黢黢的废弃水塔。这里的夜空是那么的美，美得令人窒息。黑色的天幕微微透着深邃的蓝，又大又亮的星星布满天空，仿佛伸手可摘。星星无语，但他们错落有致的排列、明暗闪烁的眨眼，向人们传递着与心灵共振的意蕴。空气清新，万籁俱静，澳洲之夜清澈透明。这是人听得到自己心跳的时刻。说实话，作为一个曾经在枪林弹雨中历练过的老兵，我的胆子是够大的，但这时候很明显地听到了自己急促的心跳。我把羽绒衣的帽子紧裹在头上，缩着身子作鸵鸟状，尽量不去想身后有什么，抽了 5 支烟，拍下了澳大利亚的灿烂星空。

艰难俱在征途中

坐在房车的驾座上，我有一种很 man 的感觉，就像一个男孩握了一把乌黑的玩具手枪，觉得自己底气十足。但是，在异国他乡驾驶一个庞然大物，走在完全陌生的路上，我须打起十二分精神，不能沉溺于这种扬扬自得。尽管买了不计免赔的保险，我仍然不想有任何的节外生枝。车停在不该泊车的地方，或者超速，都会接到警察的罚单。澳洲的违章处罚是很厉害的，开车不系安全带，罚款 200。这个 200 ，不是 200 元人民币，而是 200 澳元，差不多近 1200 元人民币。而且是由租车公司从你的信用卡中直接扣除，无须得到你同意或签字。因故，不仅我时时提醒自己小心，几个小伙伴也相互提醒。我们设了一个安全员，就是美女蓝心，专门在车上提醒大家系好安全带。我们可不想有任何闪失，影响预定的行程和旅行的心情。

营地的休闲时光

第一天中午进入季隆，我们想进超市补充点食材。在澳洲，我们每天自己做饭，有时在车上，有时在房车营地的公共厨房。进入超市停车场的时候，左转弯，由于车身太长，车子的后轮轧了左边的马路牙子。这让我警醒起来，开长车一定要绕大弯，不然下次轧的可能就不是马路牙子，而是行人的脚了。在高尔夫球场外泊车的时候，车顶又被大树的树枝刮了一下，，还好没刮出痕迹来，但我依然惊出了一身冷汗。这两件事让我对车身的长度和高度有了切实的体会，以后再没犯过类似的错误。

严峻的考验来自第二天。因为这一天，风雨交加。风是狂风，雨是暴雨，我们又正好在路上。

澳洲的公路，远没有我们国家的公路气派阔绰，他们大多是双向两车道，同向的车辆，没有快、慢道之分。遇到这样恶劣的天气，我唯一的办法就是开得慢点，再慢点。公

澳洲璀璨的星空

路过高岗，停车拍照。

路的限速有时是110km/h，有时是80km/h，我只能开到60—80km/h。因为没有超车道，后面的车想超也超不成。但是澳洲人开车非常有礼貌，他们不会在我后边摁喇叭催促，而是默默地跟在后面，直到我在路边找到停车避让处，让他们超过去。往往这时候他们还会鸣笛表示感谢。

从阿波罗湾到坎贝尔国家公园，有一段我们在高岗上行驶。风大雨狂，高岗上无遮无拦，风神更加肆虐。笨重的房车，被风吹得像秋风中的落叶，瑟瑟发抖。有时候，狂风会把车轮吹偏，小小地越过中线，切入逆行的车道，叫我胆战心惊。幸好澳洲公路车子不多，才没酿成事故。我死死把着方向盘，把雨刮器速度开到最大，紧盯前方，不让房车脱离轨道。要命的是，车行出好远，突然想起我们几个昨晚洗的衣服还在营地晾衣绳上挂着，只好又回头去取衣服。来回穿越这片风神肆虐的高岗，这真是我的人生中一大独特体验。

终于到达房车营地，我累得瘫坐在座位上不想起来。这一天，我们在风雨中穿行，没有看到风景，大伙儿情绪都很低落。几个MM没心思做饭，提议吃泡面。我又累又饿，多么想正正规规吃一顿饭，补充过度的消耗啊。但我没说什么，跟着大伙儿吃了泡面。结伴旅行，最重要的是互相理解和包容。

遭遇车祸和缉毒警察

房车自驾的第三天，我们从坎贝尔国家公园营地拔营，沿海岸开行不远，就遭遇了一起车祸。

车祸是我们前边一辆车发生的。这是一辆豪华奔驰轿车，车里的人来自中国,是一家三口,一对中年夫妻带着十三四岁的儿子。当时驾车的是男主人,他只顾看窗外的风景了,车头擦到了路边的隔离墩,由于车速快,导致侧翻,男主人小腿骨折,女主人和儿子受了轻伤,儿子大概头上破了一个大口子,留了好多血。

我们赶到时,警察已经设置了路障,有十几辆车被堵在路边。远远看去,一辆铮明瓦亮的奔驰车四脚朝天翻在地上,6个气囊全开。车边围着一圈武装整齐的警察。我们停车等待,一个澳洲警察走过来,问:你们来自中国吗?我答:是。警察:我们需要一个中文翻译来现场帮一下忙。我和kelly赶紧下车(lily他们也要下车,被警察制止了,人家不喜欢围观)。原来出车祸的那一家只有男的会几个英文单词(这年头,不会讲外语勇敢闯四方的太多了),警察和他们沟通困难。警察对他说,我们现在不能移动你,等待专业救护人员来到,才能把你送医,他们马上就到了。男的没说什么,他老婆说,我们买了国际旅游保险,请帮忙联系客服。我帮他们打了电话,保险公司的澳洲保险专员说,他会安排医护人员准备好抢救,他的助理将会在三刻钟之内赶到现场。

道路很快疏通了,快进入lorne小镇的时候,我们和缉毒警不期而遇。就像我们国内查酒驾的阵势一样,路边站着很多全副武装的警察,一个警察做着手势,让我把车慢慢停在路边指定区域。我心里有点打鼓:不会摊上事儿吧?一位高大帅气的小警察,拿着一只带管子的仪器,让我吹。我心说,大上午的,怎么查起酒驾来了,我昨晚享用的高端、大气、上档次的澳洲干红不知现在还有没有残留。小吴在我耳边说,是查吸毒的。嗨,那咱怕啥呀!我使劲儿吹,差点儿把那仪器给吹破了。警察看那仪器屏幕没有异样，挥挥手放行了。

在回墨尔本的路上,到处都是绿草如茵的牧场。

虽然这次我没有涉

毒,但从瓦南布尔回墨尔本的路上我涉“毒”了——被澳洲牧场的甲壳毒虫咬了,并且把这个花大姐一样的毒虫子带到了国内。

从瓦南布尔回墨尔本,我们是从内陆走的。路两边全是绿草如毯的牧场,有的人家就孤零零地坐落在牧场的中央。在澳洲,我没见过一杆庄稼,难不成澳洲人只吃牛肉、喝牛奶?我一直有一个家访的想法——你想,到了人家的地盘,如果不去人家家里拜访一下,看看人家的摆设,听听人家的家长里短,那对澳洲的了解岂不是太皮毛了?所以当我看到一座坐落在牧场的漂亮白房子的时候,我一打方向盘就拐进去了。

房子里没有人,我喊了几遍都没人应声。凑近一看,铁将军把门。周围是起伏的山岗,披着绿草的山岗就像少女的酮体起伏有致。此时正是傍晚,西天的晚霞映红了树梢,是拍风景大片的绝佳时机。我钻进牧场的围栏,寻找最佳位置拍片。牧场开满了鲜花,也铺满了牛粪,几乎没有下脚的地方。此时一群小牛走了过来,不,确切地说是围了过来,对我形成了包围圈。而且速度越来越快,渐渐地冲了过来。我从它们眼里读出了愤怒和敌意。不好!我撒丫子就跑,跑到围栏处,被铁丝网挂了一下,差一点儿摔倒。后来哥几个打趣说,看到我的狼狈样,才明白什么叫“落荒而逃”。

就在那个时候,有几只牧场的毒虫子顺着鞋袜钻进了我的裤筒。到夜里,我被叮得满脸开花,左眼肿得像一只桃子,浑身奇痒难耐。不得不起床来到洗浴间,洗个很烫的澡。然后沿着衣服的里缝找虫子。真的被我找出来 2 个,小绿豆大小、甲壳、背部花花的、遇到危险就释放臭气的可恨家伙。

旅行 即是修行

从澳洲回来,我变了。澳洲房车营地的公共厨房曾给我深深的触动。厨房里炉头灶具、锅碗瓢盘、冰箱、微波炉、热水器一应俱全(但是没有筷子)。无论在哪个营地,厨房在用过之后,总是被收拾得一尘不染。大家都自觉地把用过的厨具用洗洁精洗过,用干净的碗布擦干,放归原位。我以前在家里基本是不下厨房的,回国后,我主动下厨房干家务,每次用完餐,还把厨房收拾得干干净净,连过去从不整理的小角落,我都去污还洁。太太对我的变化大加赞赏。

另外两项大的变化。一是从聚会达人变成了宅男。在澳洲游走一圈,我发现这里并没有灯红酒绿、纸醉金迷，青年人也没有想象中的放浪。基本上，人们下午5点钟下班，就回去陪爱人、孩子，和亲人一起度过。看了人家的生活，我恍然明白了，文明是社会发展的趋势。

再一个变化，就是更加注重交规。我所住的城市，对于驾驶员系安全带要求不是很严。在澳洲，只要严格按照交规行事，车子不难开。澳洲人礼让三先，开车非常文明。我现在只要一上车，不管开多远，一定先系安全带。并且做到不抢道，不在实线上变道。

旅行能使人进步，不是吗？

旅行贴士

关于驾照

澳洲房车自驾，C照即可。国内的C照，须到公证处做一个英文公证，费用大约200—300元。有人说只要让有资质的翻译公司把驾照翻译一下就能用，我觉得不保险。至少我租车的公司要求提供公证件，据说遇到警察查车他们也要看公证件。

关于导航

在澳洲开车，道路不熟，没有导航是万万不行的。租车公司提供的导航是很贵的。我们采取的方法是从国内带过去一只车载导航仪，从淘宝网买了igo8地图安装，效果很好。同时我们还用苹果手机下载了地图作为辅助。但是澳洲移动信号不好，手机只能作为备用。

关于营地

澳洲的房车营地很多，设施完善，但也有费用高低之分。一般大品牌、连锁的有电营地费用高一点，比如big4，大约每晚50澳元，无电营地相对便宜。有的自驾客把车停在超市或加油站停车场，有水无电，不要费用，也能凑合。我们队里的几个美女比较讲究，每天要洗澡、上网，所以我们停的都是大品牌连锁的有电营地。

泰国:美女带我潜入深海

一、美女带我潜入深海

涛岛,是泰国南部的一个小岛,隶属于素叻他尼府。对于普通中国游客来说,它远没有普吉岛、苏梅岛那样有名,但对于潜水爱好者来说,它却声名显赫。此地拥有丰富的珊瑚资源和海洋生物,有10多个漂亮得无与伦比的潜点,世界潜水组织PADI将此地作为潜水培训的考证点,每年都有大批爱潜人士在此学习、考证,潜入海洋深处探秘。因此可以说,它是潜水爱好者的世界级大本营之一。

涛岛又称龟岛。历史上,这里曾是乌龟的栖息地,并且从帕岸岛远眺其外形类似一只乌龟。从涛岛到苏梅岛,只要2个小时船程;从涛岛到曼谷,则需要近10个小时。

在泰国政局动荡的时候,我去了涛岛

有人说,人这一生,必须要登一次雪山,潜一次深海,翱翔一次蓝天,穿越一次沙漠,方为完美。在登山、滑翔、穿越都体验完毕之后,2014年春节,我去了泰国的涛岛,学习潜水并考证(开放水域潜水资格证)。

这一段时间,正是泰国局势最乱的时候,反对党在曼谷的几个重要场所天天集会游行,扬言封锁曼谷,从曼谷机场到市区的主要道路上都有反对党设置的路障。我深夜从小路"潜入"曼谷,在曼谷只待了一天,就买了LOMPRAYAH

我们的潜店，是个度假村。

公司的车船联票，赶赴涛岛。

作为世界著名的潜水胜地，涛岛水域平静，水下珊瑚保护得较好，有十数处大礁盘展示着迷人的水下风光。据说，岛上有200多家潜店，为爱潜人士提供全方位的潜水服务。在这里，你可以做浅尝辄止的浮潜；也可以背上水肺，在教练的带领下做短时间的体验潜水；如果你觉得不过瘾，还可以花4天时间学习OW(开放水域潜水)课程，花6天时间学习AOW(进阶开放水域)课程；甚至你可以报潜水摄影、沉船潜水、洞穴潜水等专业潜水班。我这次报名参加的就是OW班，课程结束后，我将有资格潜入18米的深海，去领略、观赏那神秘的、斑斓的、迷人的水下世界。

以我的英文水平，报英文班有点困难，而在涛岛，只有Ban's、无限蓝、Crystal、Coral grand等几家大的潜店有中文教练。几家潜店培训的价格相差无几。以OW课程为例，一般是4天的学习，管住宿不管伙食，一共9800B(泰铢)，折合人民币不到2000块钱。各大潜店的网站以及淘宝网都可以预订。不过我是在曼谷考山路D&D INN酒店门口的旅行社订的：Coral Grand公司的OW课程9500B，加上曼谷赴涛岛的车船费980B(单程)，因为提前一天到达，又加了一天住宿费700B，一共11180B，将近2100块钱。

中图：迎着朝阳，潜水船向深海开行。左上：潜水学员跨入海中。上右：在教室里上文化课。下左：在游泳池里上课。下右：深海 18 米的珊瑚和小鱼儿。

去涛岛的大巴早上6点从考山路出发，一路几乎未停(车上有厕所)。L公司的大巴车座位宽敞，称得上舒适，所以6个小时的车程不算太累。车窗外，是泰国广阔的农村，油棕树、芭蕉树、宽大的农家屋舍和尖顶的寺庙一晃而过。中午12点，到达春蓬，在工作人员的引导下，换乘轮船前往涛岛。下午3点半，船到涛岛，有潜店的客服接站。客服引导我住进了潜店的学员宿舍。

潜水课程 紧张而饶有趣味

Coral Grand是一间潜店，也是一个度假村，位于涛岛的北部，紧挨着沙滩。船形的接待中心里，有一间教室、一个早餐厅和一些咖啡座。

从接待中心望出去，是蜿蜒绵长的沙滩。纯净透明的海水一次又一次扑向沙滩，融化在沙滩的怀抱里。水清沙幼，椰影婆娑，七彩的比基尼从眼前婀娜走过，带来清风拂面。在这样的地方学习，是多么美好的一件事啊！

我们的课程，就从教室里看录像开始。

首先，请允许我介绍我的教练和同班同学。主教练K，美国小伙，高高的个

如此美景，兴奋得跳起来才能恰如其分地表达畅快心情。

子，看起来不修边幅；助教D，英国大哥，宽肩膀，短脖子，憨厚的样子；助教王馨，北京小妹，皮肤是小麦色的，笑起来一口白牙，是个美女。同班同学，4男3女，除了我，其他分别来自重庆、成都、武汉、合肥。

潜水是大海深处的冒险，不是闹着玩儿，我们上课都很认真。

第一节课就是观看3个小时录像。认真看下来，脖子酸了，眼也花了……哎哟喂，好多年没这么认真上过课了，虽然这录像在枯燥的技术培训中融入了搞笑的情节，同学们还是被大量的信息弄得头昏脑涨。

不过，话又说回来，澳大利亚人编的教材深入浅出、通俗易懂，大大提高了我们的学习效率。

傍晚下课后，约了两个同学到沙滩上的big blue餐厅吃泰餐，要了好吃的冬阴功汤和杧果shake。我们斜靠在露天的软榻上，一边欣赏着日落美景，一边聊天。

涛岛的落日妩媚迷人，让人无法移目。每一分钟，不，每一秒钟，落日的色调都是不一样的。沉入大海之前，她是红彤彤的，有一点发烧；半隐入大海中时，她

沙滩上傍晚的时光是快乐的时光。

具有泰国特色的长尾船傍泊在岸边。

就变成了绯红，仿佛少女害羞的面颊；及至降到海平面以下，天空渐渐转成了深蓝，深蓝中夹杂着丝丝缕缕红霞。海水倒映着天空，将眼前的空间透视成无限深远。此情此景，脱离了凡尘，如在仙境，如梦如幻，让人感觉不真实。人在红尘中太久，一旦短暂脱离红尘，总会有一点不真实的感觉。

9点多回到宿舍，我趴在床上做习题。明早要交作业的，不敢怠慢。外国人做事认真，过不了关真不给你发证。况且这也是对自己的生命负责。虽然开着空调，背上依然沁出一层层汗珠，说是汗流浃背一点儿也不为过。

次日上午8点半开课，教练批改学生的作业。9点半，在度假村的一个方形泳池里上实践课，学名叫“平静水域潜水练习”。先认识几个主要装备：潜水服、BCD（自动充、放气的潜水马甲，可挂气瓶）、ragulator（调节器，俗称章鱼头）、配重带（腰带上挂N个铅块）、气瓶等等。这天的课程非常紧张：200米游泳测试、穿脱装备、入水、水中俯卧撑、水下手势、水中穿脱BCD、紧急上浮等等。

学到正酣处，本人内急。“报告教练。”“什么事？”“我要上厕所。”教练说：“不许。憋着，中午打尖时再上。”厕所都不让上，可见课程很紧。

开课第三天中午，K和王馨带我们首潜。

从装备室提出装备，搭上一只小舢板，行驶到水深处，换乘大船，开行几十分钟，到达杧果湾。

这天天气很好，阳光柔媚，云淡风轻，海面波澜不惊。泰国具有民族特色的小舢板从眼前慢慢划过，驶向远方。这种小舢板船尾高高翘起，顶端缚上彩色的丝带，十分的悦目。

换上潜水服，配上装备，我们依次后仰倒入水中。入水后先向船上做OK手势，然后给BCD充气，游到锚缆处，放掉BCD的气，咬住呼吸管，顺着锚缆慢慢下潜。下潜时能听到自己沉重的呼吸声，呼噜噜，呼噜噜……

初学潜水的人氧气消耗特别快，因为紧张会造成呼吸频率加大，用氧量增加。

入水后，由于空腔压力不平衡，造成耳痛、眉心痛，几乎让人受不了。但我们按照操作规程捏住鼻子鼓气，左右摆动下巴，平衡空腔。耳朵啵的一声打通了，疼痛顿消，就继续下潜。其间，教练数次以手势询问OK不OK，我们都以OK作答。

这天一共两潜，我们都只潜到11米，完成了一系列动作练习。教练K在我们的前方教学和引导，王馨则一直在我们后上方，监视我们的动作，发现不对的就上前纠正。一潜的时候，海底没有风景，只有沙子。二潜的时候看到珊瑚了，珊瑚上盛开了艳丽的小花，煞是奇妙。有各种各样的热带鱼儿在游动，引人入胜。教练说，这只是一处平常的训练点，让人震撼的还在后面呢。

美女带我潜入深海

开课第四天，是最最重要的一天。因为这天我们要开到春蓬和白石头，在18米的深海完成两潜。这两潜完成了，我们就有资格拿到OW证书了。

早晨5点55分在设备房门口集合，没有一个迟到的。大家精神抖擞，跃跃欲试，期待着最后一潜有精彩的结果。

今天风大浪大，船在海上晃得很厉害，娇小的陈同学晕船了。她闭上眼坐在二层甲板的椅子上一动不动，谁讲话也不理。船上提供面包、果酱、凤梨和西瓜，我们大快朵颐，陈同学什么也吃不下。但这个小姑娘很坚强。在春蓬和白石头，她克服不适和我们一起下潜，坚持完成了所有的课程。

顺着锚缆，我们慢慢潜到海底，跪成一圈，在教练的指挥下，一个接一个复

18米深的海底。

习游泳池里学到的动作：方向识别，呼气上升，第一级调节器和浮潜管互换，水下救援，5米3分钟停留，等等。我们都顺利过关了。

人类总是对未知事物充满了好奇，对未知事物的探求让我们的生活充满了乐趣。我过去只在视频中观看过海底世界，现在身临其境，才找到真实的感觉——巨大的方形锚缆石，有一个房间那么大，在我面前时显得魁梧厚重，但是游到高处往下看，它小得像一个玩具。深海处的海水，有点蓝，也有点灰，各种微生物聚集，使它显得不那么纯净。有的地方，各种鱼类聚集喧闹，有的地方一条鱼也没有。在大海深处，我有一点点孤独，也有一点点害怕，但是更多的是新奇、惊奇和惊喜。教练在我身边，让我心里有底。

训练结束，教练带我们围着大珊瑚悠游。王馨在前领路，K在后收队。

这才是我们最快乐的时刻啊！我们所有的学习不就是为了一探海底的神秘和美丽吗？

白石头是一个巨大的珊瑚礁盘,礁盘上有山峰,有峡谷,多峭壁,多洞穴,错落有致,色彩斑斓。我们顺着珊瑚的边缘游动,为绚丽的海底世界所震撼。那左下方,不是开满鲜花的“山岗”吗,那绚烂的花儿七彩绽放,肥美的叶片摇曳多姿,收放的花蕊间,一条小“尼莫”穿梭闪避,自在逍遥。那右前方的“峡谷”中,足有2米长的,不是巨大的“将军鱼”吗?它严肃沉稳,岿然不摇,浑身披满了苔藓,不怒自威。我们的正前方,好大一群鱼哗地潮水般漫过,它们一律镶着金边,身形苗条,游姿婀娜,随风来去,如风卷云潮。还有那几乎游到你嘴唇边的闪着华贵的紫色的小小鱼,那盘踞在洞穴里伸长了脖子向外观望的胳膊粗的海鳗,无不令人叹为观止。这神奇的海底世界,是我过去从未亲见的,它与水面上的世界是那么的不同,让我大开眼界。这一趟的潜水之旅,绝对是物有所值、物超所值啊。

由于风大浪大,我们结束潜水上船的时候,出了点小事故。其时我们正相继抓住缆绳爬上舷梯,教练K在旁边保护。轮到一位身躯较为胖大的女同学上舷梯时,她身子被风吹得突然剧烈晃动起来,拖动的缆绳把K的手指绞在铁梯上,疼得他大叫。船上赶紧下来两个水手把女同学扯上去,将K的手指解救出来。他的手指已经鲜血淋漓了。

但是K并没有抱怨一声。

K在生活中是个活泼、爱开玩笑的人,可是一旦进入工作,立即变得严肃。他的授课,动作准确,手势明晰,简明扼要。他总是在正确的时间站在正确的位置,让你感到安全。他很有耐心,从没出现过不耐烦的表情。他赢得了我们由衷的尊敬。

临别时,我们都给了他小费和一个大大的拥抱。

旅行贴士

关于签证:

淘宝上有很多家旅行社代为办理泰国签证,找一家评价好的代办即可,签证费、服务费一起大约250元。

曼谷到涛岛的交通:从曼谷到涛岛有三种方式,一是先乘飞机再转汽车再乘船,二是先乘车后坐船,三是先乘火车再转汽车再坐船。性价比最高的是第二种——车船联运,早上走,下午到。一般都是买LOMPRAYAH公司的车船联运票。

关于潜店：

涛岛的潜店有很多家，但不是每一家都有中文的教练。如果你英语水平不是很好，那么就选择几家大的潜店，比如：Ban's、无限蓝、Crystal、Coral grand。这些潜店也不是每天都有中文班开课，所以你需要先发个邮件咨询一下，或者通过旅行社报名，让旅行社问一下，以确保你的假期和中文班开课的时间吻合。

关于装备：

如果你不是经常潜水，不建议你购买潜水装备，使用潜店的即可。虽然那个呼吸器咬嘴很多人用过，不过只要你没有洁癖，洗干净了一样可以用。潜水装备很贵的，而且我两个队友在淘宝上买的都不能用。但是有两件东西是需要买的，一件是潜水袜，使你在穿上脚蹼时不硌脚，并免遭珊瑚划伤；二是大裤头，在这里，男人不时兴穿三角泳裤，那会被误认为是gay。防晒霜、皮肤衣也都是必需的。至于防蚊水，我觉得没有必要带。

二、你在清迈还好吗？

从泰国的清迈回来，有朋友问我对清迈的感觉，我竟一时不知如何回答。清迈，那个鲜花盛开的安雅的泰北小城，并没有特别值得我讲述的故事。诚然，她是干净的，温馨的，散发着淡淡的沁香。加之她的居民都是虔诚的佛教徒，淳朴和善，憨厚温良，是很适合处于崩溃边缘的“压力山大”们散心、疗伤的。但，这就是她的全部了吗？当然不是。肯定不是。那么，能够精准地反映小城气质和灵魂的表述又是什么呢？我一时真想不出。唔……这么说吧——她就像一个百年难遇的绝世美人，浑身散发着淡淡的幽香，既高贵，又平和，既善体人意，又保持距离；你来了，她去迎，你走了，她不送……这些，是我对她的印象派感觉。也许，各人的感觉并不一样。你要想拿捏出自己的感觉，还须亲自去走一走。

第一天

夜车走走停停，12个小时才到达清迈。泰国的大巴车，你别指望它能正点开行（火车也是一样）。原定傍晚6点从曼谷发车，7点才从考山路歪歪扭扭地上

清曼寺

路。原定早上 7 点到清迈，9 点才忽忽悠悠地进城。进城后又被批发到一辆 TUTU 车上，一车拉到清迈老城的地标性建筑——塔佩门外。这才算正式到达了清迈。

下车后，我大大伸了个懒腰，甩甩几近麻木的双腿。泰国的夜大巴，虽然座位空间还算宽大，靠背也能放下来让人以近乎躺着的姿势迷糊几小时，可是毕竟伸不直腿，即使睡着了也是辗转反侧，怎么着都不舒服。坦然接受夜行的辛苦，这是旅行者的必修课，眼睛进天堂，身体就得下地狱，世界很公道。

声名显赫的塔佩门，比我想象得要小，远没有苏州的盘门壮观，甚至不如离我家 20 公里的寿县宾阳门巍峨宏大，它看起来就是一截废弃多年修旧如旧的老城墙，中间留了一个豁口而已。从这点看，泰国人除了对皇宫和寺庙舍得花钱之外，其他都不讲究奢华。塔佩门外的广场上，一群学生模样的人在集会，每人手里举着数只白色的气球，貌似在搞预防艾滋病的宣传。一群少女在一起打闹，有点害羞，又有点坏坏的兴奋。

穿过塔佩门，就进了老城。正对塔佩门的，是清迈老城的主路叻差当能路

(Ratchadamnoen Road)(瞧这路名翻译的,一看就知道出自广东人的手笔。你叫它“理查多侬路”岂不是很好,弄个“叻”字好生僻)。路头的两边,是几家稍微上点档次的餐厅和咖啡店,LP 上都有介绍的。夜车坐得我有点累了,又背着两个双肩包,我在塔佩门附近随便找了间旅馆住下,先“挺挺尸”再说。

痛痛快快洗了个澡,睡一觉,起床把从涛岛以来积攒的脏衣服洗了,挂在阳台上让太阳暴晒。然后提了相机,慢慢踱出大门。

不急,到清迈来就是要放慢节奏,任何试图横扫一切景点的企图都是不合适的。

街上人不少,可也不能算太多。虽然是旅游旺季,与普吉岛这种门庭若市的景区相比,这里要清净得多。走在街上的,无论是西方人还是东方人,看起来都优哉游哉的。游客大都趿拉着一双夹脚拖鞋,很凉快的样子。对于夹脚拖这种西方人“爱不释脚”的洋履,我总是难以适应。曾经在菲律宾的长滩岛试过一天,脚丫磨起了大泡不说,还影响我爬高上低拍照片。尤其让我“是可忍孰不可忍”的是,那双在海南三亚买的地摊货在关键时刻分崩离析,弄得我狼狈不堪。

清迈的老城寺庙众多,几乎每条街都有一到两座金碧辉煌的寺庙。信仰总是有着令人难以置信的力量,鼓舞着人们即便吃不饱穿不暖也要倾其所有把供奉神明的地方修建得富丽堂皇。泰国的寺庙与中国的大不相同,那种尖尖的屋顶、贴金的外墙,显得很“泰国”,很有范儿。泰国的寺庙进殿里是要脱鞋的,我很担心洋人穿夹脚拖的黑乎乎的脚底板弄脏了佛门圣地,因而不由自主地对洋人的脚有了更多的关注,弄得一些敏感的洋妞略略有些不自在。

捏着一张地图,我信步走到 Lam Chang 寺,遇到一个中国胖哥在拍照。见到来自祖国的亲人,当然要寒暄几句。胖哥一行是从云南昆明自驾过来的,2 辆车,3 个家庭,9 口人。路线是从磨憨口岸过境老挝,到达琅勃拉邦,然后经清孔到清迈。开自己的车到国外旅行,这样的方式我还没玩过,忍不住详细询问了过境的手续和路况。并把自驾东南亚国家果断列入“人生必做的 N 件事”。

有人在网上总结了去清迈旅游的“十大必做之事”,其中一件就是到清迈女子监狱去按摩。我对这些号称 top 10 的东西向来不以为然,只听从内心的呼唤,自己感兴趣的东西才去体验, 所以也没打算去享受让人不由得联想到邪恶、异性、罪孽等字眼的女犯按摩服务(当然,事实不是这样的,按摩很正规的)。不过,既然信步走到了女子监狱按摩院的门口,我倒愿意进去在院子里很有调调的咖啡桌旁坐上一坐,歇歇脚,喝一杯苹果 shake,补记一下我的旅行日记。

2 月的中国,大部分地区还比较寒冷,2 月的清迈已经有了炎热的症候。坐在院子里的树荫下,我一边喝着冰沙,吹着小风,一边在小小的日记本上奋笔疾书。正当我物我两忘的时候,耳边响起一个童稚的声音:“叔叔,我们可以坐在这儿吗?”

“啊? 呵,坐。请坐。”

这是一个留着整齐刘海的小学女生,来自广西南宁,圆圆的脸儿晒得黑黑的,如若不是讲一口普通话,我还以为是个小泰妹呢。当然,她不是一个人在战斗,和她一起的还有她的妈妈。既然坐在了一张桌子,又都是中国人,肯定是要聊上几句的。关于对清迈的感受,关于后面的行程,关于过去走过的地方。她妈

一位西方国家的女士,在老城外的一座寺庙求禅。

妈说，几年以前，孩子很小的时候，她就带着她利用寒暑假出国旅行了，一来开阔她的眼界，二来锻炼她的英语口语。泰国是母女俩走过的第四个国家。我问，你不怕不安全吗？妈妈说，有什么好怕的，别人能来，我也能。我不禁钦佩起这位母亲的勇气和对待生活的态度。旅行中遇到的人，好多都是牛人哦。

第二天

将近9点才起床。洗漱毕，把晾晒的衣服收好，我就到前台退房。今天我要换一个窝。现在住的这个旅馆，房间有霉点，水龙头是裂开的，没有wifi，没有开水喝。对我这个有茶瘾的人来说，没有开水，就等于剥夺了我的人生一大乐趣。更让人感觉不好的，是服务效率低——昨晚我吃饭回来，钥匙忘在房间了，让服务员找备用钥匙开门，他们居然40分钟没有回音，最后还是我亲自拿过一大串备用钥匙，一一试过，才打开房门。

旺季时节，如果没在网上提前订好Guest House，临时去找，是很难找到满意的驴窝的。不过不要紧，我不介意循着一条条独具特色的小巷一家家问。好像找GH只是一个幌子，走街串巷才是我的乐趣所在。没错，找GH的过程，本身就是一种别开生面的旅行，一种自得其乐的寻访。

在我看来，清迈的精华不是菠萝饭和靠水(一种特色咖喱面)，不是寺庙，而是这些干净、精雅、绿植怡人的小街巷，是小街巷里鲜花簇拥的GH。这里的GH，没有阳朔西街和曼谷考山路那些GH的喧闹和嘈杂，客人是安静的，老板也是轻声的。一般而言，它会有一个小小的院子，一个琳琅满目的吧台，吧台上方挂满了小饰品和手工艺品。院子的一隅有两张小几、几把椅子，旁边静静地立着两个书架，坐在椅子上，随手就能取下书架上饶有趣味的旅行书籍。清迈的GH有一个共同点，就是满院满眼都是盛开的鲜花，七彩纷呈，五色绚烂。头顶上吊的是紫罗兰，篱笆上挂的是矢车菊……很容易让人想起“生如夏花”这样美好的字眼。这样的环境，你想不喜欢都不行。更棒的是，这些GH往往还有一个笑容可掬、成熟风韵的老板娘，她对待客人的那份周到细心、无微不至，让你有真正“回到家里”的感觉。你说，在异国他乡，住在这样一个旅店里，能不心情愉快吗？

那些看起来赏心悦目的GH，确实都已经满员。不过，我还是一家家进去参观、探问，拿走印有电话号码的名片。我走过了网上评价超好的Early bird，穿过了赫赫有名的HI Center Place，和Sabuy的老板娘闲聊了一会，嬉皮笑脸地请人家明天给自己留一个床位(当然知道这是不可能的，客人网上都付了钱的)，然后在上午10点半的光景，才想起自己还没有吃早餐，就近走到一个叫Makka的豪华酒店，吃了一顿豪华早餐。

这顿早餐确实是够豪华的，是我在泰国期间吃的最贵的一顿早餐了，大约合人民币 75 元（国内四星级酒店的自助早餐一般是 38 元/人）。我尊贵的臀部刚刚往那造型超级简约却又超级舒适的椅子上一碰，侍者就过来摆放了餐布，然后络绎不绝地端来早点：吐司、法棍、2 个煎蛋、2 根香肠、培根和火腿片若干，还有咖啡、牛奶、蔬菜沙拉，另有无限量供应的橙汁。这一顿吃下去，撑得我肚皮圆溜溜的，中午饭就省了。我花了一个半小时吃完这顿豪华早餐，然后意兴阑珊打着饱嗝走人。嘿嘿，感觉真好，比吃大排档感觉好多了。

与 Makka 平行的那个巷道（就是巷口有“隔世·九巷”牌子的），有一间小小的 GH，叫“隘巷咖啡”，幸运的是，这里还有一间客房。鉴于出来迎接我的是个身材高挑、星眼漆眉的美貌姑娘，我当机立断，就住这儿了。虽然这里没有鲜花簇拥，可是美貌的姑娘比鲜花还要养眼不是？况且姑娘承诺早上给我提供开水，让

独具情调的 Guest House

契迪龙寺

我可以沏一壶家乡茶，心满意足上路。60 元一天的单人房，有电扇，有热水洗澡，你还求什么呢？

在新窝安顿好之后，我上街去租了一辆摩托。清迈老城的大街上有很多出租摩托的小店，一般小型的木兰踏板一天(24 小时)租金 40 元，中型的 80 元。我租了一辆中型的。

扣上头盔，轰大油门，我风一样驶出巷口，心情超好。不管怎么样，我已经是“骑士”了，自我感觉酷酷的，好像一切都不在话下。骑摩托旅行的好处是，想走就走，想停就停，花费不多，自由自在，暗合了我无拘无束的天性。我这个人，有个毛病，就是不喜欢别人强迫我干什么，当别人强摁我牛头的时候，我有强烈的抵触情绪，哪怕是强迫我入洞房呢。有一件小事最能说明问题：在家里，太太喜欢买很多蔬菜把冰箱塞满。但那些蔬菜常常到叶子黄了还没机会下锅。为了不浪费，我只好被迫去吃“人老珠黄”的蔬菜，心里很窝火。这是软强迫啊。为这事，我没少跟太太叮当。

上路不久，胯下的“马儿”欢快地载着我来到位于老城中心的契迪龙寺。这是清迈古城地位最崇高的两座寺庙之一(另一座是帕辛寺),它建于15世纪初期,那个时候咱们大明王朝的明成祖朱棣从他侄子建文帝朱允炆手里强行夺取了皇位,正为了朱允炆活不见人死不见尸而心怀忐忑,派郑和第三次下西洋搜寻密踪。契迪龙寺曾经有一座高达85.4米的佛塔,但1545年的一场地震毁损了佛塔的尖顶,现在寺里只留下还算壮观的一座塔身,可以见到建筑风格与别处有大大的不同。塔的南侧,有6个象头雕塑,雍容尊贵,不过只有一个是真迹,其他都是水泥的赝品。在寺内兜兜转转,我意外地遇到一个会讲流利汉语的法国老头。他曾经20次到中国,对中国有很深的了解。我称赞他汉语说得好,他说:"不好,你拍马屁。"我哈哈大笑。唉,什么时候,我也能20次到法国,用流利的法语同法国人侃侃大山,那该是多么美的一件事啊!

出了契迪龙寺,我往古城外清迈大学和素贴山骑行。清迈大学是泰北最重要的高等学府,它其实就是一个大花园,校园内绿茵匝地,花团锦簇,还有一个与我们北大未名湖差不多的人工湖。有学生在拍毕业照,也有新人在拍婚纱照。值得一提的是,我在泰国的时候正是以素贴为首的黄衫军围攻英拉总理最厉害的时候,而素贴和英拉恰好都是清迈大学毕业生,说起来还是校友。不顾校友情面闹翻,说白了,就是为了各自集团的利益。所谓"天下熙熙,皆为利来;天下攘攘,皆为利往"。我这个局外人本无所谓谁胜谁负,但鉴于英拉是中国人的后裔(祖籍广东汕头),长得又有点像我的初恋女友,我内心里还是怜惜英拉多一点,怪素贴这个老小子多事,弄得我"前女友"身心憔悴,额头皱纹都显像了。

第三天

到目前为止,清迈旅行契合了我的关于文艺范儿旅行的大部分想象——自由,放松,不走夜路疲于奔命,镜头里全是美好的人儿和 beautiful photo。

我不知别人是否这样——对我而言,美好的人儿是影响我旅行心情的很重要因素。这美好的人儿,不独指同伴,也泛指旅途中撞入眼帘的其他人。幸运的是,到目前为止,我害怕出现的种种对文艺范儿的旅行有杀伤力的人物景象并没有出现——嘟嘟囔囔总嫌花钱太多的老翁老媪,骂孩子并抱怨丈夫的满脸疲惫的妇人,拿着廉价单反见到什么都拍的老式衬衫哥,刘海遮眼的穿短裤的用苹果手机各种自拍的胖妹。到目前为止,我所见到的中国人,是高大帅气和长裙飘飘的情侣,是短裙美腿和吊带黑丝的闺蜜,是白皙福气的妈和调皮可爱的娃,是摄影老鸟和旅行菜鸟的结伴,是肤色黝黑但眼睛雪亮的背包独行侠。总之,是被文艺范儿的浓汁浸染过的够味儿的人们,令人心旷神怡。

叻差当能路，在周末变成了夜市。

“您回来啦。”晚上一回到隘巷咖啡，房东妹子就迎上来，笑容可掬地问候。我打开房门，看见晾晒的衣服已整整齐齐叠放在枕头边，散发着一股阳光的味道。瑶克（我现在知道她叫瑶克）善解人意地及时送过来一壶开水，并轻轻帮我掩上房门……要说美好的人儿，当然也包括房东妹子瑶克。

知道我在清迈最喜欢做的一件事是什么吗？是在薄暮冥冥的黄昏，坐在“隘巷咖啡”院内的菩提树下，就着一个木质的圆桌，一边品着新沏的绿茶，一边记我的旅行日记。这个时候，瑶克就在不远处的石台上熨衣服（她家还开着干洗店），一会儿问：“你家离上海远吗？”一会儿又问：“假如我去上海，你会给我当导游吗？”让我频受骚扰，却又甘之如饴。

今天，我要去家访了。

离开旅游区，到原汁原味的市井小民家中，聊聊天，看看人家的生活，感受生活方式的差异，容易悟出一些东西。

跨上我的座驾，往南，出了松朋门，把热闹甩在了身后。清迈古城之外，游客渐渐地少了。骑行 15 分钟之后，几乎就见不到游客了。离旅游区越远，房屋和街道就越破旧，很快就有点城乡接合部的味道了。

关于泰北的经济发展，我曾经看过一些资料。这个地区，对农业的依赖度仍然很高，主要农产品是大米、饲料玉米和蔬菜、水果。一般而言，对农业依赖度较高的地区，居民的钱袋子不会很鼓，最多混个肚儿圆而已。在泰北少得可怜的工业中，农产品加工、食品加工、饮料加工又占了较大比例，制造业凤毛麟角。虽然泰北也在紧跟全国的形势，加紧向工业化迈进，然而速度缓慢，贫困人口仍占总人口的 10%以上。

眼见车轮下的主路由光滑平坦渐渐变得坑坑洼洼，我向右一拐，拐进了一片居民区。

这是一排排平房，像我们矿区的工房一样。一个老太太在门前的桌板上择菜，我迈腿下车，停好摩托，微笑着朝她走去。

“I am a tourist from China, May I talk with you?”(我是个中国游客，我可以跟你说说话吗?”)

老太太茫然望着我，显然听不懂我说啥。我用中文重复了一遍，她依旧迷茫，不明白我这个“外国人”到这儿干什么。

语言不通，我早有预料。有一种没有音标的世界语叫“肢体语言”不是？我指指相机，指指她，再指指我，做一个摁快门的动作，嘴里配合着咔嚓一声。这下她明白了，脸上立马浮出一片害羞的红晕，连连摇手。

我晓得，她摇手的含义不一定是不愿意照相，有可能是害羞，也有可能是还没有做好心理准备，需要慢慢去做工作。

这个时候，旁边的邻居也围拢来，清一色的女同志，有的还抱着娃儿。我擎出“撒手锏”，掏出一把清凉油，每人发了一盒。然后在胳膊上抓抓痒，做出搽抹的动作。大家似乎明白了。然后我再请求拍照片，大家嘻嘻哈哈就往一块儿凑了。

在我看来，这里的市井生活，除了宗教的氛围更浓之外，与中国并无太大的差别。生活不易，挣钱不易。男人们都出去干活了，剩下一堆老人、妇女和儿童。照理说，泰国的体制是像美国学习的资本主义市场经济(泰国与美国、中国的关系都非常好，1972 年中美建交，就是泰国从中斡旋的)，经济发展的水平应该超过 1978 年之后才起步的中国。但是看起来，它的经济发展程度不如中国。横向一比较，中国经济近年来发展的成就确实很了不起。

老太太门前的案板上，堆放着洋葱、土豆和其他我叫不上名字的蔬菜，身后的平房，空间狭小，显得简陋、逼仄。我们也是这种环境下活过来的，知道再简陋

离清迈不远的清莱,有一座白庙。

的条件都能活人。人的幸福度与贫富不是绝对成正比的关系,看看老太太笑的模样就知道。

这边厢正用肢体语言交流着,那边厢过来一个小媳妇问了我一句:“你是中国人?”用的是汉语,吓了我一跳。

这里有人讲汉语,沟通就方便多了。

小媳妇叫金菜昆,曾经在云南瑞丽待过2年。她带我去参观了她的家,她家里有个见到外人还有点害羞的老公和一个奶娃儿。她说,云南的钱好赚点,要不是年龄大了要回来结婚,她会在瑞丽多待几年。现在,她的爸爸仍在瑞丽,替一个泰国老板干活。

我没见过像金菜昆这样喜欢照相的人,她带我到她家里,照了3口人的合影，照了她抱着娃儿的，又照了她自己的。我把照片回放给她看，她非常满意，说从来没人给她拍过这么清楚的照片。我纠正说："是从来没拍过笑得这么甜蜜的照片吧？"她含笑认同。她又喊老公出屋合影，但老公像个大男孩一样害羞，坚决不出来，她只好作罢。

拍完照片，我对金菜昆说：你给我一个E-mail，我回去把照片传给你。金菜昆犹豫了一下，说："你能给我洗印一点吗？我每样只要一张。"说得那么小心，生怕被拒绝似的。被拍照的人，要求得到照片，这不过分。他们给摄影师提供了拍摄素材，摄影师理所当然要满足人家的照片要求。更何况，人家一辈子都没拍过这么满意的照片。我说："行。我们一起去彩扩社，我把底片拷过去，钱付掉，你到时自己去取照片行吗？"她说行。

我们从那一排工房的门前，斜插进一条小路，进了一个大市场。这是个简陋的大市场，可以说是初级阶段的shopping mall，卖啥的都有。但今天不知为何，摊位大都处于歇业状态。走过一间小商店，金菜昆说："这是我上班的店，我在这里卖矿泉水。"店很小，我想小金的收入可能很微薄。

不幸的是，彩扩店今天也歇业了。金菜昆很失落。我安慰她说，我给你一个网址，我把照片发在这上面，你从上面下载好了。小金半天幽幽地说："我不会上网，也没有电脑。"说得我也难过起来。她看了我一眼，大约觉得给别人带来难过很不应该，就换上了一副轻松的笑脸，接过了我写了网址的纸片，说："我有个同学在中学当老师，我找他帮忙下载好了。"

能够替别人考虑，不让别人太难过的人，大抵都是善良的人。祝善良的人好运。

芬兰、瑞典：八千里外守候极光　四天四夜如痴如狂

一、痴心不改 守得极光见云开

夜，静谧无声。

在北纬69°人烟稀少的芬兰伊纳里，深冬的夜，更显寂寞清冷。

我躺在湖边酒店松软的床上，尽力睁开沉沉的双眼，避免坠入梦乡。今夜，

伊纳里湖中心的路标

是我守候极光的第四夜，也是有可能在芬兰拍摄到极光的最后一夜，我拒绝睡去，心里想着一定要守到云开雾散，一定要拍到壮美的极光——要是拍不到极光，北欧之行的性价比就会大打折扣。

关山千重，我从八千里外飞来，就是要与在北欧神话里被称为“九尾神狐”的极光来一场华丽的约会。可是，此前的三天三夜，我在离伊纳里不远的卡克斯劳坦恩勤勉守候，连神狐的影子都没有见到。尽管住在价格不菲的玻璃屋里，躺在床上就能看到星空，可是由于天气的原因，九尾神狐深藏闺中，并没有稍稍露面。这使我们团队的 6 个人不免有些失落。第一夜，我们 1 小时看一次天气，6 个人全起床；第二夜，只有 3 个人起来；第三夜，只有 2 位男士起来。今天是第四夜，我们移师最容易观测到极光的伊纳里，住在伊纳里湖边，随时可以走进冰冻的湖中心与极光会面——那里有最好的视界，光害小，是观测和拍摄极光的极佳地点。

今夜依然天低云厚，不见星光。餐厅的伙计说，今天的极光将有 4 级爆发(极光爆发的强度由低到高分为 9 级，4 级是中等强度)。但是，伙计又说，下半夜云层散开的可能性只有 50%，而且凌晨 4 点以后有大雪。就是说，一切均取决于零点以后、4 点以前的风向和风力，偶然性极大。

或许是累了，或许是失去了信心，伙伴们相继睡着了，剩下我一个人在坚守。我做好了通宵不睡的打算。

在迷迷糊糊中，我突然惊醒，看看表，凌晨1点12分。我一骨碌爬起来，走到湖边——云层正飞速散开，天边出现了闪烁的星星。哈哈，“娘子要吃酸——有了”！

北极圈的夜，气温降到摄氏零下30摄氏度，我把抓绒衣、羽绒衣、冲锋衣一股脑儿全穿上，脖子上缠了2条围巾，背上相机和脚架，踏着深深的积雪进入湖心。选好前景，扎开脚架，调整好相机参数，静等极光出现。

极光，英文名aurora，汉译为“欧若拉”，听起来像一个女子的名字。欧若拉与爱情神秘相连，张韶涵有一首著名的歌，就叫《欧若拉》，歌中唱道：魔力北极光/传说的预言/原来就是/恋人的眼光/魔力北极光/奇幻的预言/赶快去找不思议的爱/爱是一道光/如此美妙/照亮我们/勇气的未来。

我与妖娆而魅惑的九尾神狐的艰难约会今夜已到尾声，我坚信，纵使她没有对我“一见钟情”，也会被我的痴心守候所打动，或早或晚，她会出现的。“来呀，你来魅惑我吧，我挺帅的喔……”

果然，不到一会儿，露出星空的天边，染上了一抹绿胭脂。那抹绿光时隐时现，飘忽不定，迅速扩散，又神秘消失。我没来得及捕捉，她就不见了。少顷，我的头顶上亮出了一片绿光，如姑娘旋舞的裙摆，又如有形的、跃动的音阶，变幻着，游动着，时强时弱。我用2分钟的曝光时间定格拍摄，拍完回放

在伊纳里湖湖心拍摄极光，我给自己当模特。

一看，不好，极光形散了。我立即放大光圈，缩短曝光时间到30秒，等待再一波极光的出现。

凌晨2点到3点，极光进入爆发期。欧罗拉的裙摆，有时扫过头顶，有时又扫过天边；九尾神狐的尾巴，在东南西北四个方向无规则跃动，你方唱罢我登场，犹如一个顽皮的姑娘，和我捉着迷藏。我不停地调整云台，揿下快门，捕捉最风骚、最华丽的那一抹。

这是美丽到极致的几个小时，是沉浸在神话和童话里的几个小时。在遥远的北欧苍茫的星空下，一个孤独而倔强的大叔在寒风肆虐的湖心用相机定格美丽瞬间。如果极光真是一只神狐，她一定不会对那个摄影师的坚守无动于衷。美丽的捕捉需要付出代价。四天四夜的守候所幸有了回报——那一夜，我拍摄了大量的令人震撼的极光照片，值得终生回味。

凌晨4点零6分，天降大雪，云层再一次遮蔽天幕，我这才拖着疲倦的脚步，恋恋不舍地回屋休息。

旅行贴士

关于极光拍摄

经过多次试验和调整，我拍摄极光的相机参数为：

光圈4.5(大于4.5则景深不够，小于4.5则曝光太长，极光容易形散)，快门30s(太短则光弱，太长则形散)，ISO400(小于400则曝光要拉长，大于400则画面颗粒粗)，白平衡手动，色温3100(这个色温JPG格式下极光色调最自然)。当然，用RAW格式拍摄，色温无所谓。

器材：佳能5D3相机，佳能8-15鱼眼镜头，百诺C2691T三脚架，使用快门线，B门拍摄

二、冰火桑拿　与队友“坦诚”相对

北极圈，不仅仅有极光，还有狗拉雪橇、雪地摩托，还有圣诞老人，还有烟熏桑拿。到了芬兰，如果你不去坐坐狗拉雪橇，不开开雪地摩托，不洗洗烟熏桑拿，不摸摸圣诞老人的大肚皮，与这个可爱的白胡子老头合个影，你真对不起这趟

跨越半个地球的旅行。

这里的世界，纯净如童话

度假村的木屋内景

卡克斯劳坦恩圣诞老人度假村，是我们在芬兰待的时间最长的地方——我们在这里待了三天。这三天，我们体验了狗拉雪橇、雪地摩托和烟熏桑拿，过了一把萨米人生活的瘾。

在年降雪达8个月的北极圈，狗拉雪橇已有几百年的历史。6只健硕、可爱的哈士奇，拉着一辆雪橇车，在雪地上狂奔，是我们过去从未有过的体验。出发前，我们换上了店家提供的统一服装，听女教练讲解了如何减速、刹车、转弯和换人。我们2个人一辆车，一站一坐，站立者负责观察教练的手势，操控车速。工作人员刚解开绳索，6只哈士奇就撒着欢儿往前跑，把女队员们吓得惊叫。穿林海，越高坡，沿途风景迷人。我们从小心翼翼，到放胆驰骋，逐渐与狗儿达到默契配合。玩得不亦乐乎。

我个人更喜欢马力强大、风驰电掣的雪地摩托。这种前轮是雪橇、后轮是链轨的机车，更具操控感和速度感。马达的轰鸣鼓动着驭手的热血，让你对速度有一种渴望。尽管车头操控起来比一般摩托费劲，尽管教练为了安全故意压低了速度，我们仍然从转弯、冲坡、跳跃中体验了雪地驾驶的乐趣。途中我和一名队友驾驶的雪摩在转弯时因为速度过快而翻车，深深地摔在雪窝里，还引来一片笑声。

雪摩冲上一片高岗时，我们都被眼前的景色惊呆了。这是一片纯净如童话

狗拉雪橇穿行在林海雪原。

雪地摩托,带我们走进了童话世界。

的银色世界,没有一丝污染。视野开阔,极目之处,莽莽林海雪原,尽收眼底。落叶松全部披上了雪衣,迷烟一般,一望无际。尽管天低云暗,但天边神话般露出了一线亮色,给人以强烈的透视感。大家全部下车拍照、赏景,久久不愿离去。

后来我们到了处在北极圈66°33′线上的罗瓦涅米,在联合国认定的圣诞老人诞生地住了两晚。虽然这里刻意装扮成童话的世界,虽然这个戴着圣诞帽的白胡子老头传说在圣诞前夜驾着九匹驯鹿拉着的雪橇悄悄给孩子们送去礼物,演绎了许多动人的故事,但是由于这里已经商业化(和圣诞老人合影要交20欧元),我们依然认为卡克斯劳坦恩这片纯净的森林更具童话的意味。

冰火桑拿,受不了的爽

下面,我要说说另一种“坦诚”相对——那就是体验芬兰传统的烟熏桑拿。

桑拿(sauna),起源于芬兰,芬兰人从呱呱落地,整个一生都离不开桑拿。芬兰全国总人口为500万,而全国各地各种形式的桑拿设施却不少于200万,也就是说平均每3个人就有一个桑拿房。“桑拿”的原意是指“一个没有窗子的小木屋”,最初的小木屋,不仅没有窗户,甚至连烟囱也没有,浓烟把屋子熏得油黑,因而,那时的桑拿就叫“烟熏桑拿”。后来,一些富有革新精神的人安装了烟囱，桑拿从此也就有了新面貌。不过，现在有的地方把桑拿石烧热时使用的是桦树枝，因而满屋都有桦树的熏香，也叫“烟熏桑拿”。芬兰人蒸桑拿，喜欢用带叶子的桦树枝轻轻拍打身体，促进血液循环；还喜欢在大汗淋漓时跳进冰水中冰浴，体验冰火两重天的感觉。从科学的角度来说，冷热交替的强刺激有助于增强血管的弹性，防止动脉硬化。

卡克斯劳坦恩圣诞老人度假村东村的桑拿房，建在餐厅的背后。隔着一条小路，是一个不大的湖泊，冻得结结实实的湖面上，开了一个四方的小口，供浴客下水冰浴。桑拿房对门有一座木屋，是换衣服、洗澡的地方，里面提供饮料、啤酒(需付费)。桑拿房最多可以容纳 8 人，因为找不到人拼团，我们 4 个人包了这个桑拿房 2 小时。

除去长衣，换上泳装，我们进入桑拿房，立即被热浪和桦木的香味包围了。小屋有 2 层隔板，下层温度较低，初入浴者一般坐在这儿；上层温度较高，适合渐入佳境者坐蒸。门口有水桶、纸巾盒(可以把纸巾弄湿了蒙住脸和鼻孔)。我们

罗瓦涅米度假村，雪还在下。

蒸完桑拿去冰浴，爽得让人受不了。

寻找带树叶的桦树枝，但是这里没有提供，想来，用带树叶的桦树枝拍打身体，可能比较扎人，现代人已经弃用了吧。

往桑拿石上泼了几次水，说说笑笑间，大家已大汗淋漓了。嗯，我们要去冰浴了。

从桑拿房到冰浴口，要走40米雪地。雪地太冷，又有冰碴，要穿袜子。男队友老喻先跑去冰浴。一会儿，他哈赤哈赤跑回来，脸笑成了一朵花。问他什么感觉，他大声说了一个字——爽！然后女队友小孙、小陈先后出去。但是她们只把脚浸入冰水，就冷得受不了，蜻蜓点水、做做样子就跑回去了，一路跑一路笑。轮到我了，我咬咬牙，真的把全身浸到冰水里，本来在桑拿时完全张开的毛孔，这一刻紧急关闭，血管紧缩，全身的血液瞬间全部向心脏回流(有心脏病的人别试哦)。太阳穴有点木木的，双脚疼痛难忍。我坚持了20秒钟。我预料自己大概最多能坚持1分钟，超过1分钟肯定要失去意志。这20秒冰火相激的感觉，是此生崭新的体验，现在回味起来，可真是“爽”啊！

饮一杯伏特加，跳下了波罗的海

不知伙计们有没有遇到过这么一类人——在旅行中，不停地用手机拍照，拍的要么是自个儿，要么是美食或者酒店的装饰，然后不停地发微信，然后不停地刷屏。

我们队友中就有这么一个人，是个姑娘，叫小Q。当然，我不是说她这样不好——各人有各人的生活方式、旅行方式，大家要互相包容。事实上，她是个挺可爱的女孩——我想说的是，因为爱得瑟，她带了几大箱衣服，一路上我们没少帮她拎箱子；为答谢好友的帮助，在破冰船上，她请我们喝了伏特加。喝完伏特加，我们集体跳进了波罗的海。真的，不骗你，6 个人全部跳进了波罗的海。

事情的经过是这样的——

那天，我们去了凯米，上了世界上唯一一艘可以观光的破冰船——Sampo 号极地破冰船，尝试远洋破冰的乐趣。这是一艘排水量 3500 吨的超级破冰船，多次在恶劣气象条件下完成极地探险运输任务。工作人员带我们参观了舰桥、机房、操作间，我就不一一赘述了，相信如果不是一个科学迷，对这些东西兴趣都不大。我想说的是，船上提供的免费早餐非常丰盛，很合我的口味。我一共吃了 6 片烤吐司、5 只牛角面包、4 片火腿、3 片三文鱼、2 杯橙汁、2 杯咖啡、1 盘黄瓜西红柿沙拉，外加 1 杯酸奶和 1 个苹果。当然，其他队友吃得也不少。为嘛吃这么多？因为我们一天只吃 2 顿饭，早上免费早餐吃得饱饱的，晚上我们回酒店自己做火锅吃。我们从国内带去了“老干妈”、方便面、粉丝、大米、火锅料，又从芬兰超市买了蔬菜。为嘛要自己烧饭吃？不就是为了省欧元嘛，你懂的。不过，遗憾的是我们没有带酒，少了点 happy 的媒介。芬兰烈性酒只有伏特加，很贵，我们没舍得买。

吃完了早餐，我们坐在甲板上吹风。小 Q 姑娘说，各位哥哥姐姐，谢谢你们一路照顾小妹，今天小妹请你们喝伏特加。然后让餐厅的 boy 端来 6 杯伏特加。小 Q 是白富美，老喻当面称赞她“人傻，有钱”。6 杯酒，1000 块大洋就出去了，足见小 Q 的豪爽、可爱。

饮完了伏特加，水手喊我们去换衣服游泳。5 分钟后，我们集体跳进了波罗的海波的尼亚湾。

我们不是光着身子跳进去的，我们穿的是干式游泳衣。这种游泳衣是连体的，材质厚厚的，有一点弹性，拉链是

穿着干式游泳衣，在破冰船旁边仰泳。

密实防水的。不过，我们的脸是露在外面的。波的尼亚湾里全是碎冰块，我们不敢把脸没在水里，都是仰泳的。尽管游得不远，在水里只待了 5 分钟，我们依然非常快乐。因为，能喝喝伏特加，在波罗的海游游泳，想想就是一件多么美的事儿啊。

三、哈帕兰达　谁安慰寂寞的心

结束破冰之旅，我们租了一辆 9 座奔驰车，去了瑞典小镇哈帕兰达。从凯米到哈帕兰达，只要 1 个多小时车程。第一次使用申根签证，我们好“鸡冻”，大家都想去瑞典“偷窥”一眼。

与哈帕兰达毗邻的芬兰城市叫托尔尼奥，我们从托尔尼奥到哈帕兰达，既没有过海关，也没有过检查站，甚至几乎见不到过境标志。车开过一座桥，司机告诉我们，这就是哈帕兰达了。

我们在哈帕兰达总共待了 2 个半小时——在咖啡馆吃甜点半个小时，闲逛哈帕兰达 1 个半小时，又回到咖啡馆评论哈帕兰达半个小时。

套用南朝诗人李煜的一句诗“寂寞锁清秋”，我们对哈帕兰达有 5 个字的共同评价：“寂寞锁深冬”。

你知道吗，我们在哈帕兰达街头转悠了 90 分钟，总共见到不足 20 个人，比我们在国内街头一眼看到的人还少。我来数一数：首先见到咖啡店 2 个女店员，然后是匆匆走过街头的 2 个大婶（不是一起走的，是各自孤零零走的），1 位黑人小伙，4 个在公交车站等车的学生，餐馆老板和亚裔店员（我们进餐馆上了洗手间），一间便利店的男老板、女店员和一位带婴儿的女性顾客，热心为我们指路的一个美国小伙……多少人了？16 个吧。然后就是远远看到背影的路人和开车的人。

清冷的冬天，到处都是冰和雪。你说哈帕兰达居民的日子是怎么过的呀？没有酒吧，没有卡拉 OK 厅，没有棋牌室、麻将馆，甚至没有高楼大厦、霓虹闪烁，只有普通得不能再普通的四层小楼，不太宽敞的马路街道，算上咖啡厅在内只有 3 家餐馆。除了上教堂，我猜，几乎所有人下班后都待在家里和家人在一起。这样的日子，中国人会发疯的吧。

这个世界，真的是习俗万千、文化多元，很多人跟我们的生活不一样，很容

赫尔辛基岩石教堂

易让我们产生“看不惯”的情绪。这个世界也因此需要理解、包容——你可以不欣赏，也可以不夸赞，但请你一定要包容，允许不同生活方式、异己文化的存在。世界大一统，从理论上讲是个伪命题，不存在，也没有必要。万紫千红才是春嘛。

瑞典小镇哈帕兰达是寂寞的，芬兰首都赫尔辛基其实也是寂寞的。尽管这里是芬兰的政治、经济、文化中心，但是，鲜见热闹和喧哗。这里楼层不高，街道不繁华，与纽约曼哈顿有天壤之别，但一切显得井然有序，建筑中流淌着文化和艺术的元素。总体来说，芬兰人是沉静的，不浮躁，不愤青。也许正是因为守持着这份寂寞，才产生出西贝柳斯、阿黛浓这样的世界级艺术家吧。愤怒出诗人，寂寞出艺术家，普天之下凡同此理。

旅行贴士

关于签证

芬兰旅游签证，是申根签证。上海领区是要面签的，广州、成都领区不需要面签。我去上海面签的时候，签证官问了我四个问题：1.你第一次去欧洲，为何选中了芬兰？答：因为我是个摄影师，我要去拍极光。看得出，她很满意这个回答。2.你一个人去还是结伴？答：一个团队，6个人，其他人已经出签了。3.你的英语怎么样？答：会一点儿，吃、住、行没有问题。4.你的《在职证明》上的供职单位和户口本上为何不一致？答：户口本是20年前的，现在我跳槽了。几天之后，签证就下来了。

关于交通

从国内往返赫尔辛基，建议购买有一次中转的机票。我队友是直飞的，票价来回7000多元，我是从莫斯科中转的，票价5000多，中转4个小时，立省2000元，还多去了一个国家，划算。虽然并没有走出莫斯科机场，但是体验了这个国家的服务。

从赫尔辛基到罗瓦涅米，建议乘夜火车，卧铺，晚上9点多走，上午10点多到。夜火车卧铺比大巴车还便宜，2人一个隔间，可以洗澡、充电，甚至还有宠物间。不到万不得已，不建议乘坐的士，很贵的。我们包一辆奔驰车去瑞典，全程大约6个小时，400欧元，近3000元人民币呢。

关于饮食

芬兰是申根国家中物价比较高的，吃一顿正餐一般要300-500元人民币。我在罗瓦涅米吃了一盘意大利面，112块钱，只吃了半饱。而且，对我个人而言，芬兰特色美食驯鹿肉，稍显腥臊了点。从国内带点吃的十分必要。芬兰入境禁忌没有澳洲那么多，这次我们把“老干妈”、方便面、粉丝、大米都带进去了，我甚至还带了一把香蕉，也没人查问。

印度：去印度　跳探戈

许多朋友问我：你为什么要去印度跳探戈？是啊，为什么？去之前我没有认真想过这个问题，经他们一问，我认真自省了一下。为什么？有三个原因：一是追求“意识和视觉的反差”。印度是个宗教国家，相对含蓄保守，而探戈起源于南美，风格热情奔放，在印度的寺庙、古堡前跳探戈，无论是精神还是视觉都是一种极大的反差，具有强烈的心理和视觉冲击力。二是通过火辣、激情、性感的探

戈,检测印度人民的包容度。他们能允许我们跳下去吗?他们会有什么样的反应?欢迎,容忍,还是驱逐?三是以一种独特的状态出现在景点,走出不一样的旅行之路。其实,对读者而言,他们不仅关心你看到了什么景,品尝了什么美食,也关心(甚至更关心)你在旅行过程中的状态,你以什么样的姿态出现在景区,你和谁在一起。去印度,穿上纱丽在景区留影,何如在景点前跳一曲热情奔放的探戈来得有趣?

这次印度之行,我们4个人,从头到尾16天,从加尔各答进出,基本围绕着北印,踏着人们常走的足迹——加尔各答、瓦拉纳西、卡久拉霍、奥恰、占西、阿格拉、阿姆利泽、德里、斋普尔、焦特布尔、乌代布尔,然后飞回加尔各答。虽然是一次常规旅行,但我的体验是不一样的。真的。我对印度的感觉颠覆了以往固有的印象。印度不是电影中那样的,不是传说中那样的,也不是大多数人的游记中描述的那样的,印度就是我看到的、我体验到的那样的——我喜欢印度。正如印度旅游局在宣传口号中所说:印度,是不可思议的(incredible India),我对她的评价很难用一句话或者一段文字简略概括。如果你有足够的耐心把游记看完,你就会看到我眼中的完整的印度。也许,各人的感觉并不一样,我和印度气场相合,才使得自己的旅行一路顺利,惊喜连连。

加尔各答:人间圣女特蕾莎

9月28日凌晨到达加尔各答,打车到背包客集中的萨德街随便找了一家旅馆歇了几小时,我们就起床了。这天做了3件事:换钱,买手机卡,订火车票。

旅馆的门口就有换钱所,隔壁就是卖SIM卡的小店。在这里换钱,1元人民币兑换9.9元印度卢比,1美元兑换62卢比,比机场好多了。机场1美元才兑换55卢比,坑爹啊!我们每人兑换了5000元人民币。就是这5000块钱,从开始用到结束,没有用完。

在卖SIM卡的小店前,我们遇到了昨晚同机到达的4个年轻同胞,他们在买一种550卢比的SIM卡,3G信号,1G流量,运营商是iDEA。既然人家买了,我们也买这种吧。后来的事实证明,这个iDEA很不靠谱,我们4个人中,有3个人出了加尔各答就基本上没有信号了,10多天后,回到加尔各答,信号却出奇地好。在印度,airlet才是主流运营商,我当初做攻略的时候人家建议买airlet,我们不该改换 iDEA 的。

购买火车票的外国人售票处在离火车站挺远的一条街上，门口有穿制服、背冲锋枪的老头值守，有证件才能进入。我们填好要买的火车票单子，等待叫号。这个过程十分漫长，大约等了 2 个半小时。本来我是想在网上把火车票买好的，至少把前几程的火车票买好，可是印度火车票订票网 cleartrip 好难注册，我用几个邮箱申请注册，都没有收到注册码。我们团队的清姑娘英语比较好，来回折腾了半个月，给人家发了好几封邮件，也没有注册上。只好到印度后才去买票。这一买，就耽误了半天。

加尔各答街头一瞥

9 月底的印度，依然暑热难耐。家里已经到了穿秋衣的季节，加尔各答气温还在 35 度左右。事实上，在印度 16 天，几乎天天是这个温度，汗就没有干过。

买好车票，我们回酒店洗了个澡，就去参观特蕾莎修女的仁爱之家(mother house)。

特蕾莎修女的仁爱之家在加尔各答所有观光点中人气最旺，几乎所有在加尔各答逗留的旅游者都要到仁爱之家访问。特蕾莎，阿尔巴尼亚人，生于 1910

特雷莎修女的灵柩，每天祭拜的人络绎不绝。

年，卒于1997年，天主教宣福修女。她一生都在致力于为穷人、病人、残障者、垂死者服务，是穷人“看得见的上帝”。特别是她在加尔各答建立“仁爱之家”，使那些被世俗社会所抛弃的垂死者获得最后的关怀和尊严，令无数人感动。死时，她只有一套旧衣服。1979年，特蕾莎获得诺贝尔和平奖。

我们所住的萨德街金苹果酒店离仁爱之家不远，走走就到。右转、左转、再右转，一路都是小街巷。这样的小街巷，是我们在加尔各答的一个大大的惊喜。因为它展示了原生态的居民生活，买菜、洗澡、聊天、黄包车等客……让我们仿佛吸到了原浆的印度浓汁。当然，这条小巷不太干净卫生，嘈杂混乱，这是我们早就做好了心理准备的。凌晨到达萨德街的时候，就看到路边睡的都是半裸的人，出租车引擎盖上都能睡人，路边神狗成群地游荡，我们一点儿也不惊奇。混乱、肮脏，可也没有到达接受不了的程度。

我们就在小街巷中穿行，一会儿买点水果，一会儿和神羊合个影，一会儿驻足在小卖部，看人家用砝码秤做买卖。在菜摊上，我们买了洋葱、西红柿、黄瓜，预备晚上回酒店喝点红酒（这里的含酒精饮品不是每个店都卖，只有授权的专卖店才能卖）。晚上切开买来的黄瓜，才发现这里的黄瓜和中国味道不一样，基本不是黄瓜，难以咀嚼，只好扔进了垃圾桶。

到达仁爱之家，里面安静得很。允许游客参观的部分是特蕾莎的纪念馆，展示有特蕾莎的塑像、遗物、生平事迹、棺寝。馆里有修女在布道，有修士坐在特蕾莎的棺寝边守护。我们静静地观看，心理守持着一份虔诚的尊重。特蕾莎修女是我虔心尊重的伟人之一。神明是看不见摸不着的，到底有没有，谁知道呢！我曾经在极其纠结时到国内一个著名的圣地祈拜，花大价钱买了一对巨高的香烛，跪在神明塑像前虔诚求护，心诚可谓百分百。结果呢，结果是出人意料的坏。如今我心中只有一种宗教，那就是与人为善。我心中只有一个信仰，就是善有善报。特蕾莎就是抛却小我的善的化身，比神明更亲切、更具体，也更值得学习。

瓦拉纳西：恒河夜祭和恒河晨浴

在加尔各答徜徉了 2 天，我们轻挪贵臀，乘火车前往瓦拉纳西。

人口 100 万的瓦拉纳西在印度具有十分重要的文化地位。因为，瓦拉纳西是印度教圣地，流经瓦拉纳西的恒河是印度教信徒心目中的圣河。印度教认为，在瓦拉纳西死去就能够超脱生死轮回的厄运，来世永生；在瓦拉纳西的恒河畔火化、将骨灰撒入河中就能超脱生前的痛苦；教徒还相信，在瓦拉纳西的恒河中沐浴，可以涤清污浊的灵魂。所以，印度教的教徒，一生至少要在恒河中沐浴一次。由于恒河挟裹着浓厚的宗教气息，在她的岸边诞生了许多宗教仪式，如恒河夜祭、恒河晨浴等。这些仪式沿袭经年，已成为广大游客窥探印度神秘文化的平台和窗口。

火车是夜车。我们买的铺位是 SL(不带卧具的卧铺)。印度火车席位有 8 个等级，我所知道的，有 1AC(空调一等卧铺，封闭，宽敞，铺设地毯)、2AC(空调二等卧铺，卧铺分上、下层)、3AC(空调三等卧铺，卧铺分上、中、下三层)、SL(无空调卧铺，无卧具)、CC(空调硬座)、无空调普通座位。比较而言，SL 的性价比最高。虽然这种卧铺不提供卧具，但我们每个人都带了睡袋，夜里车窗可以大开，也不太热。从加尔各答到瓦拉纳西，SL 的价格是 700 卢比，3AC 要贵出一倍。无空调普通座位虽然便宜到几乎不要钱，但是在炎热的夏天，和印度人抢座，身贴身挤在一起，遭受毫无避讳的从头至尾的注目礼，那滋味儿并不好受，所以这便宜咱就不贪了。

SL的车厢,铺位比我国的绿皮火车座位略为宽大,设施的档次和陈旧程度就像我们20世纪80年代中期的水平。不同的是,走道另一边,就是靠玻璃窗的一边,还有2个与走道平行的卧铺。我们的火车,在这个位置,是2个能弹起来的座位。上车时,因为还不到睡眠的时间,下铺坐满了人。我们对面坐了几个印度男人,看起来是蓝领阶层,始终看着我们微笑。

看到他们对我们很感兴趣的样子,就着一个黑皮肤、大眼的印度小伙帮我递茶的机会,我和他聊了几句。原来他们是铁路上的装卸工,这次是回家乡探亲。小伙叫拉鲁。拉鲁的衣服不太干净,脸也像没洗净的样子,拉鲁的手机,是那种老式的很便宜的三星,早已经过时了,但拉鲁的微笑十分真诚,真诚中还带着点羞涩。印度人看我们,大概就像我国刚刚改革开放时,国人看在华旅游的洋人一样,有点羡慕,又有点好奇。

按照前人的经验,我从淘宝网买了一条粗大的链锁带过去,夜里,我把行李锁在床腿上,防小偷。后来我看到一个印度人用的链锁,是细细的几乎没有重量的小链,完全是防君子不防小人的玩意儿。相比之下,我那个链子有点太夸张了,而且重得一塌糊涂。后来到了德里,我终于把它遗弃在旅馆里。

夜里,我起来上厕所,脚一沾地,踩到一个软软的东西,吓了一跳。定睛一看,是一个人的肚皮。那人也醒了,惊愕的样子。我连忙道歉,尿也给吓回去了。次日早上,我问拉鲁怎么有人夜里睡在地板上,拉鲁指指身边的同伴,说睡在地板上的是他,他买的票是WL。那人赶紧掏票给我看,仿佛我是检票的。我一看,果然是WL。这个WL,就是waiting list,是等待名单的意思。在印度,没买到卧铺票的人,可以等待递补,万一有人退票或改签,你可以按照等待的顺序递补上去。这位仁兄大概运气不佳,没有等到递补的机会,就凑合在地板上睡了一夜。

原定上午9点半到达瓦拉纳西,晚了45分钟,10点一刻到站。看来印度的火车并不像传说中的那么恐怖。晚点是晚点了,可也没到难以忍受的程度。后来的行程,我们的火车基本上都是正点的,前辈的经验有误啊。

下了火车,就有tutu车司机围上来拉客。有的游记,把印度tutu车司机说得十分恐怖,说他们会像苍蝇一样盯着你不放,无论你怎么赶,都赶不走。许崧在他的《印度走着瞧》一书中对印度的tutu车司机表现了极大的反感。我的感觉没那么恐怖,国内一些城市的的士司机其实也这样。当然,那些司机确实过度热情,不过一般只要有一个人在拉客,其他人就会退避三舍,不会争着撕扯你的。我和一个tutu车司机讲好了价,让他送我们到恒河岸边网上评价不错的Alka hotel,他说那个hotel不能直接到,车子要停下来走一段路。我问走多久?他说要

恒河之晨

走半个小时。我说你别胡扯了,你把我们送到旅馆门口。印度的tutu车司机为了送你到他熟悉的旅馆里住宿,拿回扣,常常撒点小谎,最常见的就是说你订的旅馆前不久失火了,"烧掉了,你还不知道吗",再就是说车子不能直接开到,要下来背着行李走一段路。我知道他的小把戏,不理他,可他一边开车,一边扒着我的攻略看,问还有没有别的预备旅馆。我怕他弄伤我们,只好指给他看另一家备用的旅馆:OM guest house。他一看可高兴了,径直就把我们送到了OM。

我和清姑娘去看OM的房间,陆姑娘和坏坏去看相邻的粉红旅馆。OM的房间,400卢比一个标间,门口有个大平台,不带空调(实际上有一间有个水冷空调),wifi免费。房间还算干净,有热水洗澡,一楼是餐厅,可以就近就餐。粉红旅馆,房间稍小,条件差不多,300卢比一间,老板是个高高个子的年轻帅哥。清姑娘喜欢那个大平台,想住OM;陆姑娘喜欢那个帅哥,想住粉红。我最后做主就住OM。拢共就一个印度帅哥,两个姑娘都高调宣称自己是见到帅哥骨头就酥的超级色女,要是住粉红,那还不打起来?

正是中午,阳光热烈,气温很高,不适宜出门。入住之后先洗个澡,挺挺尸。

等把中午饭吃掉，衣服洗了晒上，磨磨蹭蹭，到了下午 4 点。然后姑娘们化好妆，穿上鲜艳的衣裳，跟我们出门了。

这里离恒河只有几步之遥。

弯弯地穿过两条小巷，一条大河扑面而来，这就是印度人民的母亲河——有“圣河”之称的恒河。全长 2510 公里的恒河，长度只有黄河(长度 5464 公里)的 1/2 不到，但是恒河沿岸诞生的恒河文明却是世界四大文明之一。她的繁盛，曾经左右了世界文明的走向。虽然她现在衰落了，但她的结晶、她的积淀，依然闪耀着璀璨的光华，是我们取之不尽的文化宝藏。

这时候的恒河岸边，人不多，外国游客更少。有印度老妇人在岸边闲坐，有孩童在玩耍，也有卖祈愿河灯的小贩在等待顾客。一群神牛在恒河中优哉游哉地洗澡。

我们漫步在恒河岸边拍照、观察，询问恒河夜祭祭坛的方向和夜祭开始时间。

在我看来，恒河并不像传说中的那样肮脏。我看过很多游记，都把瓦拉纳西的这一段恒河描绘得十分不堪，说她肮脏、混乱，河面上飘着浓稠的混合物，甚至还有浮尸。我们所见到的恒河，虽然说不上干净美丽，至少还是能够接受的。神牛？有。神狗？有。可也不是成群结队。垃圾？有。可也不是臭味扑鼻，无法下脚。我觉得，要么是现在恒河的环境改观了，要么就是游记作者人云亦云，把污点放大哗众取宠。总之，我看到的恒河，她的河道中间是清澈的，岸边稍微有一点点脏，仅此而已。

在恒河边上修行的教徒

我们沿着河道往北走。前边是一个祭台，台下有三堆木材冒着烟火，这,大概就是烧尸之处了。

印度教倡导火葬，尤其倡导把骨灰撒入恒河,获得永生。这种习俗和文化,从发展生产力的角度来说,具有一定的进步意义。它比修墓筑坟,与青山良田争地好多了。印度恒河边的火葬,是不允许拍照的，我们远远地揿了两次快门，没等他们亲属把骨灰和遗骸撒向恒河,就走人了。尊重人家的风俗习惯，尽量少惹麻烦，是境外旅行的“军规”。

夜祭祭司

傍晚 6 点半，我们到达最大的夜祭祭坛 Ghat。这时候祭坛周边已经人山人海，河上飘来的几十条小船上也坐满了游客。祭坛上,面河方向,一字摆开 7 个法器台，上面放着蛇灯、花瓣、香油等法器祭品。只见 7 个像古希腊美男子一样长发披肩、高大帅气,面部轮廓分明、极具雕塑感的祭司缓缓走上祭台,点燃蛇灯,开始了祭拜恒河女神的庄重仪式。

这个仪式是肃穆的、漫长的,没有大幅度的动作,没有舞蹈。虽然有众多游客观看,但是祭司们没有表演感,因此过程也乏善可陈。我转而把镜头对准了台下的观众。

……

次日清晨 4 点钟就爬起来了,旅馆帮我们租了小船,去看恒河日出和恒河晨浴。

和我们同船的,是来自保加利亚的 2 位佳丽,跟我们住在一间旅馆。昨天我就看到她们了,在一楼的餐厅,无人用餐的时候,一位佳丽把她的裸足高高跷起来,搭在餐桌上,十分的放松。

恒河的日出,并没有特别的壮美。但是日出后,太阳照在河岸的城堡、寺庙等建筑上,洒下一片辉煌,十分悦目。许多人,男女老少都有,在恒河里沐浴(不是裸浴,男的有兜裆布,女的都穿纱丽)。一般沐浴前,要含一口恒河水,双手合十,闭眼祈祷一会儿。尽管恒河不像传说中那么脏,可也不是很干净,微生物应该是超标的。要我们去下河洗个澡,我是不干的,更别说含一口恒河水了。

我们拍晨浴的人们,拍岸边辉煌的建筑,也自拍互拍。两个姑娘在船头拍个没完。我看到2个保加利亚姑娘都有点烦了。人家安静地坐着,仔细欣赏着、体味着恒河的美,你把人家的气氛全打破了。不过,谁让她把脚丫子跷到餐桌上去呢,晚餐我们就在那张餐桌用的餐啊。

卡久拉霍:性庙的“诱惑”

在印度中央邦查塔普尔县,离新德里约600公里的地方,有一个小镇,叫卡久拉霍。这里的古庙群,是世界文化遗产。庙里的雕塑,线条饱满,刀工精湛,精美绝伦,不仅展现了1000多年前昌都拉王国的神话想象和世俗生活,如舞蹈、耕种、战斗、梳妆等,而且大胆展现了那个时代上至宫廷、下至民间的性爱生活,极其开放,极其大胆,惊世骇俗。虽然这部分雕塑只占了全部雕塑的8%,而且处在雕塑群中不起眼的位置,但因涉及性爱题材,其吸引力被成倍放大。世界各地的观光者络绎不绝,小镇因此名声大噪。

据说卡久拉霍是印度除泰姬陵之外人气最旺的景点。可见无论对东方人还是西方人,白人还是黑人,猎奇的心理都是一样的。这个小镇,原先不通火车,从瓦拉纳西到卡久拉霍要先乘火车到Satna,再转汽车。现在,大约是去卡久拉霍的旅游者太多了,印度政府开通了直达列车,13个小时左右能到达。

从瓦市到卡镇,我们仍然坐的是夜火车,SL铺位。原本下午5点35的火车,我们4点35就到了站台。到站台以后,看到一列火车缓缓启动了,清姑娘说:“坏了,火车开了。”就带头跨上了车厢。我们虽然感到莫名其妙,也只好跟着上了车。上车看到我们的铺位上有人,就把我们的车票给人家看。人家说,你们上错车了。于是赶紧下来。这时候列车已经缓缓加速了,我不管不顾的,带头跳下来,然后把他们一个一个接下来。这场景就像扒火车的铁道游击队一样,好险哪。

一个小时的时间在没有候车椅的站台怪难打发的。我们铺开地席,靠着背

雨后初晴中的古庙群

包歪在地上刷手机微信。只有陆姑娘的三星手机有信号，我们都蹭她的热点。

我们的站台是 8 号站台，同时在 8 号站台候车的还有 2 个年轻中国人，一男一女，都是从尼泊尔过来的，在路上结的伴。我们和他们聊得火热。站台上有一列车停了半个小时了，还没有走的意思，看车厢上写的车次，不是我们那辆车。离我们的开车时间还有 6 分钟的时候，坏坏不放心，说清姑娘你去问问，或许这就是我们的车。清姑娘问一个车站工作人员，人家说，你们快上去，这就是你们的车。我的个亲也！赶紧收地席，挎背包，飞也似的跑去找我们的车厢。刚满头大汗地跨上车，列车就开动了。

这印度火车，咋就恁不可思议呢？

次日早上，列车比预定时间早 5 分钟到达卡久拉霍车站。我晕，它不仅不晚点，居然还早到了，简直是神奇！到站的时候，清姑娘还在厕所呢，我们一边拿起她的行李下车，一边大呼“清清，清清，到站了，快点下车”。好在清姑娘也知道到站了，赶紧出来。还好还好，没“丢”人。

但是在焦特布尔我们“丢”人了。这事以后要说到。

出了站，天还没亮，雇了一辆tutu车把我们送到网上推荐的Shanti hotel。本来我们以为这里的hotel都是下午2点才能入住呢，预备把行李寄存在旅馆，先去玩。谁知早上6点，人家就让住进去了。于是我们先洗澡、洗衣服，吃早餐。

卡久拉霍的Shanti hotel是我们在印度住的性价比较高的旅馆之一，带空调的标间，900卢比一间(后来陆姑娘和清姑娘住的那间空调坏了，按600卢比算的)。旅馆是3层小楼，门前有一口很大的荷塘。站在三楼的阳台上，可以看见绿色的原野、悠悠的神牛，一派田园风光。唯一不方便的，是房间的热水，受室外一个总阀门的控制，总阀门不开，水就是凉的。姑娘们脱了衣服进浴室，发觉没热水，叫我们去喊阿三。阿三来了就老想推浴室门去“查看”，被我和坏坏挡住了。后来他掏钥匙开总阀门控制间的门，掏了大约5分钟，那个效率啊。不知是有意的还是无意的。

从火车站送我们到旅馆的tutu车驾驶员叫拉姆，我看拉姆挺憨厚的，就跟他商量，租他一天车，去东庙群、南庙群和西庙群，外加到他家里家访，给他400卢比。他同意了。这个价格真是太低了，低到我都不好意思。400卢比也就是40元人民币。在西藏，旅行社安排到藏民家家访，一个人至少180元人民币，4个人就是720元，还不算车费。外国游客很少到印度人家里家访，拉姆就没有收钱的意识。

7点半，拉姆准时来接我们，先去南庙群和东庙群。这2个庙群规模不大，建筑较少，相距也不太远。资料显示，公元10—14世纪，卡久拉霍是印度昌都拉王国的都城，几代国王大兴土木，在方圆10公里的范围内陆续修建了85座壮观又精美的印度教和耆那教神庙。后来，信奉伊斯兰教的莫卧儿王朝兴起，他们在摧毁昌都拉王国的同时也对印度教神庙大肆破坏，残存的22座神庙掩映在高大的树丛中，被遗忘在历史的风尘里。直到1839年，英国东印度公司的一位军官在打猎时发现了丛林中的秘密，卡久拉霍神庙才终于重见天日。

去西庙群之前，我们顺道去拉姆家家访。拉姆的家在靠近镇子边缘的地方，有一大块地，一个大院子。院子里有杧果树、木瓜树，有一辆拖拉机。拉姆有一个不可思议的大家庭，四世同堂。在一幢有点残破的2层小楼里，住着他的爷爷奶奶、爸爸妈妈、哥哥一家、妹妹一家、自己一家，大约有20口人。哥哥有三个小孩，他自己有三个小孩，妹妹还有几个孩子。拉姆的哥哥帮人家开taxi，拉姆帮人家开tutu。据拉姆说，老板每月给他3000卢比固定工资，有时候客人会给一点小费，他介绍客人去看歌舞秀也能有一点提成。

拉姆一家热情欢迎我们的到来。他的爷爷，腰已经躬得很厉害了，老远就站在路边迎接我们，双手合十说：“纳嘛斯呆。”孩子们看到有外国客人来，可高兴了，在院子里窜来窜去。拉姆的嫂子和媳妇到厨房里煮了甜茶招待我们。我们查看了拉姆的房间，房间里的摆设很简陋，处处显示出窘迫，让我想起了陕北贫困乡村的窑洞。但是，这一个大家庭，尊老爱幼，和睦相处，不离不散，让我们生出了敬意。印度的传统文化，在互联网高速发展的现代，依然保留了原汁原味的品相，十分难得。

拍合影照的时候，因为没有足够的凳子，拉姆把一张闲床搬到院里，铺上了毯子，孩子们就坐在那上面，定格了珍贵的一瞬间。

家访结束的时候，我们给了100卢比小费。但是，一路上向我们推销歌舞秀门票的拉姆，这个时候脸红了，躲在厨房里死活不要。是我硬塞给他的。100卢比在我们不算什么，但是对于拉姆，也许就是在大家庭里的自我价值，就是客人的尊重，就是面子，就是收入的有益补充。

从拉姆家出来，已近中午。我们选择在Blue sky restaurant的树顶餐厅用膳。很多到过卡久拉霍的同胞都介绍过这个餐厅。虽然在树顶餐厅用餐要加收20%的服务费，但因它就在西庙群的围墙外，坐在餐位上就能饱览西庙群的风光，尤其适合观看西庙群的日落景象，依然是客人趋之若鹜的所在。

菜是清姑娘点的。清姑娘是个不着不扣的吃货，特别喜爱吃肉，戏言自己是个“肉欲女子”。在印度的十几天，只要是吃印餐，我们就让清姑娘点。因为她总能把握印餐的精髓，让我们吃出惊喜。唯一一次我做主点餐，大家浅尝辄止，吃不下去。那个难吃哟！呵呵，我悄悄告诉你，那天是我请客，真省钱啊。

用完午膳，我有点倦了。我对他们说：“今天下午我就不到处跑了，你们去看看郊外的一个瀑布，我就在树顶餐厅等你们。我利用这点时间补记这几天的旅行日记。傍晚咱们再在这里集合，去看西庙群。”从昨天开始，我有点拉肚子，一天只吃了一顿饭，一直在吃从国内带的诺氟沙星。昨晚在火车上，他们几个谈笑风生，我有点恹恹的，早早就睡了。昨天是我的生日。今早我跟坏坏聊天时说，没想到我的生日是在印度火车上，在病恹恹中度过的，真是一种奇特的体验啊！

说者无心，听者有意。下午，他们几个并没有去看瀑布，而是去筹备给我过生日去了。坏坏和清姑娘订了蛋糕。想买一束鲜花，找遍镇子也没有卖鲜花的，就从郊外采了一朵很大的野花。今天是当地的一个宗教节日，节日禁酒，到处都买不到酒。树顶餐厅的老板，跑遍了全镇，搜罗了4瓶啤酒。晚上，当老板出其不意捧上蛋糕，几个队友唱响“happy birthday to you”的时候，我那个吃惊加感动呀！眼泪唰唰地流下来（当然是流到肚子里喽）。我给了他们每个人一个大大的

印度古庙中的雕塑,雕工精致,繁复错落,令人震撼。

拥抱。队友的真情厚谊,我谨记在心……精神的力量是无穷的——不知不觉中,我的肠胃好了,精神倍增。一周之后,在队友一个个相继进入旅行疲劳期的时候,我始终精神抖擞,保持了队长的风范。

闲言少叙,现在讲讲西庙群。进入西庙群,每个人都要安检,香烟、打火机不准带进去。进去不久,就下雨了。因为进入寺庙殿堂要除去鞋袜,我们索性赤脚游景区。这里,每一幢建筑的外壁都雕满了细腻繁复的雕塑。要找性爱雕塑很容易,只要看到有几个游客凑在一起窃窃私语,神神秘秘指着某一块雕塑议论,那就是了。但是我无意去找那些令人耳热心跳的雕塑,因为在尼泊尔的巴德岗已经领略过了其开放大胆的意蕴。我只是不明白,一方面,印度教提倡禁欲,另一方面,却又如此热衷于展示性爱的神秘,到底是为什么?后来我查了一下资料,对于这个问题,有多种解释——

一种简单的说法是,昌德拉的国王们都荒淫奢靡,他们用这些雕刻来刺激自己的性欲,及时行乐;另一种说法是,印度传统认为,“爱”是与生俱来的,可以无师自通,但“性”却是必须经过学习才能掌握的。因此,这些神庙雕像是用来对婆罗门男孩进行性教育用的,因为多数人都要到庙里拜神祈祷,这是开展性教育的理想场所。也有解释说,印度教认为,通往“摩克沙”,即“解脱”,有四个途径,分别是责任、钱财、瑜伽和性爱,而这些雕刻就是用来帮助人们通过性爱这个途径达到“解脱”的目的。根据这种理论,人可以从性交所带来的愉悦中获得解脱和救赎。

当地导游的解释似乎比专家学者的说法更令人信服。导游说,在昌都拉王国时期,佛教盛行,许多人整日沉湎于修行之中,希望能早日实现转世和轮回。大批男子都去当了僧侣,整日在庙里念经拜佛,导致田地荒芜,经济停滞,生育率和人口下降,国力衰退。在这种情况下,当时的国王为了让这些清心寡欲、不思凡尘的男人重返社会、回归家庭,就拨款修建了大批庙群,并在庙墙上雕刻一些性爱的场面,撩拨那些成天在庙里潜心修行的男人的情欲,好让他们动凡尘之念,回家生儿育女,这样人口上升,社会稳定,国力方可重振。

卡久拉霍庙群是建筑史上的“哥德巴赫猜想”,任游客去探寻,去赞叹,去思考。这些庙与印度教本身有着难解的联系,而印度教又是内容丰富神秘,甚至有些相互矛盾的宗教。正如马克思所说:“这个宗教(指印度教)既是纵欲享乐的宗教,又是自我折磨的禁欲主义的宗教;既是林迦(生殖器)崇拜的宗教,又是札格纳特(意为偶像崇拜)的宗教;既是和尚的宗教,又是舞女的宗教。”

阿姆利泽:做一个幸福的锡克

有人问我:你在印度16天,印象最深的城市是什么?“阿姆利泽。”我不加思索地回答他。

是的,还有哪一个城市能比阿姆利泽给我的惊奇更多呢?且不说阿姆利泽的锡克族男女是多么的令人赏心悦目,单是那金庙的千人免费流水大餐、那印巴边境降旗秀上戴耳环、鼻饰的女兵,已足以叫我大开眼界。如果还加上火辣辣的从早到晚汗流浃背的天气、火车站厕所里没有喷头的“豪华”淋浴,就更让我

金庙的千人流水大餐

铭刻在心、没齿难忘了。

阿姆利泽本来是我行程里的“漏网之鱼”。原来做的攻略是：从加尔各答到其他几个印北城市，在弓背上行走；从乌代布尔回加尔各答，从弓弦上回。绕一圈，不走回头路。而阿姆利泽的位置像已搭在弦上的弓箭的箭头，不在圈内，去了就要走回头路。回头路很耽误时间，我有点不喜欢。

然而阿姆利泽的诱惑实在太大了。此行三个教派的圣地：印度教的圣地加尔各答恒河、耆那教的圣地乌代布尔千柱庙、锡克教的圣地阿姆利泽金庙，前两个已在我行程之中，后一个如果不去，三缺一，那是多么遗憾啊！

从阿格拉到阿姆利泽，这一次我们买的火车卧铺是AC3的，比SL高档一点，有卧具，枕头和床单都是消毒好装在袋里的，乘客也显得有修养一点。车上，一个白净的、文质彬彬的、自家开有服装厂的、27岁的印度帅哥，得知清姑娘的手机没有话费了，热心地让朋友给她充了钱。清清的心旌好一番神摇呵！

下了火车，车站旁边就有去金庙的巴士，免费的。

无论是教徒还是游客，到了金庙，有24小时的流水席，食物全免费；在金庙住宿，免费。外国人住的地儿，房间里还有空调。

到底吃住是什么样的免费，是什么支撑着这里庞大的开支？我们很好奇。

在印度，占总人口2%的锡克族是一个受人尊敬的民族。从外形上看，锡克男子高大威猛，缠头巾，蓄须，皮肤白皙；女子也是高个儿，白净，大眼睛(印度每年的选美，男女冠军大多是锡克人)。从性格上看，锡克人高傲倔强，不苟言笑，没有幽默感。从品性上看，他们团结，勇敢，视死如归，所以锡克兵团历来是印度部队中最具战斗力的。

锡克教曾经是印度教的一个分支，后来从印度教脱离，成为一个独立的宗教。它不像印度其他教派，把人分成高种姓和低种姓，而是认为人生而平等。他们提倡一夫一妻，尊重妇女，不允许吸烟、喝酒、吸毒。他们讨厌乞丐，禁止族人乞讨，也不给乞丐施舍。如果有族人因灾致贫，其他人会去帮他，绝不会让他沦为乞丐。所以在阿姆利泽，我们见不到一个乞丐。

进金庙，每个人都要除去鞋袜，戴上头巾。我们把鞋袜寄存，用户外魔巾缠头，混入熙熙攘攘的人流。

金庙景区是一个很大的院子，院子里有一个四四方方的大池塘，池塘中间有一座庄严的寺庙，19个圆形寺顶均贴满金箔，远远看去，金碧辉煌。

在印度每一个标志性景点前跳探戈，是我们的计划。但是，在金庙里跳探戈，我们刚开了个头，就被旁边的锡克族大妈制止了。

大妈严肃地指出(我看她口型和表情猜测的哦)：你们这是干什么？干什么？这么严肃的场合，我们都怀着虔诚的心，你们男女手拉着手跳舞，合适吗？合适吗？我不说你们这是亵渎了，起码你们是不合时宜吧。打住吧。打住吧。

呵呵，大妈说得对呀。庙里跳舞是有点不合时宜。我们要顾及人家的感受。道歉吧，赶紧道歉，诚恳地道歉。

这是我们在印度跳舞唯一一次被制止。印度人其实是很随和的，有包容心。但是锡克人不随和。锡克人严肃，认真，没有幽默感。不过我还是打心眼里尊敬他们。20世纪60年代印度推行的绿色革命(引入高产谷物)，其他邦都失败了，只有锡克族聚居的旁遮普邦成功了。原因就是锡克人精诚团结，万众一心。

在金庙的池塘里沐浴，是每个锡克人必做的事情，其作用大抵相当于印度教徒在恒河晨浴。不同的是，这个池塘，水质清澈干净。有义工不间断地打扫，捞取塘中的杂物和泡沫。金庙是我们在印度看到的最干净的一个地方。

金庙里有很多义工自愿服务，引路的、供水的、保洁的、洗碗的……如果我们愿意，也可以在这里当义工。但是我们只在这里停留一天，玩票似的义工，还是不做的好。

金庙景区院内，有各种殿堂，每一个殿堂有不同的宗教仪式，我们逐个观看，但是完全看不懂。有佩刀的像将军一样的老头站在麦克风前讲话，看了半天，原来他是乐队的领唱。通往金庙的栈桥挤满了人。这里，锡克族男女个个显得整洁干净，快乐安详，是我们在印度见到的最高大上的群体。

兜兜转转，已到中午。我们去找金庙的免费大餐。看到一个门廊下有男女分开排队，领取食物，我们就去排队。

我和坏坏排到窗口，人家叫我们每人交10个卢比。我心里疑惑：咦，不是免费的吗,现在改成交钱了?也许是新政策吧。

每人领了用荷叶托着的一块棕红色的粘糕,不敢吃,随着人流往前走。两个姑娘找不见了,不管她们,待会儿电话联系吧。

前边,有几个人把我们的粘糕用勺子挖去一半,堆在一个大锅里,另一半还给我们。

我看到前边捧粘糕的人都去排队了,大概是进金庙。那个队伍弯弯绕绕太长了,估计3个小时都走不到金庙门口。我们还是不进了吧。我和坏坏折回来,去找两个姑娘。边走边把剩下的粘糕吃掉了。

后来两个姑娘告诉我们,她们捧到粘糕后根本没等人家挖去一半,就全部吃掉了,惹得锡克人都用不解的眼神看她们。

实在对不起。到现在我们都不知道粘糕是干啥用的。是用来祭祀的?不会的。锡克人反对祭祀和偶像崇拜,金庙里供奉的不是神,而是锡克教金典。

偌大的院子,我们冒着毒日头转了两圈,也没找到提供免费流水大餐的地儿。

出了院子,带着些许遗憾,我们去找饭馆解决"肚先生"的问题。走在路上,熙熙攘攘的人群中,一位白胡子的锡克大叔主动搭讪:"你们吃了饭没有?"我们说没有。他说:"你们跟我走吧,我带你们去庙里吃免费午餐。"哈哈,真是天助我也。

原来,流水席设在庙门旁边的楼房里。大叔带我们上楼,正好前一席人刚刚坐满,走道上拉了绳子,后来的人在绳子后边等候。大叔跟拉绳子的人咕叽几句,人家破例让我们四个进去,挤进已经座无虚席的人群里。

真的是千人流水席耶!那一千人分几十排坐在地上的毡子上,秩序井然。有义工拎着饭盒、饭盆、饭桶顺序往你盘子里添饭。陆续添来的食物有:米饭、馕(一种饼子)、咖喱汁、椰奶粥。呵呵,兴许是饿了,兴许是吃不花钱的东西心情愉快,反正我吃着挺好吃的。我吃了2个馕,2碗椰奶粥(旅行前辈说这里的椰奶粥好吃,确实不错,又香又甜)。米饭我没要,吃不下了,不能浪费。清姑娘吃了3个馕,陆姑娘吃了2个半饼和一勺米饭,都比我吃得多。真是吃货啊。

吃完了,举着我们的盘子,下楼,放在指定的地方。

这时候我们又遇见那个白胡子大叔了。大叔关切地问我们吃饱了没有,下一步去哪儿。我们说准备去边境看降旗秀,大叔说,你们跟我来吧,我帮你们租车。

大叔是我们遇到的最好的印度人。遇见大叔是一个转折点,他彻底颠覆了我对印度人的偏见。之前我抱着先入为主的成见、戴着有色眼镜来印度，以为印度脏乱差难以忍受，小偷多、色狼多，到处是乞丐和骗子。来了才知道，印度不是传说中那样的，就好像中国不再是缠小脚的时代一样。幸亏我不是人云亦云的主，我只相信自己的眼睛和脑袋。小偷、骗子不是没有，只要稍加提防，他伤不了你的。那些的士司机、tutu 司机总是想方设法从你身上多挣点钱，因而撒个小谎、玩个小花招，不难识破。印度没有色情场所，强奸案频发。但是印度人本质上是不坏的，他们对人友善，想跟你交好，不排斥外国人。我们在瓦拉纳西的一个野路子的旅行服务站订火车票，交了钱就走人了，因为第二天才能出票。人家答应把出票信息发在我们的手机上。有队友担心，会不会遭遇骗子。我们就抱着试验的心情，看看他们是不是真的骗人钱。结果呢，第二天人家真的发来了出票信息。信任他，他就会回报信任。

我们曾经遇到过中国游客，见面第一句话就问："你们被骗了没有？"坏坏嗤之以鼻。我支持坏坏。

我曾经私心揣测，这个白胡子大叔，这么热心，是不是骗子？是不是要做我们的生意？至不济，也是为了和我们套磁，合个影，最后握握女孩的手，顺势捏两下(有些印度小痞孩，喜欢干这事)。但是我错了。最后大叔给我们租好了 tutu 车，啥也没干就走了，留下我们冲着他的背影千恩万谢的，一肚子感慨。

好啦，下面讲讲印巴边境降旗秀。

秀，就是表演；降旗秀，就是降旗表演。这个降旗表演的地方离阿姆利泽市区 28 公里，租 tutu 车 850 卢比往返。司机把你送达后会在原地等你。

印度是个仅次于中国的人口大国，我一直没有什么直观的体会。在降旗秀现场，我体会到了。这个一年 365 天都在举行的活动，居然有 3 万人到现场观摩。什么概念？就是相当于我所在的城市每天都举行一次中国豆腐文化节开幕式，人气真旺啊。进入降旗秀会场的路只有一条，人山人海，我们被挤得脚不沾地。开闸的那一瞬间，人群潮水般涌入，锡克士兵骑着高头大马，用鞭子阻挡，哪里阻挡得住。那一刻，我们深感恐惧，真的害怕挤死人啊。

参加观礼的 200 多名外国人被安排在专门的位置。但是这里离国门还是有一点远。降旗秀开始之后，所有人都站起来，我根本无法拍到照片。最后我下到士兵走正步的马路边上拍，还是被前边的人挡住了。看到马路另一侧人少一点，我乘维持秩序的士兵不备，飞快地横穿马路而过。但是那个维持秩序的印度女兵看到我了，赶上来朝我背上捣了一拳。我瞪了她一眼，她看我是个外国人，愣了一下，我赶紧溜走了。就这样，我才拍到了几张不甚满意的印巴士兵夸张表演

降旗仪式上的印度女兵

降旗的照片。

那个捣我一拳的女兵，我不生她的气。人家也是在执行公务嘛。不过我回眸的一瞬间，看到她脸上长了许多小疙瘩，还有粉刺落下的麻点。

当晚，我们坐大巴车回德里。

两天没洗澡了，天气热，汗就没有停过。我们来印度早了点，应该等天气转凉了再来的。可是那个时候就错过了十一的假期。

旅行从来没有无可挑剔的美满。人生也是。想当年邓丽君，以她无与伦比的柔美歌喉红遍了东南亚，成为高高在上的女神，美貌、富有、粉丝如云，还有神马她得不到？可是却在43岁时英年早逝。太完美了，老天都嫉妒。所谓天妒英才。能够坦然接受缺憾，人生就美满。能够在遗憾中保持快乐的心境，旅行就美满。

可是我们必须要洗一个澡。两天不洗澡，汉子尚可忍受，姑娘们忍受不了。姑娘们决定去开一个钟点房。

长途大巴的发车点就在火车站旁边，那边旅馆很多。我们过了人行天桥，去到旅馆集中的区域。

天哪！这个天桥，是我们见到的最脏的天桥，像是有30年没打扫的样子，到处是灰尘和垃圾，连桥板的缝隙里都塞着塑料垃圾袋。我不明白高大上的锡克人聚居区怎么会有这么脏的地方，它使我们不敢相信自己刚刚从干净整洁的金庙里出来。这个反差实在太大了，我们都有点莫名其妙。印度就是这么的神奇，这么不可思议，你不承认都不行。

问了四家旅馆，没有空房间。

怎么办？火车站里有水龙头，我们去那儿简单擦洗擦洗吧。

进了火车站，坏坏说："我去上个厕所。"我们在外面等他。不到2分钟，坏坏跳着脚出来了，哈哈大笑："厕所里有淋浴！厕所里有淋浴！"我从没见他这么高兴过，捡到金元宝也没有这么兴奋。清姑娘赶紧进女厕所看："这里也有淋浴！"哈哈，阿姆利泽，连火车站的厕所都那么高大上，设有淋浴间。尽管厕所的味道不那么好闻，尽管男厕所的淋浴头是坏的，我们只能蹲在地上就着一个小水龙头冲洗身体，但毕竟我们洗上了澡。浑身那个舒坦啊！坏坏得意地说："咱在印度有朋友，咱打电话叫他开个淋浴间他就开个淋浴间。"是的是的，你多厉害，呵呵！

有句话，叫"人心不足蛇吞象"，但是有的时候，人其实很容易满足。阿姆利泽的这个冷水澡，很具象征意义。

焦特布尔：陆姑娘走失事件始末

如果我告诉你，印度没有神油，也没有飞饼，你信吗？你肯定不信。但是，我告诉你，没有就是没有。信不信由你。

国内一个著名的旅行网站，给印度贴上了六个字的标签："神庙、神牛、神油"。可见神油是印度旅游的一大亮点和噱头。我们几个出发前，都有朋友相托，让带点神油回去，那么好吧，我们就去买一点。

但是商店里并没有印度神油，药店里也没有。

印度神油，英语的直译是"India God oil"。在斋普尔闹市区一个锡克人开的药店，我们表面上装着很自然、其实心里很不自然地问，有没有"India God oil"，对方拿出一管软膏，我们一看，不是，包装太素净了，好像是癣药膏。清姑娘说"use for man ,strong power "（男人用的，强劲动力），人家直摇头，意思是没有那个。

后来在乌代布尔的皮秋拉湖边，我们看到一个小药店，又去问有没有"India God oil"，老板不解。我说"use for man, strong power"，清姑娘配合着，伸出小胳膊,把袖子捋起来,做出擦抹的动作,老板恍然大悟,“耶,耶”。他拉开抽屉,拿出一个小细盒,我一看包装,男女搂抱在一块的。呵呵,这应该就是了。

我憋不住想笑。不为神油,只为清姑娘的有效的“肢体语言”。捋袖子,往胳膊上搽抹,真是神来之笔。

但是我知道,这个标有印度神油字样的“神油”,充其量就是国内常见的性药而已,与正宗的印度神油相去甚远。因为,正宗的印度神油已经绝迹多年。

问一下度娘就知道:印度神油是用印度火蜥蜴熬制的壮阳药膏,外用。古代国王王妃众多,使用这种四肢断了、脑袋裂了都能够重新长出来的火蜥蜴炼制的神油,可夜御十女,得后宫之欢。但是这种火蜥蜴已经绝迹 60 年了,哪还有什么正宗的印度神油呢。现在印度卖的神油,无非是普通的延时高潮的性药而已。

飞饼也是如此。我们在印度没有见到过一次飞饼。新德里号称是飞饼的发源地,我们在新德里没有吃到飞饼。

印度拉贾斯坦邦的四色之城——粉红之城斋普尔、黄色之城杰伊瑟尔梅尔、蓝色支持之城焦特布尔、白色之城乌代布尔,我们这次走了三个。杰伊瑟尔梅尔我们没去,时间来不及了。

斋普尔,我们去了风之宫殿和琥珀堡,感觉一般般,乏善可陈。但是我们在印度境内唯一一次乘坐公交,是在斋普尔坐 29 路车去琥珀堡。坐在座位上,一圈印度人都看我们,也算是一次独特的体验。

值得一提的是,我们在斋普尔住的明珠宾馆(Hotel Pearl Palace)是一间非常好的宾馆,从外面看,一到四层阳台上开满了鲜花,房间和楼道布置得很有调调,楼顶有个大平台,可以喝咖啡,也可以用餐,中餐、西餐、印餐都有。我们在这里度过了美好的夜晚。

蓝色之城焦特布尔,是我们唯一没有做住宿攻略的地方,任由 tutu 车司机给我们推荐住处。但是司机推荐的这个叫 Sandai haueli 的旅馆本身就是一个有历史感的古堡,真的很高大上,性价比超高(1000 卢比),值得一住再住。

可是,在焦特布尔的梅兰加尔古堡,我们把不懂外语,也不知道旅馆叫什么名字的陆姑娘弄丢了。

事情的经过是这样的……

那天下午 4 点,阳光的威力稍减,我们就去了梅兰加尔古堡。旅馆离古堡不远,沿着曲里拐弯的小巷走到城边,再往山上走 10 分钟就到了。

在梅兰加尔古堡里,陆姑娘有点懒懒的,可能是因为这一路上看的古堡太多了，有点审美疲劳了。她坐在山顶上玩手机。我呢，一路上给2个姑娘拍照，也有点拍烦了，急着下山到小巷子里拍“蓝色之城的小巷风情”。这样我就走得急了点。等我出了一个门，回头看时，坏坏和清姑娘还在，陆姑娘不见了。回头找她，检票的人说你们已经出了古堡了，不能再进去了。古堡里没有通信讯号，我们和小陆联系不上。我绕到其他门去找她，和坏坏、清清也走散了。我在古堡大门口等了半小时，不见他们，以为他们回去了，于是走回旅馆。

但是他们并没有回到旅馆。坏坏和清清我不担心，因为清清外语很好，总会找回来的。可是小陆不懂外语，也没带旅馆的名片。天黑了，路上有印度小痞子在闲逛，她怎么回我们这儿呢？

这个时候，我心里有点不满——一路上都是我在照看他们，给他们拍照，走

蓝色之城焦特布尔

节日中的印度妇女

了就喊他们跟上，就这一次没喊，就“丢人”了。当初讲好的要“紧紧团结在队长周围”的呢？丢了也是活该！

坏坏和清清回来了。坏坏有点担心，他有点惶恐。“我们去找找吧。”

我没理他。

表面上，我有点生气，其实不是。我心里淡定得很，出不了事儿的。小陆那孩子多聪明，她有的是办法回来。

我不想动弹，还有另外一个原因——刚才回来的路上蹲下来拍照时把膝盖弄伤了，一瘸一拐走回来的。

我用旅馆的 wifi 给小陆发了微信，告诉她旅馆的名称，如果她下山来，有了信号，就能看见。

但是一个钟头过去了，她杳无音讯，也没有信息回进来。

坏坏又说，咱们去找找吧。好吧，找找吧。

老板的儿子带我们又去了古堡。但是路上没有她，古堡门前也没有她。

实在找不到，还有最后一招：报警。我心里盘算。

下山的路上，老板的儿子接到了老板的电话，说陆姑娘安全回来了。原来，她虽然没有旅馆的名片，但是手机拍了旅馆的照片，下山后用肢体语言问路，找到了另一家内景相似的旅馆。后来打电话给国内一个会英语的同学，让这个同学跟这个旅馆的少东家沟通。然后少东家骑着摩托车把她送来了。"陆姑娘搂着人家的腰，春风满面地骑进门。"坏坏后来跟我汇报说。

我就知道她有办法的。

进了门，小陆在大堂里跟我笑呢。我不理她。

四个人都到齐了，我板着脸说："现在开会。"

等都坐下，我说："小陆你自己先说。"

小陆说了一大圈，总体意思是：不是我没跟上你，是你把我搞丢了。

我说："清清你说。"

清清说她和坏坏正常拍照呢，没有责任。

我就知道是这样的结果。

这个时候我心里就想笑。队长，你累是你命；你丢了人，从自身找原因，别把姑娘们弄得神经紧张。不就是玩儿嘛，别真跟领导似的批评人。

算啦算啦。睡觉去。我偃旗息鼓了。

世上的矛盾，多如牛毛，谁也解决不了。智者就是大事化小，小事化了，点到为止就行了。因为，这个世界，没有谁是真正的傻子。

欧洲:欧罗巴穷游散记

前　言

结束了16天的欧洲之行,我回来了。满脸憔悴,精神亢奋,眉眼欢喜。如果还滞留在欧洲,我大约只能再支持三四天,体力就到了极限。16天,6个国家,8

梵蒂冈,教皇的瑞士籍卫兵

座城市，像驴友一样行走，我迸发了生命的激情，也几乎耗尽了全部的精力。无论如何，零距离观察欧洲，我对海洋文明有了初步的认知。顺利地出去，安全地回来，对于一个人的欧洲自由行来说，可以算功德圆满了。

欧洲，特别是西欧和南欧，我是一定要走一走的，这在我的旅行计划之内。世界四大古文明：巴比伦文明、埃及文明、印度文明、中华文明，前三个已经衰落了，只有中华文明还在顶风前行，逆势崛起。风头正劲的，是以欧罗巴和北美为代表的海洋文明。13 世纪末 14 世纪初，欧洲进行了文艺复兴；18 世纪，以瓦特改良蒸汽机为标志，欧洲成功推进了工业革命。这两次变革，使欧洲的政治架构和社会结构完成了革新和重组，生产力解除了枷锁，变得极具活力，文化、艺术也达到了其他国家难以企及的高度。我要去看看他们到底高在哪儿。

驴友的欧洲，自然和一般人的欧洲不一样。

这一次，我是把欧洲当成雪山、森林来走的。

在装备上，我摒弃了拉杆箱，带了一个 75 升的背包和一只摄影包。除少量衣物外，背包里主要装的是食品。这次我带了很多食品，以至于后来自己都想把部分食品扔掉了。食品有：4 盒方便米饭，5 袋方便面，4 筒八宝粥，半斤馓子，4 张山东煎饼，一斤油炸花生米，400 克真空包装辣味豆干，10 只茶叶蛋，一瓶老干妈，沙琪玛、凤梨酥、肉松小月饼若干，1 斤白酒。之所以带方便米饭而不是自热米饭，是因为自热米饭含有水和生石灰，恐海关难以放行——那可是化学物质啊。山东煎饼是朋友送的，干干的，存放十几天不会变质。白酒是用伏特加的瓶子装的，轻便，硬扎，抗压抗摔。

我的脚上，是一双高帮沙漠军靴。这双靴子，给了我极大的支撑。在欧洲的各城市，我基本上不坐车，都是用走的。欧洲的城市本来就不大。走，一步一个脚印，步步坚实，所见所闻，所经历的故事，刻骨铭心，经久不忘。我平均每天至少徒步 20 公里，这双军靴足以信赖，它保证了我脚不疼、腿不酸、踝不崴。我还另带了一双软底皮鞋，这双鞋主要是在巴黎红磨坊看演出时穿的。出席红磨坊的晚会，一般要求男女都着晚礼服，即便是没有晚礼服，也要着正装，至少不能穿旅游鞋和运动鞋。票已经买了，咱不能因为衣衫不整被人拒之门外不是？保险起见，我带了一双软底皮鞋。

为嘛带那么多吃的呢？主要有两个原因，一是欧洲的东西吃不惯，二是不想花那钱。在欧洲，一顿正餐，一般要 35—50 欧元，折合人民币就是 250—400 元，不划算。少花点，可以走更多的地方。人家杨柳松孤身穿越羌塘三大无人区，所带不就是炒面和糌粑嘛，80 多天不也走下来了？

马德里塞戈维亚，古罗马高架渠

不过事实证明，我比不过杨柳松。到第 9 天，我没吃肉，没吃蔬菜，身体感到分外疲劳。(在巴黎吃了一顿焗蜗牛，16 欧元，6 只螺蛳头，那不能叫吃肉哦。)人的旅行疲劳期一般在第 12 天来到，我的疲劳期提前了。那天是在葡萄牙首都里

斯本,早上就不想起床,真的是不想再出门了,就想躺一天,身上从未有过的懒。勉强挣扎着去景点,腿软软的,没劲。中午,我在饭馆要了“double chicken”(双鸡腿),狠狠吃了一顿肉。次日,又去中餐馆炒了一个什锦蔬菜,算是缓过来了。

欧洲自由行,又是独行,语言是一个坎。我这次走的国家,语言各不相同,有法语、西班牙语、葡萄牙语、意大利语、拉丁语,还有阿拉伯语。好就好在,他们跟游客打交道的工作人员和商贩大多都会说一点英语。我只要学好英语就行。差不多近2年吧,我每天挤出至少半个小时学英语,把两本旅游英语都翻烂了。无论在家里还是在办公室,我不介意大声读出来,也不在乎别人用什么眼光看我。所以这次走欧洲,我全程用英语沟通,没有出过差错。所差的是不能跟人家深度交流而已。

人都说欧洲小偷多,我不信。可是事实是,16天里,我遭遇了2次小偷。

一次是在巴黎。我买了夜游塞纳河的船票,离开船还有30分钟呢,就移步到埃菲尔铁塔底下瞅瞅。过斑马线的时候,不小心踩了一个人的脚。我连忙说“sorry”。那是一个中东人,个子比我还高一点点儿。他就和我啰唆,说我的鞋子好,他的鞋子孬,我的鞋子是踢足球的吧等等,说着说着还上来踩一下我的鞋。我以为他要讹我医药费呢,再一次说“very sorry”。他和我是并排站着的,他踩我的脚,身子就狠狠地探过来。当他试图再一次踩我的鞋子的时候,我看到我的腰包拉链已经被拉开了,顿时明白了是怎么回事。我狠狠地搡了他一把,大声呵斥:“You are bad man!”(你是个坏蛋!)见他唧唧哝哝要走,我又一把把他拽过来,叫他等等。我仔细查看腰包,发现护照已经被抽出了一半,而护照后面就是钱包。好在东西没少,这才叫他滚蛋了。

这件事,叫我好半天回不过魂来。我只带了价值

6000元人民币的欧元，而且是分2个地方存放的，如果只是丢钱，损失不算太大，要是护照被偷了，我的后半程行程整个被打乱，机票、住宿、门票全作废，那才叫欲哭无泪呢。

另一次是在罗马，小偷把我气得够呛。

去罗马的各景点，都要在交通中心换车。那个交通中心，就像一个shopping mall，比较拥挤杂乱。我从那儿下火车，正往地铁站走的时候，一男一女两个西亚人过来问路。这两个人个子都不高，20岁左右的小孩儿，男的扯开地图放我眼皮底下，叽里咕噜问路，女的手托着地图看着我。我还没搞清他要问的是什么路，就感到女的在地图下边拉我的腰包拉链——太明显了！我一把推开她，大声骂道："go away！"(滚！)心里气得不行：太欺负人了，用这么低俗的手法来偷我，简直看不起人。好歹你也玩点儿高级的！

这一次欧洲旅行，几乎跟全世界人民都打了交道。因为全程住的是青年旅舍的多人间，室友哪个国家的都有。一路上，我先后跟巴西、阿根廷、伊朗、日本、捷克、摩洛哥、英国、吉尔吉斯斯坦、哥伦比亚的驴友"同房"，有男有女，性格百花齐放。巴西小伙腼腆，阿根廷哥们健谈，伊朗弟弟对人有依赖感……还有个伦敦来的黑人姐姐，不和我住一起，但是共用一个厨房，对人亲切有礼，让人心生好感。我们成了好朋友，彼此留了邮箱和Facebook。

当然，并不是每天都有旅馆住，也曾有一天，我无所寄托，睡在了机场。

那是从巴塞罗那飞罗马，本来凌晨2点半的飞机，到机场才发现，飞机延迟到6点半起飞。到哪儿去歇会儿呢？这时候已经0点了，又累又困。看到有乘客把睡垫展开，在一个不引人注意的角落倒头大睡，我受到了启发。我也找了个角落，铺开雨衣，头枕大包，手挽摄影包，盖上冲锋衣，呼呼。机场有暖气，人少，安静。哎哟喂，这一觉，是我在欧洲睡得最香的一觉，一直睡到4点半，有staff过来撵人，我才去办理登机。

我带了6000元去欧洲，没有花完。

并不是说我的全部消费不到6000元，是去除了各项预订之后，带了6000元现金。机票、门票、签证、手机卡……事先已经花出去1.2万元。包括：来回飞机票5400元，西班牙申根签证1800元(本来西班牙签证是不必要亲自去上海面签的，但是从2015年10月开始，申根签证要录指纹了，我多跑了一次上海，额外消费800元)，阿联酋签证600元(不知什么原因，阿联酋取消了过境签，虽只停留一天，也要办一个旅游签)，手机卡215元，其他就是欧洲境内的几程飞机和景点门票。即便是这样，16天，6个国家，8个城市，总花费1.8万元，也是很经

埃菲尔铁塔夜色

济的。正常情况下，大约要 3.5 万元左右呢。

这其中，还有 60 欧元是被我败掉的，不是有效消费。

事情是这样子的：我预定的欧洲各城市之间的飞行，机票都很便宜。“去哪儿网”给我出的单子，有一程写明了没有免费托运行李，其他的都没写。写明了的，是巴黎飞马德里，法兰西航空承运。我在法兰西航空官网买了一件行李，只花了很少的钱。没有写明的，是西班牙国家航空，也就是伊比利亚航空。为此，我专门上网查了伊比利亚航空的行李规定，说是可以免费托运一件行李。结果呢，二程伊比利亚航空，都没有免费托运的行李，只好现场买行李。现场买是很贵的，每一程 30 欧元，二程我多花了 60 欧元，差不多 430 块钱。

即便是这样，所带的 6000 块钱，还是没有花完。

我是个不购物主义者，外出旅行，带回来的，唯有照片。这一次，心血来潮，在巴塞罗那，路过“MANGO”商店，给夫人买了一条雪青色围巾，想象配上她的黑色大衣，肯定很好看。MANGO 是西班牙服装大牌，代表了流行与时尚。这个带回家，想想夫人的笑容是多么的灿烂。当时没有多加检查，回家后仔细一看，标签上写着“made in china ”。芋头啊！这智商，也难怪罗马的小偷要欺负我。

现在中国人出国旅行的多了，到哪儿都能遇到中国人，旅行并不寂寞。

有 3 个中国人，2 男 1 女，和我有缘，万里相会。

这是 3 个来自北京的青年，队长叫小隋，在塞维利亚和我住一个旅馆。我们一起吃饭，交流旅行感悟，相互推荐好玩的地方。

后来我到了葡萄牙，那天从欧洲的天涯海角“罗卡角”回到里斯本，大雨如瀑，我在大雨中用手机导航，第二天手机就完蛋了。在欧洲，谷歌地图很好用，我全程都用手机谷歌导航，现在手机没了，我成了睁眼瞎。那晚在里斯本机场，准备飞巴塞罗那，我正愁到了巴塞怎么去旅馆呢，有人从背后拍了我一掌：“嗨，老黄。”我一看，是小隋呀。原来他们也是玩了里斯本，和我同一航班去巴塞罗那。我叫小隋用手机搜索去旅馆的线路图，我用 iPad 拍下来，顺利到达我订的旅馆。后来在巴塞罗那的古埃尔公园，我们又遇到了，彼此高兴得跳起来。

到达巴塞罗那的第二天早上，我在公共厨房做早餐，遇到了一个中国姑娘，很清纯可爱的样子，就攀谈了几句。原来她是来自柏林的留学生，学德语的，叫小易。小易没有做巴塞罗那的攻略，正愁不知去哪儿玩，而我却在为没有导航发愁，于是就结了个伴。这样，小易给“瞎叔”做了一天小小导盲犬。那一天，我们玩得都很开心尽兴。

一、蒙马特高地的香艳之夜

在巴黎的三天，我重点去拜谒了蒙马特高地。

和久负盛名的罗浮宫、圣母院、埃菲尔铁塔相比，蒙马特高地显得寂寂无声，时间不够充裕的游客往往就把这个看点从行程中划掉。然而我却对它情有独钟，把它列为巴黎第一必游之处。

登顶巴黎圣母院,看著名的小怪兽。

既是因为在19世纪到20世纪初,这里是美术、文学史上赫赫有名的毕加索、雷诺阿、凡·高、塞尚、劳特累克、左拉等人成名前蛰伏的地方,也是因为这晚我要在著名的红磨坊看一场香艳的、激情四射的康康舞表演。

蒙马特高地,隐藏了多少发人深省的故事——艺术的、缠绵的、悲情的,因为过于传奇,现代人常常掸去历史的尘埃,将旧事重提。

那个年代,蒙马特还是巴黎近郊的一个小村庄,有大片大片的葡萄园,有数十座风车和磨坊,因为租金便宜,葡萄酒免税,吸引了尚未成名、囊中羞涩的艺术家们。他们租住在此地,白天画画、写作,晚上在酒吧小酌,天南海北神聊,擦碰灵感的火花。

我到达高地的时候,天空正飘着蒙蒙细雨,空气清冷,游客很少。天低云暗的氛围,正适合怀旧与探幽。我一边寻觅着大师的旧影,一边咂摸沉思。

出了地铁口,抬眼就看到红磨坊的标志性风车。这是劳特累克多次画过的地方。巴黎上流社会的香衣云裳、红唇鬓影、浮华奢靡,多次被他力透纸背记录到画中。

漫步克兰古路和朱诺大街,我想象自己迎面碰上穿蓝格子水兵服的毕加索和瘦小沉默的雷诺阿。多年以前，他们和我一样，名不见经传，曾经在这路上匆匆走过，为衣食，为艺术。

然而这只是梦境。路上，并没有行人。

在一个拐角处，我与“狡兔酒吧”撞了个满怀。被蓝色油漆的木篱笆围住的一个二层小楼，除了多出些苔藓和淹渍，其他都很不起眼。

这个酒吧，曾经是穷困潦倒的艺术家们每晚聚会的场所。西班牙人毕加索，被朋友领到这儿，常常赊欠酒钱。一天，为了喝酒，他给酒吧老板弗雷德画了一幅画。这幅名为《圣安东的诱惑》的油画，在1989年的索斯比拍卖会上，拍出了4000万美元的天价。

弗雷德很喜欢毕加索和他的几个西班牙朋友，因为这些人虽然消费很少——常常一晚上才消费一支火腿肠和半瓶啤酒——但从不纵酒无度、惹是生非。弗雷德还在酒吧里专门辟出一间房，留给毕加索他们。这让毕加索他们欣喜若狂，感激不已。

1938年，成名后的毕加索重回蒙马特，特地去看望了暮年的弗雷德。弗雷德老泪纵横，毕加索也唏嘘不已。

蒙马特的地形高高低低，没有一条路是平的。冒着蒙蒙细雨，踩着古旧的砖石，在一个个小巷中徜徉，心里十分的安静恬然。

导航指示，前方左手边那栋房屋，就是蒙马特博物馆了——资料记载，这里曾经是塞尚和瓦拉东的故居。

关于塞尚，我听过一个故事。

塞尚的老家就在普罗旺斯，盛产薰衣草的地方。塞尚的父亲是个帽子商，后来转型为银行家。那个时代，欧洲好像还没有“孩子长到18岁，就须出门自立”一说，老塞尚就资助儿子到巴黎“北漂”画画，希望儿子成名成家。欧洲人崇尚“艺术是生活的动因”，信奉“无艺术，不生活”，对于艺术家总是尊敬有加，所以老塞尚愿意为儿子付这样的费用。可是，一直到32岁，塞尚都没能有所成就，在蒙马特不咸不淡地混着。后来搭上了一个19岁的嫩模，同居了，还生了个孩子。

老塞尚听说后大为光火，立马停了儿子的生活费，叫他回家。

虽然倔强的塞尚没有听父亲的话，铩羽而归，老塞尚后来碍于亲情，也给了生活费，但是一个人的生活费养活3口人，塞尚的日子过得十分辛苦。幸好，老同学左拉也在蒙马特，有时候多多少少资助一点儿，让他的日子不至于断炊。

后来的后来，塞尚火了，出名了，成为现代艺术的重将、印象派绘画的代表人物，留名青史。人们现在知道普罗旺斯有个帽子商人，叫老塞尚，是因为他那个“十分没出息”的儿子。命运的造化竟是如此匪夷所思。

天晚了，博物馆关门了，我没能进去一睹真迹，心里有几分遗憾，只好继续往上走。

快到圣心堂的时候，路边街口有一家专卖名画复制品的小店。小店的店员是一位华人姑娘。我花 4 欧元买了一副雷诺阿的《磨坊大街的舞会》。

有人说，《磨坊大街的舞会》中唯一正面向着我们的条纹绸衫女郎，就是雷诺阿的梦中情人。

你看，那一瞬，艳艳的阳光不偏不倚照在她的嘴和下巴上——那一瞬，他一定起了要吻她的冲动！这冲动使得他在拿着画笔的时候，对其他人都下笔草草，唯有这阳光中的红唇才是他想要的！恰是这股激情之下的冲动，使得这幅作品直觉充沛、气韵饱满，成为他永远的代表作之一。

从卖画的小店往上走，路边就是著名的小丘广场。

很小的一个广场，只有篮球场那么大，却密密麻麻排列了几十个画摊。现在是旅游淡季，只有 2 个画摊有生意，其他的画家们都在寂寞地等待着顾客。

《磨坊大街的舞会》(作者：雷诺阿)

蒙马特高地，就是这样的路、这样的转弯。

古天乐和杨采妮出演的电影《巴黎假期》，失恋后的杨采妮就是在这个广场靠给游客画肖像画谋生的。

那些名震艺术史的画坛巨擘当初也是要在这里靠给人画速写赚取啤酒钱的。

征得画家和游客的同意，我给其中一对画者和被画者拍了张照片。这里，画家们是很敏感的，一般不愿意让人摄入镜头。

天已经黑了。我没有找到“浣衣坊”——那个演绎过毕加索和费南蒂刻骨铭心爱情的地方——毕加索在那里度过了他画风的“粉红色时期”和“蓝色时期”；也没有找到“爱墙”——用311种字体和288种语言写着“我爱你”的一面薄墙。

索性，不找了。

隔着几条街，是红灯区。

那个时代，艺术家们其实是和贩夫走卒、农夫洗妇、嫖客妓女杂住在一起的。这是他们的无奈，也是他们的幸运。他们既能够零距离观察到社会底层的鲜活的生活，也能近距离感受到红磨坊这些上流社会场所的高雅情态。他们深入生活，又俯视生活，放浪形骸，又保有童真。这使他们的作品既有血有肉，具有普遍的审美特点，又有轻有重，具有形式和方法上的独创性。这是他们后来从非主流跃上主流的内在动因。

我在想，任何时代，艺术的高度都取决于自由的广度。在蒙马特，艺术家们除了花钱不自由，其他都是自由的。自由地生活，自由地思想，自由地切磋，自由地创作。或许这就是蒙马特高地产生灿若群星的艺术大家的真正原因吧。

雨下大了。

离红磨坊入场还有1个小时，我找了间酒吧，要一杯啤酒，坐下来写旅行日记和感悟。

之所以要去看一场红磨坊秀，不是为了看袒胸露腿的美女，而是想透过这个窗口，感受法国文化的开放与活力。

不少人在视频中看过“康康舞”表演，都记得她们蕾丝边的大摆裙，高踢腿、露裙底的动作。不同的是，红磨坊的“康康舞”是无上装的。

无上装的？是不是有点“那个”？

到底是“那个”还是“不那个”，要进去看了才知道。

我的票，是晚上9点的那一场。8点半，开始检票。为了今天的演出，我特地换上了一双软底皮鞋。因为红磨坊规定，观众们，无论男女，须要着晚礼服；即便游客因为条件所限，没有晚礼服，亦须着正装。穿旅游鞋、运动鞋是万万不行的。可惜我的皮鞋经历了雨水的浸溅，已经面目全非了。只好用餐巾纸仔细擦拭干净。

欣慰的是，工作人员一直朝我微笑，并没有嫌弃我的服装和皮鞋。

存了包，有领座员殷勤地领你到座位上。我的座位，是离舞台不远不近的一个四人座。有2个西洋姑娘已经就座了，她们朝我礼貌地微笑，我也还以微笑。

坐下环顾四周，发现里面的场子着实不小，大约有1600个位子，高高低低分为几层。每张小桌上都有一盏烛灯，洒下神秘暧昧的灯光。几乎没有空桌了。

Boy送来了香槟酒，征得你的同意，嘭地打开，为你斟上一小杯。门票里是含有半瓶香槟的，我因为只有一个人，主人大方地赠送了一瓶。

我的下方，更靠近舞台的位子上，有几位欧洲人。不知谈了什么有趣的事儿，一位中年妇女不时放肆大笑，声音十分刺耳。

还好还好，不是咱们中国人。

放眼望去，有五六桌东方面孔，他们都很安静、文明。我的上方，靠我很近的

夜色中的红磨坊

地方，有两对中国夫妻，他们用地道的四川话小声交谈着。

在这里，任何摄影、录像都是不被允许的。门票上提示得很清楚：一旦发现有摄录者，轻者暂时收去你的设备，重者要将你告上法庭。

大幕徐徐拉开，演出开始了。

第一个节目是轻歌曼舞。帅哥靓女一起登台，展现亮丽歌喉和美妙舞姿，是为引子。

第二个节目是杂技《冰上双人舞》。小小的圆桌上，一男一女两个年轻人展示高难度的花样滑冰舞蹈动作，其艺术性、难度系数堪比咱们春节联欢会的节目。观众以如雷的掌声嘉奖，为他们的绝活，也为他们倾情的表演。

第三个节目，才到了无上装舞蹈。这个时候，全场鸦雀无声。

在千变万化、金碧辉煌的背景中，女演员裸露上身，通体如汉白玉般次第而出，微笑自然，舞姿大方，全情投入，丝毫不忸怩作态。在各色灯光的投映下，皮肤上似乎生成了一层细雾，生发出一种亦真亦幻的魔力。

舞至激情处，全场响起热烈的掌声和此起彼伏的口哨声。

据说，红磨坊的演员是从全法国精选的，女的身高均在1米75以上。她们全部拥有“天使的面容，魔鬼的身材”，平时训练非常严格，不允许随意剪发、染发，甚至在合同期间不允许恋爱。

当然，她们的收入也非常可观，是全法妙龄女郎羡慕的对象。

一个接一个的舞蹈节目令人眼花缭乱、目不暇接。

有的歌舞节目是有情节的，看剧情，应该是古典文学中的爱情故事。加上有康康舞贯穿于其中，具有十足的观赏性。

那激情的舞蹈、奔放的节奏、高难度的动作、奢华夺目的服饰、缤纷的羽毛、滚有繁复花边的衣裙、美妙绝伦的人体，令观众酣畅淋漓、热血沸腾，欢呼声、口哨声不绝于耳。

虽是商业性演出，可是艺术成色十足，一点儿也不滥竽充数，一点儿也不偷工减料。

19世纪末，这种颠覆传统的艳舞在巴黎红极一时，不论是皇室成员、中产阶级、艺术家还是作家都趋之若鹜。据说，英国的威尔士王子(即后来的爱德华七世)到巴黎做私人访问期间，就曾特地订位欣赏著名的康康舞。一位名叫歌露的舞娘发现王子坐在观众席上，便立即摆出美妙的舞姿，把修长的美腿踢起，高声向王子欢呼：“嗨，威尔士，这礼物是给你的！”

大画家劳特累克也在红磨坊度过了不少夜晚，用画笔记下了最奇特、最生动的细节，和最真切、最栩栩如生的人物形象。他的几幅最成功的作品都与红磨坊有关。

红磨坊的舞场这会儿变成了一个神秘的空间，人们忘记了背景，没有过去未来，没有近忧远虑，没有抑郁内敛，也没有任何的邪念，在快意的掌心翻转着鲜活的体验，享受春风抽芽般的生命状态。

历时一个半小时的演出，高潮迭起。中间，隔着我几个位子的一位西方女士，偷偷用手机录像，被工作人员严肃而礼貌地制止了。

不知不觉间，轻啜了几杯香槟，微醺着走出剧场，沐浴着巴黎夜晚淡淡的凉意。透过一场红磨坊秀，我对法兰西人模糊的感受是：快乐、雅致、浪漫、放达。放达而不放纵，彰显了法兰西人收放自如的个性。

在中国，这样的舞蹈是难以公开面世的。我只是不明白，同样是较早进行工业革命、在地理位置上也处于欧洲的英国，为什么对康康舞也下达了驱逐令呢？

也许，下次去英国旅行时，我会找到答案。

二、塞维利亚:激情弗拉门戈

弗拉门戈,是诞生于西班牙安达卢西亚地区的,集舞蹈、音乐于一身的独特艺术形式。初创者为吉普赛人。吉普赛人的特质是酷爱流浪、生性浪漫,但他们在流浪、迁徙的过程中饱受排斥、压迫、欺侮,反映在弗拉门戈舞蹈和音乐中,就带着悲愤、抗争的情绪和在逆境中呐喊的生命激情。弗拉门戈和京剧一样,是历史给后人留下的一份宝贵文化遗产。

如果说西班牙是我欧洲之行的重点,那么塞维利亚就是重中之重。我之去往塞维利亚,是为追寻卡门的足迹,揭开吉卜赛女郎的神秘面纱,感受弗拉门戈的狂野与激情。

作为西班牙安达卢西亚省首府的塞维利亚,是一个感情丰沛的城市。那个为爱而生、为爱而死的吉卜赛女郎卡门,生活在塞维利亚;拜伦笔下的花花公子唐璜,活动的背景在塞维利亚;莫扎特的《费加罗的婚礼》,说的就是塞维利亚的理发师的故事……

从塞维利亚机场出来,转了两次公交,又步行了 260 米,才到达我预订的旅馆。导航显示,我已经走到了旅馆的门口,可是看遍了门牌,就是没有一家写着旅馆字样。最后还是一位路人看到我踟蹰徘徊,主动问我:你是找某某旅馆的吧?这才把我引向了旅馆的大门——原来,它就在我左边 3 米的地方——欧洲的旅馆,普遍没有高大的门楣,只有一尺见方的一块小牌,蓝底白字,不注意几乎看不到。

刚到房间,就听楼下巷道里人声喧哗,推开窗户一看,一支举行宗教仪式的队伍正走过旅馆门前——我连忙放下行李,提着相机跑下楼。

这一行队伍,最醒目的是 30 多个男人,个个西装革履、神情庄重,抬着一个木雕的耶稣受难像,迈着整齐的碎步,亦步亦趋地往大教堂方向行进。他们的前边,是手拿神器的儿童方阵,领头的,是两个翩翩少年。再前边,是一支鼓乐队。

我不太明晓仪式的内容,看阵势,好像是耶稣雕像的安放仪式。

作为西班牙第四大城市,塞维利亚其实并不大,在这里的 2 天半,我手里捏着一张地图,全程徒步,没有坐过一次车。

离旅馆不足百米，就是塞维利亚大教堂。

塞维利亚大教堂是世界上第三大天主教堂(第一是罗马的圣彼得教堂，第二是米兰大教堂)，这个教堂的特点是融合了伊斯兰教的清真寺和欧洲天主教教堂的建筑风格——历史上，塞维利亚曾经被阿拉伯人征服，在这里建造了清真寺。后来西班牙人光复，改造了清真寺，扩建成现在的天主教堂。

我围着教堂走了 3 圈。这里的游客全是帅男靓女，时尚、高雅，令人心旷神怡。

在教堂东南侧的广场上，有吉卜赛女郎在卖艺，跳弗拉门戈舞。到目前为止，我对吉卜赛女郎的印象均来自于影视作品——美丽大胆、有点邪恶又有点放荡的卡门，美貌、坚强、敢于争取幸福的叶塞尼亚，美艳、纯洁、备受侮辱与伤害的艾丝美拉达。但是，面前的这个卖艺女郎，黑瘦、憔悴，眼神里是满不在乎的自暴自弃，把我想扔点儿零钱的愿望瞬间淹没了。

举行宗教仪式的队伍走在铺了电车铁轨的街上，旁边就是塞维利亚主教堂。

塞维利亚的西班牙广场，是西班牙最漂亮的广场。

塞维利亚主教堂——世界第三大教堂

塞维利亚大教堂里，安放着大航海家哥伦布的灵柩。

15、16世纪，西班牙的崛起，和哥伦布有极大的关系。那个时候，西班牙和葡萄牙掌握了世界领先的航海技术，急需用技术换取利益，扩张势力。哥伦布怀揣着一本马可·波罗的游记，希望从海上开辟一条通往印度的通道。他去找葡萄牙国王赞助，葡萄牙国王断然拒绝了。后来西班牙国王资助了他，和他签订协议：一旦打通海上印度通道，贸易利益实行分成。就是说哥伦布和西班牙国王做成了一笔生意——你先投给我一笔钱，赚钱了你得8，我得2。

升斗小民竟然和国王做生意，这在中国是不可想象的。封建时代的中国，普天之下莫非王土，率土之滨莫非王臣，君上让你做事，是你效忠君上的机会和荣幸，尔等竟敢和皇上提出分利益，摸摸你有几个脑袋。

但是，在西班牙，哥伦布认为他冒着风险去开辟新航线，理应有经济回报。国王居然同意了。

后来，哥伦布发现了新大陆——即美洲大陆（哥伦布至死都认为这里是印度），从美洲载回数不清的黄金、珠宝和香料，他发财了，西班牙也发财了。

瓜达尔基维尔河河边已然斑驳的黄金塔，就是西班牙强盛的见证——那个塔,外墙面是用金箔打造的,里面的仓储是用来盛放美洲运来的黄金珠宝的。

只是,盛极而衰,后来哥伦布被王室剥夺了一切财产,死于海上流浪的途中。其灵柩从巴西运回塞维利亚,被后人安放在大教堂的地下室。

塞维利亚的明媚阳光,让人有一种懒洋洋的感觉,和煦的风吹在脸上,如婴儿的小手轻轻抚摸,舒坦极了。大街两旁的棕榈树高大挺拔,和碧蓝的天一起撑起一片热带风情。惬意的塞维利亚,一扫马德里的阴雨天气给我带来的坏心情。

看完大教堂后,我提着相机,左顾右盼,溜溜达达进入了教堂侧翼的圣克鲁斯区。

这个区,从很远的年代起,就是犹太人的聚居区。区内的房屋均用石灰粉刷成白色,条条小巷错落有致,十分幽静。各家窗台上栽有花草,一年四季,花团锦簇,色彩纷呈。

犹太民族是一个饱经患难的民族,历史上,遭遇异族驱逐的次数难以计数,二战期间更是被希特勒屠杀了600万人。但是令人惊奇的是,他们却能在精神上始终保持一体,不离不散,不死不灭。他们聚居的地方,总是如此优雅、安静、富有生机。

犹太人过去没有祖国,热切渴盼着有一块定居之地。他们在坚守自己的宗教、文化的同时,愿意融入居住地的主流生活。而吉卜赛人和他们有着强烈的反差。吉普赛人骨子里喜爱流浪,不愿意定居一地。他们固执地排斥主流生活,宁愿穷困潦倒,不愿受规矩约束。

吉普赛人的祖籍在印度西北部。公元10世纪,其在与其他部落的交战中战败,被迫迁徙,一路向西,流落到叙利亚,土耳其,中欧的波西米亚,西欧,南欧,18世纪后期到达美洲。

我们现在常说的波西米亚风格,就是波西米亚地区的吉卜赛服饰风格:五颜六色的首饰,以及满是绣花、钉珠、流苏等繁复装饰的皮靴、挎包,披挂在布满碎花的宽松裙上,再系上民族风情的头巾,夸张、颓废、性感,还带有一点琢磨不透的神秘。

由于不能融入主流生活,吉普赛人普遍只能从事小商贩、走私、占卜算命、歌舞等职业,受到聚居区人群的嫌弃、厌恶和排斥。2010年,法国总统萨科齐就做出了驱逐近百名吉普赛人的决定。

弗拉门戈就是吉普赛人在迁徙过程中用血泪凝聚的悲情艺术。

犹太人街区

傍晚,我去参观克里斯蒂娜女士创办的弗拉门戈博物馆。

这是一间集声光电技术于一体的现代化博物馆，一层是弗拉门戈表演场地,二层是主体展厅,三层是与弗拉门戈有关的绘画、陶器工艺展。二层的主体展厅分四大部分,依次展示了弗拉门戈的起源、风格流派、大师和服饰,还有一个专门拍摄弗拉门戈的女摄影家的精品照片陈列。触摸屏上有几种语言的解说按键,其中就有中文解说。

我仔细察看每一个展厅,把相机的感光度调到最高,拍摄珍贵的影像资料。

可以看出,克里斯蒂娜女士对该博物馆倾注了极大的心血。这位在1992年巴塞罗那奥运会开幕式上表演弗拉门戈舞的顶尖艺术家,倾注毕生精力为弗拉门戈奔走呼号。她对中国怀有深厚的感情,因为中国对弗拉门戈的推介,是走在其他国家前面的。她策划了昆剧与弗拉门戈的同台表演,还破天荒地对我这个来自中国的记者,免收了18欧元门票。

晚上7点,我在离博物馆不远的一个小剧场,看了一场弗拉门戈演出。

可容纳150人的小剧场座无虚席,来自世界各地的游客翘首以盼。

四位表演者走上舞台,一人弹奏,一人唱歌,两人(1男1女)跳舞。

先是对舞,然后是女子独舞。然后又是对舞、独舞。中间穿插了弹吉他男子的低吟浅唱,在弗拉门戈艺术里,这叫深歌。

红衣黑裙的中年女人在小小的舞台上旋转。不是很出众的容貌,也不是很曼妙的身材,但眼神坚定,动作充满力量,带着一种泼辣的精神气质。

那是一种饱经风霜之后的自信,一种历经世态炎凉之后的洒脱,一种就算痛苦也不打算哭给你看的骄傲,一种你不讲理也别指望我讲理的逻辑;是怕受伤害而撑起来的神气,是知道前程漫漫告诉自己必须快乐的决心。

人们说,弗拉门戈在表达爱情,可是那不是纯情少女的爱情,也不是痴情女子的爱情,是看透了这个世界然后说“好,我陪你玩”的姿态。

舞至高潮处,掌声雷动,经久不息。

然后,男人低哑的嗓音嘶吼着,唱起深歌。“吉他/开始哭泣/黎明的酒杯/在破碎”。声声悲切,却又有撕破黎明前的黑暗的勇气。就像英雄孤独,就像虎落平阳,就像行至绝处,不得逢生。歌词我们听不懂,但是一点儿也不影响我们去感受那种苦难和抗争的情绪。

弗拉门戈,是在肮脏的小酒馆里诞生的艺术,在几百年演变的过程中,逐渐走向了大雅之堂。像中国的京剧一样,它是分流派的,各流派都有代表性的艺术家。他的舞蹈、音乐吸收了吉普赛人迁徙过程中当地民族的艺术特点,比如手部

激情弗拉门戈

的动作是印度的，脚踏的节奏是爱尔兰的，响指、响板则吸收了西班牙民族艺术的精华。因为特别民族，所以特别世界。

历时一个小时的演出，让观众心潮起伏，始终被裹挟在情绪的旋涡里。甚至演出结束后，大家坐在原地不走，直到工作人员开灯，人们才意犹未尽地散去。

夜幕降临。走在圣克鲁斯区的小巷里，我仿佛看见：抖机灵的费加罗摇头晃脑得意扬扬地唱着“我是塞维利亚的大忙人，谁都离不开我费加罗，好家伙费加罗可真是个好家伙”；二楼的阳台上，唐璜正无耻地调戏女仆，翻着一双桃花眼轻佻地说着“对一个女人的忠诚就是对其他女人的背叛”；响应着他的话的，是卡门在马斯隆萨斗牛场拱门下坚定地说“我不爱你！你可以杀死我，但卡门永远是自由的”，何塞扔掉手里的沾满血的刀，喊着“逮捕我吧，是我杀死了她，我最爱的卡门”……

回到旅馆，前台的小哥费尔南多告诉我，今晚 9 点，是楼顶平台酒吧的

happy hour(快乐时光,一般指打折优惠时间),有免费的雪莉酒供应。雪莉酒是一种著名的白葡萄酒,产地就在西班牙的安达卢西亚,这种酒被莎士比亚誉为“装在瓶子里的西班牙阳光”,我当然要去品尝。

我上到楼顶的时候,几个长条桌上都有人了,我和三个中国人、一个伊朗老弟以及来自伦敦的黑人女博士莱拉坐在一起。

三个中国人,2 男 1 女,都是开朗、健谈、快乐的人,年轻有活力。后来我们在葡萄牙的里斯本机场遇到过,在巴塞罗那的古埃尔公园又遇到。

伊朗老弟,是和我住一个屋的,在我下铺。他也是独行,一般是上午睡觉,下午出门,晚上很晚才上床。他是不喝酒的,也不大说话,只是默默感受气氛。

黑姐姐莱拉,是一个大个子。昨晚我们在公共厨房遇到,她对人亲切有理,春风满面,让人顿生好感。她去过中国的西藏,博士研究的方向是宗教与经济的关系。黑人,我总是搞不清年龄,想来她大概有 30 岁左右吧。

吧台小哥给每人送来半杯雪莉酒。虽然是白葡萄酒,可是颜色倒是深红的。轻啜一口,香甜醇厚。

我拿出馓子、油炸花生米、辣味豆干给大家作下酒菜,居然很受欢迎。伊朗老弟说,他们那里也有类似于馓子的食物。莱拉尝了一口辣味豆干,辣得直流眼

都市阳伞

街区的一面墙上面都是有关斗牛的老照片。

泪,但她坚持又尝了一口。

半杯葡萄酒,并没有尽兴。大家都走了,我从房间里拿了自带的“剑南春”白酒和莱拉对饮。前台小哥费尔南多也过来凑热闹。他尝了一口白酒,顿时辣得直伸舌头。“Too hot, Too hot.”他表情夸张地用手扇着嘴巴。费尔南多问我,塞维利亚好吗?我说,好,我太喜欢这儿了,谁娶我,我就留在这儿了。费尔南多说,你有钱吗?我说,我只有“Chinese money”。他说,哦,你有很多chinese “盐”(元),我给你介绍一个老婆。我哈哈大笑。

次日,我和三个中国人——小隋和他的同伴一起去逛了塞维利亚的西班牙广场、都市阳伞、黄金塔、西印度群岛档案馆。马斯隆萨斗牛场我没去,我对人类杀死老实、倔强、默默干活的牛颇为反感。况且,我祖上姓牛。

西班牙有部分地区已经通过法律,禁止斗牛了,其中就包括巴塞罗那所在的加泰罗尼亚大区。

一个人和世界的艳遇

YIGEREN HE SHIJIE DE YANYU

激情行摄

一 个 人 和 世 界 的 艳 遇 · 激 情 行 摄

西藏:雪山下的激情探戈

拉萨　我来了

一觉醒来,费了好大劲儿才弄明白自己在哪里。睁眼时,先看到的是架子床,以为还在学校读书呢。奇怪的是天大亮了起床号也没响,倒是窗外隐隐传来念经的声音:唵嘛呢叭咪吽。使劲揉揉眼,清醒过来,这才知道,我已经到了拉萨了。

真的到了吗?真的。嘿嘿。一想到将要展开一场梦寐以求的快乐旅行,我从心底笑出了声。

去西藏，并经西藏过境到尼泊尔，是我一年前就着手策划了的。3个月前，我开始复习英语，每天念半个小时常用短语。10天前，我开始着手把手头的工作一一清理，避免半途被电话追回来完成必须我到场才能完成的工作。3天前，开始吃抗高原反应的红景天……这次，我请了15天公休假，加上8天十一长假，一共有23天的时间可供挥霍。9月28日上了一天班，当晚，我上了开往兰州的特快列车。

暮色中的布达拉宫

诸君可能要问:你去西藏,干吗不直接“坐上那火车去拉萨”,却要到兰州呢?呃,我一说您就明白了——十一前后去拉萨的火车票太难买了。到拉萨的火车票提前12天在网上发售,那天中午,我从11点40就守在电脑前,啥事不干,不断刷新12306。正午12点整,车票一放出来我就下单,好不容易进去了,一看,还剩17张卧铺票,而我排到了932名。没办法,我才转而买了到兰州的车票,再买一张兰州到拉萨的飞机票。蚌埠直接到拉萨的车票是800多元,而蚌埠到兰州的车票是500多元,加上兰州到拉萨机票1200元(含税费),就是1700多元。虽然贵了点,在兰州又耽误几天,可幸的是,我没在原地踏步,总归是一路向西,一步一挪地到了拉萨。

下了飞机,从小小的拉萨贡嘎机场乘1个小时大巴到了市区,我不想打的，而是背上背着一个大登山包、胸前挂着一个沉重的摄影包去找公交车站。一路上，我慢慢欣赏着拉萨的街景：原来拉萨没有高楼大厦啊，最高的楼也就四五层；原来拉萨夜晚的街头打眼看到的都是游客啊，不是旅游旺季游客也这么多；原来……反正就是像个孩子似的很新奇、很懵懂地看着眼前的一切，这里像是符合自己的想象，又好似哪个地方与想象不大一样。

等了有40分钟，公交车也没来。一问，才知道这条线的公交车9点钟就停运了。只好打的到网上订好的暮野8264大本营。

那一晚，我睡得不踏实。

那是个有5张架子床的10人间，没住满，住了6个人。12点多了，有两个来自福建的女人还在不停地出来进去，梳洗收拾。要命的是，她们一个住我上边，一个住我旁边。更要命的是，她们还用手机聊QQ，不停地"嘀嘀"。后来，我用无限温柔的声音说：姐姐，你们还不睡吗？我能感觉到她们生气了，因为我听到架子床使劲儿咯吱咯吱几声，貌似她们在扭腰扭屁股。但那之后，QQ声没了，我就睡着了。

来藏之前，我有点担心出现高反。有朋友曾经高反厉害，半路就打道回府了。而且据说肺活量越大越容易高反，我就是属于那种肺活量大的人。来拉萨第一天，我睡眠有点浅，还好没头痛。睡眠浅也许是受两个福建姐姐的影响，也许是有一点点高反。但是从那一天以后，我再也没有高反症状，在5190米的那拉根山口还和司机抽烟、聊天呢。

第二天早上，我去了大昭寺广场。我曾经问自己：你到西藏看什么？我的回

大昭寺广场的信徒

拉萨郊外的骑行客

答是：看壮美的高原风景，也看独特的藏族民俗。这民俗，核心部分是藏族人对信仰的坚定和虔诚。既然如此，大昭寺是不能不去的。那里聚集了来自各个藏族聚居区的虔诚信徒，他们在广场磕长头、做佛事，你看了会有许多思索与领悟。

高原的阳光纯净而生猛，把我的镜头射成了金光万道的十字花。我独自在大昭寺广场转悠，不看工艺品市场，不看八廓街的旅游商品排档，只看虔诚的老壮妇幼。来拉萨之前，在兰州中山铁桥对面的过街天桥，我曾迎面遇到一对残疾人乞丐，他们向我伸手乞讨。我当时目不斜视，擦肩而过。走了 50 米，突然心里不舒服，赶紧掏了零钱回头找他们，但他们已不见踪影。所以在大昭寺广场，我见到确实需要帮助的藏族同胞，就大大方方地施舍，多到 5 块，少到 1 块，前后施舍了十几个人。我不知道佛能否见到我的善心，但无论如何，我心安了。人之求佛，求的难道不是一个心安吗？

来西藏的人，大多不直接去纳木错，而是去林芝。因为纳木错海拔高，很容易高反；林芝海拔相对较低，可以作为适应高原的过渡地带。逛完大昭寺，我走上北京路，去找这条路上的两个著名的国际青年旅舍——平措康桑和东措，看有没有人拼车去林芝。我住的旅舍，便宜是便宜，可是拼车的信息少，公共交流平台较小，不适合我这样的独行者。后来到了平措和东措，才发现那里一楼有个大大的交流平台，墙上贴满了各种拼车和捡人信息。尤其是平措，交流起来更为方便，以致一床难求。我在平措留了个求拼车的纸条，又打了个人力车到东措。

到了东措，我正在看告示墙，一个穿红色冲锋衣的端庄娴雅的妇人过来问话："请问，这哪里有胶水？"我一看，她手里拿了一张纸，大概想在上面贴个告示。我说："你找服务台问问。"少顷，她涂了胶水，"啪"一下把拼车告示贴在我鼻子底下。我一看，"拼车到林芝、然乌，4 天，捡人。"正是我要的！"嗨嗨嗨。"我赶忙叫住她。

后来我想，这就是缘分啊。不早不晚，我们就在那个时候碰上了，组织了一个 8 个人的团队，开启了一程愉快之旅。领队其实不是她，是一个和她同来的小老弟，那人安坐在长椅上不动，等待"愿者上钩"。

羊卓雍错

在这里，我有必要向大伙儿介绍我们第二天出行的8人团队：

领队(召集人)小白，来自江苏南通，成熟稳重的靠谱青年；黄蓉，贴告示的那个端庄娴雅妇人，来自上海；小牛，温婉可人的成都妹子(也许骨子里麻辣，但我没看到)；小新，宅心仁厚的美女硕士，来自湖北武汉；小谢，文质彬彬的小帅哥，来自河南商丘；孟姐、小胡母女，来自北京；我，来自安徽。

在东措，我见到了小白、黄蓉、小牛、小新。一看这几个都是靠谱青年，我对第二天的行程有了信心。他们走后，剩我和小新在那儿聊天。小新也是独行，这姑娘快30了，知道自由的时日不多了，赶紧出来溜达溜达。她言谈举止，透着知性美女的成熟魅力，我们聊得很投缘。正聊着，旁边瞅了我们很久的大个子美女过来说："两位是拼车去林芝的吧？我们有个车，丰田4500，正好缺俩人，越野车舒服，你们跟我们走吧。"我们说，已经和别人讲好了，毁约不好。美女说："人在外，互相又不认识，管他呢。"我和小新互相看一眼，一起摇了摇头。后来证明我

们的坚守是对的。不然跟着那个因为互相不认识就可以不守信用的美女走，哪里会有4天愉快的旅程呢。

聊到下午4点，我说咱们不能光坐着，出去看个景点吧。小新提议去哲蚌寺，我同意。哲蚌寺在郊外，我们打了个车。快到哲蚌寺，又捡了个打车的姑娘莫莫，三人一起去哲蚌寺。辩经的时间已过，游客早已离去，哲蚌寺安安静静，不像大昭寺那么沸腾。我们消消停停地欣赏。白色的墙壁，朱色的屋檐，拾级而上的走势，彩色的经幡，以及斜披袈裟的喇嘛，一切一切，都是那么和谐。我们的心很静。迂回盘旋，求索上下，直流连到天色近晚。

你要快乐你就跳

我们走得太快，要停一停，让灵魂跟上来。

——古印第安人

次日上午9点，我们按约好的时间在暮野集合。孟姐、小胡、小新、小谢打车来的。我和小白、黄蓉、小牛就住在暮野。车是小白9月下旬就在网上订了的，订的是一个正规公司的车（要不怎么说小白是靠谱青年呢），17座的金龙中巴，4天7000元租金，8个人人均800多元。车子10点40分才到。但不管怎样，晚到的客人也是客，不影响心情。咱们开拔。

汽车出了拉萨城，沿着拉萨河蜿蜒东行。不多久，景色就逐渐展现开来。司机伍师傅是四川人，特能侃，人也很好，一路给我们当导游，见到美的风景就停下来让我们拍照，见到美女帅哥求搭车就拉他们一程。我心说，别激动，别提前兴奋，现在的风景只是与川西相似，真正的壮美风景还在后头呢。

车过5013米的米拉山口，黄蓉有点高反了，嘴唇发紫。她下车拍张照片，赶紧又回到车上坐着。我没什么感觉，看大家在等我，还小跑了几步。

为了赶时间，我们越过了巴松错（约定回程再看），当晚住在林芝八一镇宜宾宾馆。晚上11点才吃完饭，吃的是石锅鸡。我们的团餐是每人30元，一路都吃得很好，有肉有蔬菜。比起在拉萨吃藏包子（其实就是蒸饺）、藏面，我的胃还是更适应川菜。好几天没洗澡了，这天痛痛快快洗了个热水澡（尽管水很小）。

有人说，风景其实不在目的地，而是在路上。这话没错。我们的旅途，一路都是风景。乘车不再是焦躁的折磨，而是一种享受。我们有说有笑，臭味相投，一路观看雪山、秋林、潺溪、朗空，讨论着各自的感受，度过了美好的时光。鲁朗镇扎西岗村是路边景色中的经典，是骑行和自驾客的大本营，次日我们经过这里时停车游览，被原汁原味的藏族村落所吸引，久久不愿离去。我向领队提出再给半个小时拍照，但孟姐有点身体不舒服，想早点走。得，咱得照顾老大姐。我恋恋不舍地上车，心里想，下次来，我一定骑摩托车来，想停哪儿停哪儿，想停多久停多久，一次拍个够。

当雄：夕阳下的山坡

鲁朗

一路经过通麦天险（14 公里走了 90 分钟），畅游米堆冰川（离开 318 国道向里行进 7 公里）。在波密“帅哥餐厅”吃中饭，晚上到达然乌。住 4

人间，每床50元。我那个床头写了一行字：夜里12点会有人敲床，用沙哑的嗓音说“这是我的床”。夜很冷，四周一团漆黑，风从我床头的墙洞里钻进来，呜呜响。有点小恐怖耶。

我的身上奇痒，擦风油精也没用，想来可能被毒虫子亲吻了。西藏厕所少，路上停车，男女各自找树林方便。我可能就在那时候被毒虫子缠上了。黄蓉就被蚂蟥缠上了，那小蚂蟥居然爬到了她喝水的杯口，还昂着头，黄蓉差点吐出来。睡不着，我等着有人敲床，但一直没有。等着，等着，居然进入了梦乡。

去年十一在川西，和我一起拼车的一个南京帅哥是从然乌下来的，他给我看了他在然乌拍的照片，好美。所以这次我避开了3日到林芝的团，选择了4日到然乌的团。晨起，简单早餐后，我们来到然乌湖。果然是一个美得让人窒息的湖。就像到了日内瓦，那份畅然的空阔，那种高爽的秋意，那股诗意的浪漫，由外而内，由眼入心，在心头荡漾回旋。我禁不住深吸一口气，用全身心去品味，去留滞，想把这一份感觉永远保留在心间。

遇到的都是亲人 错过的都是无缘

那一夜，我挑尽莲花中的酥油，不为修行，只为在你的怀中安眠。

——那马

千里搭长棚，没有不散的宴席。从然乌回到拉萨，我们散团了。一路欢乐，互相照应，我们结下了深厚的情谊，彼此留下联系方式，挥手告别。小白、黄蓉、小新、小谢要去日喀则，我和小牛去纳木错。这样很好。情太浓，容易受伤害。“轻轻地我走了，正如我轻轻地来；我轻轻地挥手，不带走一片云彩。”这样的状态，才是洒脱的状态。

回到拉萨，我住进了东措国际青年旅舍传说中的206房间。

这是一个男女混住的28个人的大房间，14张架子床有序摆开，墙上写满了驴友的留言，有明志的，有抒情的，也有宣泄苦闷的。我本以为到晚上这里会很吵，但实际情况是，过了11点每个人都很轻声，显得很有修养。我的邻床是个漂亮的小女生，有个北京大哥过来和她聊天，声音很轻，我隐约听到了一点。大哥说：“那年我在法国塞纳河徒步，一不留神，闯进了吉普赛人的营地……”说得姑

尼洋河

娘一愣一愣的。

在东措二楼的走廊里，我借了别人的笔，写下一行大字：那一月，我一路西行，看尽佛塔，遇到的都是亲人，错过的都是无缘。

我在拉萨又待了半天。起床后洗衣服，用开水把衣服彻底烫了一遍，杀死那些肆无忌惮咬我的毒虫子。在东措二楼的走廊上把衣服晒上。去邮局给朋友们寄明信片。然后到大昭寺磕长头。夫人给我打电话，说她去年来时在比日神山许了愿，现在愿望达成，让我去还愿。但比日神山在林芝，那天我们经过时，天已经黑透了（因通麦天险塞车 3 小时），我没能去还愿。比日神山是苯教神山，在拉萨周边再没有苯教的神山，只有大昭寺是各方神圣的集大成者，所以我决定去大昭寺磕几个长头。

磕完长头，我踱步来到雪域餐厅旁边的甜茶馆喝甜茶。在拉萨喝甜茶，喝的是氛围，是文化。一个长条桌，人们挨个坐下来，每人面前一个杯子。有服务员过来倒茶，一杯收 6 毛钱，再续再收。茶馆里绝大多数是藏族人，间或有内地游客，脸上有压抑不住的兴奋，非常显眼。

快 11 点的时候，我给小牛打电话，告诉她东措门口每天都有发往纳木错的班车，头天下午去，次日上午回，游客可以看到纳木错的日落和日出，每人 160 元(含门票)。她说她又在所住的“尘埃落定”捡了一个姑娘，叫空空，也要去纳木错。我说一起吧。约定了下午 1 点钟集合。

空空后来我见到了，是个“海龟”女硕士，宁波人，抽自卷的烟丝，显得很潮，很另类。但她到纳木错时高反了，上到 5190 米的那拉根山口以后就高反了。加上心情不爽，那晚她在“放牛娃旅馆”的伙房门口号啕大哭。没人去劝她，知道她可能有别的原因，百感交集。哭完了，小牛递给她一条毯子，她披上毯子就跟我们去湖边看星空去了。

在去纳木错的车上，我认识了一个叫“光线不是一切”的北京老弟。这老弟是个摄影发烧友，靠着一只二手的尼康 D200 相机，走了好多地方，拍出了不错的照片。这是一个热情阳光的 man，我很喜欢。那天，我们共同冲顶到纳木错湖边的山上拍落日，在星光璀璨的湖边拍银河，在清晨清冷的湖岸拍日出。拍星空的时候，湖边寒冷透骨，小牛披了睡袋，空空裹了毛毯，光线的同伴也穿上了厚厚的羽绒衣。我因为没带相机遥控器，右手长时间摁住 B 门，冻得发僵。后来其他人冷得实在受不了，回旅馆了，我和光线还在拍。光线雪中送炭给了我一只手套，让我备感温暖。我心说，陪我看星空的原来是个帅哥啊，我们有缘。

回到旅馆，我接到一个手机信息，心里有点不快。

去纳木错之前，我在公示墙上看到了拼车去樟木的纸条，就按照上面的电话打过去。是个女的接的，她说她找了个 12 座的车，现在才 7 个人，要拼 5 个人。行程是两天，第一天住定日，第二天到樟木，沿途经停羊卓雍错、宗山抗英城堡、日喀则等景点。这正是我计划的行程。我说我跟你们走，但我手机快没电了，到纳木错插上电才能开机，你有什么晚上再给我电话，我跟你们走不会变。结果我一开机就看到她的信息：“我们人已满，你另外再拼车吧。”

她把我闪了。

早知这样，我来纳木错之前就在东措发布求捡信息了，那样拼车的时间还宽裕点。这不是耽误我吗？

这个女子，跟我没缘。她后来又闪了我一次。且听我慢慢说。

从纳木错回来，是下午 1 点。我赶紧在东措的公示墙上发布求捡信息。不多会儿，就有人给我打电话。是个男生，姓王，他说他们租了个丰田 4500，已经有 4

个人，还差一个。一天要到樟木，每人500块，加上我一共三男两女。我因为急于走，虽然觉得一天赶到樟木太累，还是答应他了。这边刚订好，那姑娘又打来电话，说她被几个女大学生闪了，问我还拼他们的车不。我轻笑一声，说，不啦，我已经订好了。放下电话不到20分钟，小王来电，说那姑娘也给他打电话了，他也觉得一天要到樟木太累了，干脆我们5个都拼到姑娘的车上算了。

还是没躲开那女子。

傍晚，我、小王和那姑娘（她说她叫小西）在东措一楼见了面，定下了第二天集中的地点。小西其实是挺漂亮的一个姑娘，高高的个子，瓜子脸，白皮肤，像藏族人一样辫了14根小辫子。漂亮归漂亮，在我心中，总归是觉得她不靠谱。

事情远没有那么简单。

夜里12点半，小王打我电话，说小西及他们一起的5个人又不去了，说是只带了护照，没带身份证，边检过不了关。这样，12个人的车，就剩了7个人，加上后来从候补位置递补上来的一个姑娘，一共8个人，分摊3500块钱车费。第二天，费了点周折，8个人坐了12座的一辆江铃福特上了西行樟木的路。

有缘的自然会见，无缘的错肩走远，道理就这么简单。我在东措二楼的留言一语成谶。

雪山下跳起激情探戈

> 不苛求成功，只追求丰富；不在乎结局，只演绎故事；没有终点，只有旅途。
>
> ——那马

又是8个人。跟拼车去然乌的团队人数一样。

原谅我啰唆，我还是要把我们8个人的团队向诸位介绍一下：召集人小王和他的女伴，来自北京；林妹妹，来自北京；周超，来自湖北；小徐及其未婚妻小陈，来自山东；小凌，女大学生；我，来自安徽。8个人的团队，从拉萨一路西行，经羊湖、卡若拉冰川，中午到达江孜县城吃饭。羊湖，其实就在路边上，无所谓景区不景区。但就在我们将要离开羊湖的时候，从山坡上冲下来一个藏族少年，要收我们门票。经反复协商，8个人买了3个人的门票，120元。卡若拉冰川下雪了，大家下车，在我的提议下，照了此行第一张，也是唯一一张合影。

羊湖

我一直认为，当领队不容易。领队要操心一行人的吃、住、行，要和驾驶员沟通，更困难的是，这支队伍是天南海北拼凑来的，秉性不同、口味各异，听你招呼是给你面子，不听你招呼也正常。遇到难缠的，你纵有十八般武艺也协调不了。正是因为这个原因，我一路西行，都是求捡，从不捡人，避免当领队。也正是出于对领队的理解，我一路都主动配合领队，给领队补台。

到定日县城的时候，已经晚上 10 点了。赶紧找一家川菜馆吃饭。山东小情侣要吃面条，其他人有要吃米饭的，有要吃馒头的。领队小王脸拉下来了，罢工，不点菜。我只好出面去做工作，一个一个征求意见，协调大家吃一样的饭菜，谁让我年龄最大呢。我自己出钱，整了点酒，让大家乐呵乐呵。旅游嘛，就是要找快乐，千万不能拉长脸。酒酣耳热之际，北京的林妹妹提出，明天经过希夏邦马峰，要和我跳一曲探戈。跳就跳，哪个怕哪个？拉钩。就这么定了。

第二天早上，大家没吃早饭就上路了(这里的早饭要 18 块钱 1 个人)。我拿出零食和驾驶员那木郎分吃了(那木郎是个老实的藏族好人，下次我去西藏还要用他的车)。吃完早餐，那木郎把车窗开了一条小缝，想透一口气。小王在后面训斥道："关上关上，这地儿开窗，你要把我们冻死啊。"他慌忙把窗户关上了。

我觉得，这个领队有点油，有点不尊重人。

从这一刻起，我就萌发了脱离这支队伍的念头。我得为我的快乐负责。在我的内心深处，觉得虔心向佛的唯一方式就是与人为善，尽力去帮助那些确需帮助之人。但是，人啊，不是善良了就会有好运的。人的一生，要想有好的命运，需要向善，同时还必须要有一点点智慧，一点点坚强。缺少智慧和坚强支撑的善良，是迂腐无用之善。我旅行，是为寻找快乐的。这支队伍氛围不好，没有给我应有的快乐，我做了我应该做的，就该果断地脱离。

希夏邦马峰到了，连绵的雪山横在我们眼前，近在咫尺。空气清冽，蓝天悠远，视野空阔。阿木郎主动停车让我们下来观景。林妹妹还记得昨晚的约定，她说，来吧，那马哥，探戈探戈。我左手牵着她的手，右手轻揽她的腰，在无伴奏的天地舞池里，伴着心中的旋律，和她用心跳了一曲激情探戈。雪山为证，队友的相机为证，那一刻，我很快乐。

后记：回来几天之后，我才得知，林芝队友小白、黄蓉、小新、小谢他们从日喀则前往纳木错时，车子在当雄出了事故，侧翻了。原因是下雪路滑，车速较快。还是去林芝的那辆车，还是伍师傅开的车。事故发生后，小白和小新等一起把黄蓉用救护车送到拉萨住院观察，一天后医生说没大事，出院回家。纳木错最终没去成。小新说，那是她在西藏最累的一天。这姑娘待人真诚，会有好运的。

滇川:我就一旅游疯子

丽江古城:时光柔软,我心流连

有人说,丽江是一个开放式的精神病院,来这儿的人多是为了治疗精神上的伤痛。倘若,这个精神病是指广义上的精神不适,比如精神焦虑、精神不振等,

玉龙雪山的旗云

我倒也同意这种观点。这里，确实是得天独厚的疗伤之所——湛蓝的天，和煦的风，具有民族风格的典雅、实用、神秘的四合院，木质的墙板和楼梯，还有淳朴的民风，对艳遇的促成与宽容，都是帮助年轻人心理恢复正常张力的熨帖剂。

生活在丽江的纳西人有深厚的文化底蕴，纳西的东巴文化源远流长，东巴文字、东巴音乐、东巴舞蹈具有神秘的魅力，吸引了天南海北的文化人和游客前来领略、探秘。我在部队有不少纳西族战友，我感到他们总是温柔敦厚的，不像有些地区的人霸蛮。这，可能与民族的文化教养多少有一些关系吧。

在麻栗坡烈士陵园祭奠了战友，回到昆明，然后乘晚上9点58分的火车到丽江，一路顺利。在丽江，我前后待了两天半，每天徜徉在古城的石板路上，看人、看景，也看街边房子里的小商品。多年前，我曾来过这里，那时商业化还没有这样泛滥，那时的丽江更适合我这样喜欢野趣的浪子。当然，现在也不错。如果不是还要乘十一假期多走几个地方，我愿意在丽江多待上一段时日，不去茶马古道，不去虎跳峡、白水台，就在丽江古城徜徉、徜徉，一直到随便坐在哪个门口，都能酣入梦乡。

丽江的大研古镇，是以四方街为中心的。从四方街向外辐射，有五一街、七一街等小街巷，每一条小街都风情万种。玉龙雪山的雪水贯穿古镇，清澈凛冽。沿水而建的具有民族特色的古宅，静静地散发着历史的芬芳。天空碧蓝，鲜花争

古镇民居

艳，每一个人都兴高采烈。想来，再深的情伤、再狠的失落，也会被丽江的风儿熨平——在这里，确实是找不到郁闷的理由，哪怕是一丁点儿。

那天晚上，我去王家庄41号江湖火塘酒吧听歌喝酒。但江湖酒吧有个规矩，听到有人讲“三爷”这两个字，要欢呼，我虽不知道“三爷”是谁，但跟着欢呼了一整个晚上。

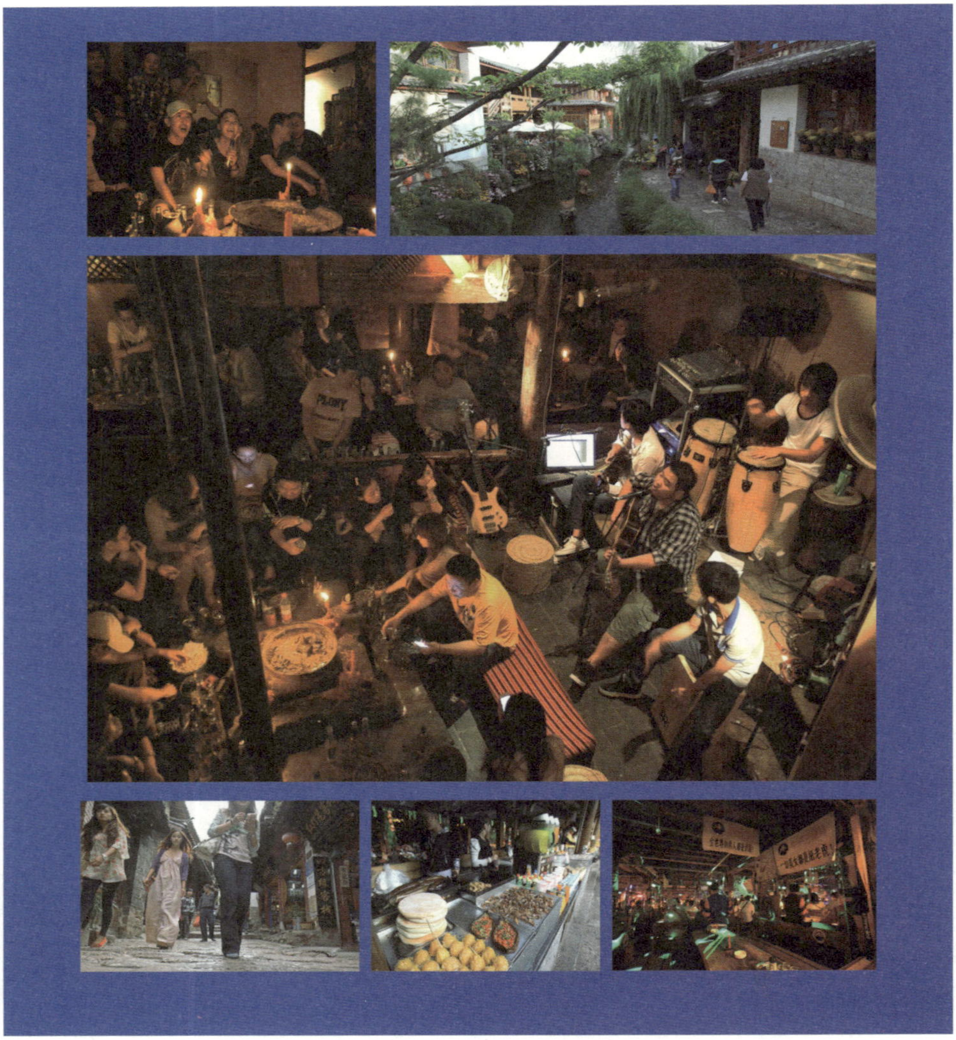

中图：王家庄41号，江湖酒吧。在街上你要问：“‘江湖’在哪里？”马上就有人给你指路。上左：年轻人聚集在酒吧，喝酒、聊天、听歌、“艳遇”，放松自己。上右：有水，有花，有灵气。下左：美女走在古镇的街上。下中：五一街的小吃。下右：这样的标语，让人莞尔生笑。

环泸沽湖骑行：遭遇大雨，终生难忘

在那遥远的川滇边界，云南省丽江市宁蒗县，有一座纯净圣洁的蓝湖——泸沽湖。多年来，泸沽湖就像磁石一样吸引了一波又一波旅游者。泸沽湖的魅力不仅在于她的自然风光，还在于生活在泸沽湖边的摩梭人奇特的婚俗——走婚。摩梭是纳西的一个分支，信奉藏传佛教中的黄教。摩梭社会是一个母系氏族社会，家里女子当家，终身不婚，男子可以到不同女子家走婚。因为有美丽的风景，又有奇特的婚俗，泸沽湖近年来成为游客旅行、探秘的热点。

但是，游客们如果试图在摩梭真正走一次婚，上一次姑娘的花楼，那就大错特错了。因为那是不可能的，这里是只能看不能摸的。泸沽湖景区早已商业化，

泸沽湖之夜

游客的笑容

湖边的居民已经汉化，男女结为夫妻，一起做生意，赚游客的钱，男子不知不觉成了家庭的主宰。

我从丽江坐了8个小时的大巴车赶到泸沽湖，住在洛水的国际青年旅舍。泸沽湖我多年前来过，和四个摩梭女摔过跤(当时的一个旅游项目)，被人家扯着四肢扔到谷场上。那次泸沽湖之行，给我留下了难忘的印象。这一次，我重走泸沽湖，一路在想：我怎样保持对这座圣湖的新鲜感呢？我决定：租辆自行车环湖骑行……

环泸沽湖的公路，现在已经修得很好了，从洛水向东，到达走婚桥这一段，路边开满了格桑花。

我租了一辆自行车，和同住一个旅社的几位骑友结伴骑行，湖之北岸，路面起伏较大，骑起来煞是累人，但风景优美，纯净的圣湖倒映着高天流云，如在仙境。泸沽湖的环境保持得很好，任何燃油的机动船都禁止入湖，水质能见度可达

11米，湖面上所见的只有猪槽船，基本上就是一截圆木中间掏空的形状。

我没有骑行经验，租的自行车车座太矮了，而且座位尖小，非常硌屁股，过了草海，上了南岸的路，我的屁股开始难受，大部分时间都是一边大腿搁在座位上在骑。而且中途下大雨，无从躲避，我们都被淋得透湿。看见一辆马车，我跟车老板商量，人和自行车都上马车回来，他开价 80 元，我放弃了，坚持继续骑。有一段路泥泞难走，只有推车走，最后 1 公里，车子又坏了，车“骑”着我回到洛水。这一天，环湖骑行了 70 公里。

中图：环泸沽湖骑行。左上：篝火晚会。右下：泸沽湖之晨。

稻城、亚丁:从冲古寺出来,我才知道,我就一旅游疯子……

诸位看官,你看了我前面的游记,分享了我旅行的快乐,你是微笑的吧?如果你微笑,那就对了,因为我在写前面那些游记时,嘴角是上弯的,还吹着口哨。可是,今天,我在写稻城亚丁游记时,心情是复杂的。网上热炒的稻城、亚丁美景,我没有看到,我只看到了景区的无序管理、雪少得可怜的雪山、满地的马粪、无德宰人的生意人,还有涨价10倍的旅馆,和令人难以想象的糟糕路面。进稻城12个半小时,出稻城12个半小时,只有旅游疯子才去那儿。

从丽江到香格里拉,用了一上午。那天是雨天,我只在迪庆古城转了转,因为时间紧,决定放弃香格里拉,第二天就去稻城、亚丁。香格里拉到稻城,整整坐了12个半小时的班车。好在我有心理准备,路上吃的喝的带得充足,心情放松,还不算太累。正是十一长假,稻城的旅馆全面涨价,普通的商务酒店,标间680元。我已经几天没洗澡了,又不愿住藏族同胞家里,咬咬牙,要了一间。

次日一早,我和一美女拼车去亚丁,小面包,100元。司机说,他带我们逃票,成功的话付他一半门票钱。昨夜下了雪,路上雪景很美,我要下车拍照片,司机不停车,说等着去亚丁接人。好歹央求停了一次,以后再也没停过。到了景区检票点,他叫我们躲在座位下面,用冲锋衣蒙住头。因为觉得好玩,我和拼车的美女不禁嘎嘎笑出声来。司机说,别笑,一笑就露馅了。嘿,逃票成功,两人给了泽仁250元。这个数字不吉啊,让我一天都不顺畅。

亚丁村

珍珠海(局部)

人的旅行状态多种多样。有的喜欢休闲,有的重在寻根探亲,有的爱好驴行自虐,对我而言,旅行是一个行摄的过程,能拍到好照片,是我最大的安慰。但是,这次在亚丁,我没有拍到一张满意的照片。亚丁就是这样的吗——下车伊始,就有马夫和背夫围上来纠缠(我是从来不骑马的,马上颠簸,无法拍片);去冲古寺的路上,景色平平;云低天暗,彩林没有靓丽的色彩;珍珠海,就一个小水塘,还被破败的经幡割裂了画面;三座神山中,唯一可见的仙乃日雪山,花花拉拉的没有一点气势……我连相机都不想举起来,勉勉强强拍了几张。

既然亚丁拍不到好照片,我态度很坚决:下山,到回程的路上拍。又租了那个司机的车,这次讲好,路上要停车拍片。但是,下午 4 点回程,路上的雪已经化了,那磅礴的气势已经化为乌有了,没有理想中的画面。可气的是,到了稻城,那身上散发浓重气味、一路带着情人的司机要加收停车照相费 50 元。晕!你和他讲理,他就装作听不懂。你能怎么样呢?给钱吧。

当晚,我像逃跑一样和几个人拼车连夜离开稻城,去往新都桥。6 个人,讲好 1300 元。路况那个差呀,处处有"炮弹坑"。夜里冷,窗子透风,司机为省油就是不开暖气,我把背囊里能穿的都穿上了,把给办公室两个女同事买的披巾也裹上了。又走了 12 个半小时,我都快走崩溃了。到达新都桥时,身上从里到外都是凉的。中途,司机讹我们,说 1300 元只能到"荣格"(音),到新都桥要 1500 元。幸亏中途遇交警检查,他因为是黑车,求我们跟交警说是他朋友。我们说:可以替你遮掩,但必须 1300 元到新都桥。他才没有讹诈成。

到达新都桥,天已大亮,阴云密布。难道这又是一个稻城翻版?

新都桥：我走入天堂……

话说我在稻城、亚丁玩得不爽，连夜租车飞也似的逃离稻城。一夜颠簸，冷得发抖，似睡非睡，辗转煎熬。凌晨5点，再也睡不着，睁着眼睛看小面包车像一条小鱼在崇山峻岭间游动，看天边渐渐泛起鱼肚白。说句实在话，这个时候，我严重怀疑我所做的一切是否值得——我在干吗呢？出来找罪受？花钱买苦吃？我是不是精神有点毛病呀？是不是没事找抽啊？家里的饭多好吃，家里的床多软和啊，假期不在家里养精蓄锐，到千里之外抽风来了？以后再也别干这傻事儿了。

正这么想着，车子转了一个弯，眼前蓦然出现一片云海。“嗨嗨，师傅，停车！停车！”我猛然来了精神头，坐直身子，要求停车拍照。那“亲爱的”司机(一路上问我们要吃要喝的)嘴里嘟囔着，就是不停车。同车的一个兰州美女使劲儿拍打驾座后背，也高喊停车、停车，最后一车6个人一起喊，他才停下来。

下车后，我就拍了上面那幅照片。这是我比较满意的一张照片，是用百倍的辛苦换来的。人说，好照片可遇而不可求，这就是“遇”到的，在稻城花“天价”住宿费都没能拍到一张满意的照片，在这里不经意间拍到了。

早晨8点到了新都桥，阴云密布，一看就不是旅行拍片的天气。这时候我已经没有气力懊恼沮丧了，赶紧找一间最近的旅馆住下来，睡觉。

一觉醒来，已过正午12点。拉开窗帘，万道

疑是仙境入梦来(摄于新都桥附近)

去塔公寺的路上

桦树林

金光射进房间——天晴了！哈哈，老天爷开眼，最好的新都桥之秋，最好的拍照天气，让我赶上了。

上街打听了一下，新都桥最有名的景点是塔公草原，但塔公草原主要是寺庙多，以民俗旅游为主，这个我就不去了。我住的雪域温馨客栈老板娘提供了一条重要信息，说拿相机的人对去往塔公草原的公路两边的风景比较感兴趣，称那是摄影家的天堂；有个军官说，居里寺那边风景也很好，是婚纱摄影基地。我决定两个地方都去。因为两个景区在相反的方向，半天时间徒步来不及，我从路上拦了一辆三轮车，讲好价钱是半天130元。后来，和三轮车司机闲叙，发现我们过去还是一个军区（成都军区）的战友，他在13军，我在11军，他是军士，我是军官。一路上他服务非常周到，到了稍微像样一点的景点就主动停车问我是否下车拍照。临别时，他立正、挺胸、收腹、两眼平视，规规矩矩给我敬了个军礼，我也立正、挺胸、收腹、两眼平视，规规矩矩给他还了个军礼。

在前往塔公草原的路上，我被两边的景色镇住了。这才是摄影家的天堂呀！我掏出相机，平静下怦怦乱跳的心，不停地摁下快门。我心里一直在说着：不虚此行，不虚此行……天道酬勤。谁说我以

新都桥

后不再出来抽风了，有这样的景色在诱惑你，你能在家宅得住吗？一时间，路上所吃的苦，所引发的烦恼，都不放在心里了。好景色，总是要你吃尽苦头后才能见到嘛！

去往塔公草原的路上有一座寺庙，叫小高尔寺。我去的那天，大高尔寺的活佛来小高尔寺讲经，十里八村的藏民都来听经，接受活佛摩顶。我进去的时候，讲经已经结束了，活佛正在摩顶。每个藏民接受摩顶之后要在活佛面前的台子上放一块钱。我过去没见过活佛灌顶，所以觉得这是我幸运的拍片机会，一气拍了很多张。司机告诉我，活佛来讲经，藏民要三天不吃饭，两天不说话，以

小高尔寺

活佛灌顶

示恭敬。不吃饭可以,就当辟谷了,不说话还不把人憋死?

尽情地在新都桥拍了一下午,第二天我就回成都了。早上出门,本来想等从雅江到成都的过路车的,结果一到车站就拼到了一辆丰田路霸。5个人,每人150元(十一期间要260元)。一路顺利,经过泸定时还参观了"红军飞夺泸定桥"中的泸定桥。

香港:夜蒲兰桂坊

香港,为什么叫香港,你知道吗?我现在知道了,香港的空气里飘散着一股香味儿,是一种混合了海上的清新气息和名牌香水淡淡幽香的温馨味儿,似有若无,很好闻,很具穿透力。我不得不说,我被这种气息打倒了,被“资产阶级糖衣炮弹”击中了。呵呵,香港,我喜欢。

从下了飞机那一刻起,我就闻到了这种淡淡的香味儿。到了兰桂坊,这味儿愈加明显。

这次去菲律宾旅行,过境香港,我给自己留了三天时间走马观花。我知道,香港其实没什么震撼性的景观,她就是一个购物天堂,而我却是个不购物的旅行者。到了香港,我去看什么呢?我怎样通过这短短三天时间(其中还有一天留给澳门)来尽可能多地认识香港、了解香港,并给我的朋友们介绍呢?思来想去,我决定去兰桂坊对酒吧文化进行一次体验式采访,从这个切入点来认识香港。

兰桂坊的酒吧文化是比较独特的,有点神秘,很多人在看过电影《喜爱夜蒲》后对其怀有不可遏制的好奇。我要通过自己的手撩开兰桂坊的神秘面纱,告诉同志们在兰桂坊夜蒲到底是一种怎样的感受。

所以,在网上订酒店的时候我就选择了离兰桂坊只有5分钟路程的中环迷你酒店。因为是提前订,房费不到300元。夜蒲结束,应该是深夜了,我一迈腿就能回酒店,方便。

由于南京飞香港的飞机晚点,2月7号晚上11点我才到达酒店。住下后,赶紧找地方吃点东西,睡觉。次日上午到渣打银行旁边的翠华餐厅吃早餐,然后去太平山顶看城景。山上大雾,什么也看不见。所谓凌霄阁,就是一层层盘旋而上的商店。卖的东西好贵,在内地不到2块钱的一支圆珠笔,在那儿要45港币。乘缆车下来后,在中环随便逛逛,等待天黑。

当街喝酒，是洋人的习惯。

香港逼仄，中环也逼仄，人行步道两个人错肩都要侧身，但街上跑的都是豪车。高楼大厦把天空切割成凌乱的白，有点压抑。唯走过的男女个个光鲜亮丽，收拾得一尘不染，令人心旷神怡。中环是国际大公司聚集的地方，这里的人大多是高收入的公司高层或白领，既养尊处优，又注重形象，看起来都像电影里的人物。

迷你酒店我只订了一天，以为到港后能找到家庭旅馆之类的经济酒店。到了才知道中环哪有什么家庭旅馆啊。附近的酒店，最经济的也要550元以上，后悔当时没多订几晚。想继续住迷你酒店，柜台价已经升到660元。春节快到了，旅馆都在涨价。

酒店前台的梁小姐是个亲切而又彬彬有礼的人，有一张白净的脸和阳光般的笑容。她说，你从网上订我们酒店比在柜台订便宜点。我赶紧去买了一张香港的 SIM 卡,用 QQ 联系内地的一位朋友,请他在网上帮定酒店。

少顷,朋友回话,中环迷你酒店网上的价格也已经涨到 600 多了。我说,那就算了,我还是在柜台办吧。回身到柜台,天,柜台价已经涨到 880 了。我晕!

再联系朋友,朋友已经下线了。我给他留言,说我不管了,我去玩了,一切交给你了。

再次住进酒店,已经下午 4 点。我洗把脸,要去"工作"了。

兰桂坊,狭义而言指位于香港中环区的一条呈 L 型的上坡小径(取兰桂腾芳之意)。广义而言是指德己立街、威灵顿街、云咸街、和安里、仁寿里及荣华里构成的一个聚集大小酒吧与餐馆的中高档消费区。街道两旁的酒吧,门面狭小,灯光黯淡,布置也没什么特别。不过每走两三步,都能见到一两个"老外"端着酒杯当街而立,边饮边聊,确实在内地酒吧中难得见到。外籍人不少,以白领居多,是兰桂坊的最大特色。

攻略上说,中环的外国公司有喝下午茶的习惯。往往在下午 4 点,就有人到兰桂坊和朋友聚会,谈谈天,喝上一杯。所以,4 点钟,我就提着单反相机走出了酒店。

出迷你酒店的大门,右转,下一个陡陡的台阶,就是毕打道。顺着毕打道往上坡走,然后右转,就是兰桂坊了。这个时候,天还大亮呢,街上只有过客和拿着相机走走停停的游客。偶尔有两个老外站在酒吧门口,手持啤酒叙谈,大约就是所谓的喝下午茶的白领了。这时候不是兰桂坊的黄金时段,我转了一圈,拍了几张人物,决定暂时回房休息。

下午 6 点,我再次来到酒吧街,还是没什么人。我就去找饭馆吃饭。到侧街上一个叫"小雨点"的饭馆,要了一份咖喱冬菇牛腩饭、一支狮威啤酒,一个人慢慢享用。香港的吃饭、住宿都很贵,一份炒饭要 68 块钱,我觉得旅行时把钱花在吃饭上有点冤,所以尽量省着点(品尝当地名吃又是一回事,那是"工作",花钱是必须的)。如果太奢侈,从内心里感到对不起太太。太太支持我旅行,对我是天大的好,倘若再奢侈,就有点不讲良心了。好在我的胃很坚强,也很包容,牛腩饭吃着就很好了。

磨磨蹭蹭吃完饭,已经 8 点了,兰桂坊还是没什么人,我又回酒店休息。10 点钟出来,各酒吧才开始上人。我从超市买了一瓶啤酒,混迹于街头的人流中,一手持酒瓶,一手持索尼 RX100 卡片机(这个机子有一个蔡司镜头和最大可开到 1.8 的光圈,没有让我失望),眼睛看似不经意地扫过人群,实际上像雷达一样在捕捉兴趣点,不停地拍摄。

帅男靓女收拾得一丝不乱，从四面八方向兰桂坊汇聚。此刻，兰桂坊仿佛是全香港的中心。我注意到，很多人颈上松松地挽着一条围巾。香港是海洋性气候，冷不丁从海面吹来一股冷风，就会使温度降低几度。一条围巾，暖时是时尚装饰，冷时又可御寒，十分方便。

女士们穿着十分大胆，很多超短裙，露出长长的裸腿，吸引着路人的目光。中环的女人，皮肤是象牙色的，非常干净，显得气血充盈，优越和健康。

我已经围着兰桂坊四方形街道转了3圈了，有人已经注意到了我手上的小相机，见我去了，就背过身去。为避免惹麻烦，我把相机收起，换成手机，一边装着看手机，一边拍摄。

兰桂坊有一个奇怪的现象，就是人们喜欢站在街上喝酒，酒吧外面比里面人多。而且，这里的酒吧就是喝酒的地方，没有节目。没有所谓的艳舞，只有音乐。这一点，和长沙的酒吧不一样。我曾和一个同事到长沙的一个慢摇酒吧考察，那里有统一穿着超短牛仔短裤的陪酒女，有钢管舞表演，也有摇滚歌手驻

镜头越低，越接近真相。

唱。兰桂坊则是大大的不同。在这里,人们手持啤酒,当街站立叙谈,随着音乐跳舞,扭动身躯,看起来也挺快乐。

前边,大概是一群老朋友见面了,发出了热烈的欢呼。同性和同性,同性和异性,都来一个大大的拥抱。

夜12点,人已经多得几乎站不下。闪烁的霓虹,映着人们脸上兴奋的表情,有种梦幻般的魔意。从海上吹来的混合着淡淡香味的风,不知何时已经被一股荷尔蒙气息所取代。在强劲的迪斯科音乐下,有年轻人在忘情地接吻。左手香烟,右手美酒,蛮腰美臀随着江南 style 的铿锵节奏而扭动,女人们开始疯起来。倒是男人们显得有点矜持。

我的啤酒喝完了。看到一个叫 GRAFFITI(涂鸦)的酒吧,人们在排队往里进,我很好奇。观察了一会儿,看到进入酒吧每人要交100块钱,看门人给客人

年轻人,还是年轻人。

手腕盖一个蓝色的印章。里面射灯闪烁,大概是迪厅。这是一个人气超旺的酒吧。我产生了进去一探究竟的兴趣。

交了100块钱,进门,看门人并没有给我手腕上盖章。有侍者递过来一瓶免费的啤酒。这已经是我今晚喝的第三瓶啤酒了,有点多了,头晕晕的。

窄窄的过道上,有几个座位,里边是一个迪斯科舞厅,在不断变幻的射灯的映照下,年轻的"群魔"在乱舞,看起来很嗨。有一个又高又胖的保安站在稍高一点的地方,盯着眼前这一切。舞厅边上,廊柱的后面还有几个座位。不过好像人们不喜欢坐下,都在狂舞。我在吧台边捡了一个高脚凳坐下,慢慢喝酒。

这个酒吧外国人不多,几乎都是中国人或者东方人。场子稍显破旧,屋顶很低,一切都很简陋。可就是人气这么旺。有点搞不懂。

有人从后面拍我肩膀,我回头看,是个香艳的年轻女孩。"给支香烟。"她说,并用手做了个抽烟的动作。香烟?这里还允许抽烟?我有点不明白。人这么挤,烟头会伤着人的。我正疑惑间,女孩的同伴从后边拉了她一下:"走吧,走吧。"俩人随即出门走了。

凌晨1点45分,兰桂坊的狂欢丝毫没有减弱的趋势。我困得有点受不了。在我睡意阑珊时,她曲也不终、人也不散,啥意思呀?明天——不,今天,难道都不要上班了?算啦,算啦,我已经拍到了我想要的照片,咱不等了,开溜,回房睡觉。

后记:在我的感觉里,兰桂坊是个稍显优雅的释放多余精力的地方,老外泡吧的方式在里面影响更大一些。但是,第二天,迷你酒店的bellboy在听我绘声绘色讲了兰桂坊的经历后,迸出了一句让我意想不到的话:"兰桂坊?那是个寻找一夜情的地方。"我愣了半晌,咦——我怎么没有看出来?

巴丹吉林:沙漠深处,那一抹温柔

看到这组片子，有人问我："这是在沙滩还是在沙漠？"这像是沙滩吗？这正经是沙漠啊，而且是最正宗的沙漠——内蒙古阿拉善右旗巴丹吉林沙漠最深处。这组片子拍于一个淡水沙湖的湖岸上。

很多人在问：在沙漠深处怎么能拍到泳装美女？是你带去的model？还是你的girlfriend？我告诉你，都不是，就是我的一个驴友而已。至于这组照片是怎么形成的，请允许我暂时保密，听我细细道来。

有人说，人的一生，要上一次雪山，下一次碧海，穿越一次沙漠，驰骋一次草原……

沙漠，我觊觎久矣。本来想在10月份到巴丹吉林沙漠徒步，顺便去拍额济纳胡杨林和张掖丹霞。但由于抢到了十一以后从上海往返澳大利亚墨尔本的土豆价机票，所以只好在今年的端午节提前拜谒巴丹吉林和张掖，舍弃了向往多时的额济纳胡杨林。

一般来说，我喜欢一个人行走。但是，沙漠独行，那可太危险。如果雇一辆越野车跟随，一个人包车的费用又太高了。所以这一次我在网上约了伴，是在西祠胡同约的，这一约不要紧，一下子就约了35个，大部分是南京周边的，也有深

沙漠中的跋涉

圳、重庆的，就我一个安徽人。

进沙漠，我带的装备如下：

摄影设备——佳能“无敌兔”机身一只，“小白兔”镜头一只，挂机头是16-35mm红圈；百诺碳纤三脚架，快门遥控器，一只偏振镜；一个摄影包。

衣服及徒步装备——速干衣裤，抓绒衣，高帮登山鞋，百变头巾一只，遮阳帽，户外眼镜，登山杖两只，防晒霜。抓绒衣这次没用上，网上说沙漠里早晚温差大，事实上没那么大，晚上热得睡不着。登山杖在兰州乘机场大巴的时候丢了一只。在沙漠，防晒霜、头巾、遮阳帽、户外眼镜用处太大了。朋友们如果去沙漠，建议带两只头巾，一只当口罩，一只罩在镜头上，防止细沙进入变焦环。

6月10日，我们在甘肃金昌集合，住金川宾馆。次日，乘大巴到阿拉善右旗首府巴丹吉林镇，分乘9辆越野车进入沙漠。

这一次，我们“不走寻常路”，就是说，没有走“沙漠珠峰”那条线，而是从巴丹吉林镇进入中淖尔图，再从中淖尔图到额肯吉林。这是一条训练达喀尔汽车拉力赛中国车手的初级训练线，由训练过车手的金川公司老驴齐哥推荐并担任向导。

沙漠的肌理

进入沙漠第一天，越野车带我们进行沙漠冲浪。在起伏跌宕的沙山上行驶，不少人都吐了，后悔早餐吃得太多。好在新奇的沙漠景色给人以强烈的刺激，停车休息的时候大家依然十分兴奋，猛拍照片。

下午4点，到达中淖尔图，住在当地人的蒙古包里。休息一个小时，开始爬沙山。

沙山非常难爬，不仅因为坡陡，更是因为沙子松软。我说往上走一米要退回70厘米，领队说，不，是退75厘米。好吧好吧，也许你说得对。反正我爬到后来还剩100米的时候，快要崩溃了，再也不想上了。大家在山顶猛喊加油，我才鼓起力量冲顶。我背的东西最重，一个摄影包，一个相机，两只镜头，一支三脚架，2升水，还带了抓绒衣什么的，我想在山上拍星轨呢。结果天黑了，他们下山了，我突然感到很恐惧，怕夜里在沙山迷路，而且我水壶里没有水了，在沙漠里，水的需求量很大，没有水感觉真是熬不住。最后我不得不下撤了。

落日余晖下，沙山非常美，那种曲线，鬼斧神工，妙趣天成，难得一见。

其实我这次去沙漠没有抱定拍到好照片的决心。我就是想领略领略沙漠的风情，徒步在沙漠里走一段。我是去沙漠打酱油的，只想快乐地旅行。但是没想到，第二天，我在沙湖边拍了一组非常受欢迎的泳装美女照片。

话说在沙漠里的第二天，我们睡到自然醒，然后简单洗漱(水很珍贵)，吃面条，上车开往额肯吉林。我们沿途停车好几次，赏景，拍照，不表。

到额肯吉林干什么？我们是去游泳、打鱼的。原来，额肯吉林是个沙湖，而且这个沙湖被一条沙坝分成两片，大片的是咸水湖，小片的是淡水湖。淡水湖里有鱼，可以游泳。蒙语“额肯吉林”，翻译成汉语就是“有鱼的湖”。

我们在淡水湖边2棵60岁的沙枣树下布下渔网（不知领队从哪儿弄的网）。第一网，打了五六条野鱼，一条有3两重。下第二网以后，我们一边游泳，一边等待鱼儿撞网。这时候，幺妹换了泳装下水了。

这里，我要先介绍一下队友幺妹。幺妹是重庆姑娘，二十三四岁，是一个集理想主义与现实主义、内敛与狂野于一身的神奇人物。幺妹泳装一登场，大家全被镇住了，因为她身材太好了，就是人们常说的魔鬼身材。皮肤也好，细腻雪白。幺妹下水游泳了，身材就被水盖住了，大家的注意力就在打鱼的那几个人身上了。就在这时候，幺妹出事了。幺妹游到湖中心呛水了，而且呛得很厉害，伸手求救了。这时候只有我离她最近。这时候，我看到她伸双手求救，就很紧张，来不及思索，就朝她游过去，一把抓住了她的胳膊，把她拖到浅滩。幺妹得救了，但她身上抖得不行，就没再敢下水，从岸上绕回去了。

胜利喽

太阳快落山了

幺妹是和我坐一个越野车的，来的时候，她在车里说今天要下水游泳，我开玩笑问她“你拍泳装照吗”？她未置可否，嘻嘻笑了几声。但这天在沙湖，她呛水了，我救了她一命，她不再喊我“那马哥”，改口喊“恩人”。当别人都在吃中餐大饼的时候，幺妹说：“恩人，我要去拍泳装照。”于是，在沙漠深处的淡水湖边，幺妹如同在真正的影棚和聚光灯下一样，表情入戏，情绪入戏，用心给我表演了一场泳装秀。我间或给她导演一下，拍得如火如荼。

其实沙漠就那样儿，所谓的大片无非就是落日、沙线、骆驼，这几个元素各就其位，巧妙地组合在一起。看得多了，就没有什么意思了。但是我所拍到的，沙漠深处的那一抹温柔，却是鲜见的、生动的、美好而香艳的，独具魅力。不敢说用光、构图多完

有水，就有生命

美，但确实赏心悦目。如果把所有的人生苦旅，都弄成拍泳装美女之旅，那该多好啊！

从额肯吉林回程，我们徒步了。有12个人弃车翻越沙山，走了2个小时，回营地。

最后说说拍星轨。晚上，回到中淖尔图，一个叫弯刀的兄弟要跟我学摄影。他新买了一个佳能6D，不会用，啥啥都不懂。我说，今天不太累，我们晚上拍星轨。喝酒聊天到12点，我们带上器材来到湖边，扎上三脚架拍星轨。呵呵，三脚架终于派上用场了（我有许多次背着沉重的三脚架去旅行，却最终一次都没有用到）。我们把光圈开到最大（2.8），感光度定到100，模式设在B门，找到北极星，把北极星放在画面的基本正中，用遥控器开启快门（弯刀用快门线），然后回去继续喝酒聊天。80分钟后，回来关上快门，星轨就出来了。

贵州:多彩贵州,原来可以这么玩儿

时间:2013 年 4 月 2 日至 6 日
旅游目的地:贵州
人员:单位同事,共 10 人

单位让我利用清明节假期组织一批同事去贵州旅游,我就开始琢磨啦,怎么样让大家玩得好,玩得开心,花费又最小。

最省钱的当然是自助游,自己订机票、旅馆,自己租车……但是,自助游有自助游的难处:人多,机票不好下单;事先要花大量时间做功课,才能订到合适的旅馆;如果中途塞车,没有赶到预定的酒店,酒店有可能不给你退定金;等等。

最省事的是找一家旅行社,跟团游。全程有人安排,跟着导游走。但是这种方式在线路上没有自主权,想看的地方有时看不到,旅行社方面安排有购物时间,宝贵的时间被购物占去一小半。

有没有折中的方式呢?就是既能走理想的线路,谢绝购物,又能有人安排吃住行呢?

答案是:有。

这种方式就是自己设计线路,找旅行社承接。

那就先设计线路吧。在线路设计上,我查了大量资料,最终选定去三个景点:黄果树瀑布、西江千户苗寨、镇远古城。黄果树瀑布是贵州旅游的标志性景点,好比黄山之于安徽,不能不去;西江千户苗寨最能代表贵州民族风情,相对于其他苗寨、侗寨,规模更大,建筑更美,名声更响;镇远古城是国家级历史文化名城,风格类似于凤凰古城,但比凤凰更幽静,更值得细细品味。这三个景点,一个代表自然景观,一个代表民族风情,一个代表历史文化,可以说囊括了贵州旅

苗族人的斗酒舞

游的精华。

贵州还有其他好玩的地方,比如遵义。遵义也是国家级历史文化名城,这里是中国革命的转折点，毛泽东在遵义会议上确立了中国共产党的领导地位,从此中国革命驱散了失败的阴霾,走上了成功之路。因故,遵义有“转折之城”的美誉。但是这次我们时间有限,就没有把遵义列入线路之中。

承接我们线路的是朋友开的旅行社,在淮南市口碑很好。朋友多次到我办公室和我沟通,商谈一些细节。但我知道,她其实挣不到我们钱,她按照互联网上的报价给我们订机票,到贵州以后的行程则由她在贵州的友社承接,我们直接付款给贵州的旅行社。

她要求贵州方面派出最好的导游,以最优质的服务接待我们。

所以说呢,人要有一些够义气的朋友。没有朋友,寸步难行。

因为我们不购物,贵州方面在费用里加了 800 元导游补贴。这个我们理解,因为现在的导游是没有基本工资的，你不购物，她就没收入，所以要有所补贴。

行程单下来之后，我跟导游小袁——一个贵阳美女，通了电话，做了沟通。大致意思是，我们付了导游补贴，请不要推荐自费项目，如要推荐，须经领队同

黄果树瀑布

意；无须过多讲解，到景区之后，解散，自由游玩，到时间集合就行了。事实证明，这个沟通很有效。小袁全程服务很好，最后大家非常满意，主动要求购物，小袁不仅得到了导游补贴，还拿到了可观的提成，笑得十分灿烂。

我们的路线是这样的：

D1：淮南—南京禄口机场(车程3小时)—贵阳龙洞堡机场(飞行2小时10分)——西江千户苗寨(车程3个半小时)

D2：西江千户苗寨—镇远古城(3小时)

D3：镇远古城—贵阳 (5小时)

D4：贵阳—黄果树瀑布(2小时，回程时间一样)

包一辆金龙19座面包车，全程6400元。

关于游玩：

在西江千户苗寨必做的事：拜访鼓藏头(苗王)家、观景台看夜景、广场看歌舞表演(上午11点一场，下午一场)、参观博物馆

在镇远古城必做的事：看古城夜景、走过步行街、泛舟舞阳河、探寻青龙洞、参观和平村、躺在旅馆的床上听高空火车隆隆驶过的声音

在黄果树瀑布必做的事：从左侧登临水帘洞并拍照、在天星桥景区365步道找自己的生日

关于贵州美食：

贵州有名的美食是茅台酒、酸汤鱼、花江狗肉、丝娃娃等。美

食很多,不可能一一品尝,我们拣有代表性的尝了几样。

在贵阳去西江的路上吃了酸汤鱼。贵州人喜食酸菜,做鱼时都不忘放上一点。酸菜中和了鱼的腥味,激发了鱼肉的香味,丰富了鱼汤的滋味,大家评价很好。

在贵阳市兴观街品尝了“刘一手烤鱼”。我不知道“刘一手烤鱼”是不是贵阳特产,我印象中“刘一手火锅”来自重庆,但贵阳的“刘一手烤鱼”非常受欢迎。室内室外,800 个座位座无虚席,人声鼎沸。我们 10 个人分 2 桌,6 个人的那一桌现场买了一条 5.7 斤的江团鱼,现杀现烤。加上其他几样小菜,每人才花费 43 元。那烤鱼重口味,料汁里有各种秘不示人的调料。

所谓丝娃娃，就是米面烙成的薄饼，里面卷一些切成丝的酸萝卜、鱼腥草、海带等，造型像是襁褓中的婴儿，所以叫丝娃娃。这个我没亲自吃，不知口味怎么样。有的队友吃了，评价一般。

镇远古镇

新疆:路到痴绝处,强闯唐布拉

那一年的秋天,我去乌鲁木齐出差。办完事之后,同行的2个小伙伴提议乘这个机会到北疆走一走。电话向单位的领导请了5天公休假,加上前后2个双休日,我们一共凑齐了9天时间。在乌鲁木齐工作的战友给我们提供了交通工具——一辆崭新的高配置的丰田凯美瑞,我们沿着乌鲁木齐—阿勒泰—喀纳斯—克拉玛依—奎屯—那拉提—伊犁—赛里木湖—石河子—乌鲁木齐这条北疆大环线,一路行摄。

新疆太大了!全疆的面积相当于中国的六分之一,是东三省总面积的2倍多。从一个景点,到另一个景点,有时候要开一天的车。北疆的路,大部分是高速路和高等级公路,路况非常好,而且路面上车辆少,速度开到180公里/小时是常有的事。路上跑的都是好车,大部分是SUV——这里的人有不少靠吃石油这碗饭,日子过得很滋润。

上行的路更好开,从五彩湾到恰库尔特,路两边布满了“磕头机”(一种采油的机器)。道路笔直,方向盘基本上不要转动。

但是,从喀纳斯回来,下行的时候,从乔

尔玛到唐布拉，碰上 315 省道修路，叫我们领略了“路到痴绝处，唯有靠勇气”的境界。

当时 315 省道部分路段正在维修，一半在垫石渣，只有半边放行。我们怕走了一半还要退回来，专门问了修路的工人，从乔尔玛到唐布拉能否走通。工人说，慢一点开，没问题。这样我们就放胆往前开了。后来发现情况不对：路越难越难走了，路面上散落了很多尖尖的石头，留给通行的半边越来越窄了。3 个多小

唐布拉草原

正在修路的 315 省道

时，我们才开了 30 公里。再遇到修路的人，我们又下车询问。这会儿修路的换成武警了，穿着军装。武警说，前边能走通的，出山就是唐布拉草原了，到唐布拉草原路就好走了。我们怀着对武警的信任继续往前开。

到了恰乌台，我们遇到一个隧道，车子一进隧道，我们就傻眼了。隧道里的路，已经被扒开了，好像被犁头犁过一遍的样子，大石头、小石头全都翻起来，别说是凯美瑞，就是"东方红"拖拉机也开不过去。隧道是唯一的通道，隧道外就是大山，连牛马道都没有。

这可怎么办呢？武警为什么不告诉我们隧道里的路已经不能走了呢？也许他们并不知道吧。哥几个，你瞪着我，我瞪着你，都没了主意。

退回去？从乔尔玛下来已经走了 5 个小时，回去至少也要 5 个小时。10 个小时过去，我们回到原点，有点不甘心。

三个人讨论来讨论去，决定鼓足勇气，克服困难，硬着头皮往前闯——俩人在前边吭哧吭哧搬石头，我驾驶车辆慢慢往前挪。大石头被搬掉了，那些小石头挤挤挨挨地往上拱，把汽车底盘刮得咯咯响，战友若在跟前，估计要心疼死了。100 米的隧道，花了 1 个小时，总算走出去了。三个人都累得满头大汗。

出了隧道，路况稍好些，但是路面仍然布满了尖锐的碎石头。天快黑了，我有点着急。一着急，车速不由得放快了，结果右前轮碾过一块尖石头，砰地爆胎了。

三个爷们赶紧下车换轮胎。

路上一辆车都没有，不，是连一个人影都没有，我们早该看出来这条路已经不能走车了，还在闭着眼往前开。教训哪！以后看到不走车的路，千万别硬闯。

那两位都是没摸过车的人，我对凯美瑞也不熟，先是找不到顶千斤顶的平台，后来好不容易找到了，刚刚顶起一点点，轮子往后一滚，车子又掉下来了——原来那路面是个斜坡。

这时天已经快黑了，气温急剧下降。隔着一条河沟，山那边有狼在嚎叫，一声接一声，阴森恐怖，令人毛骨悚然。那两位脸色都变了。

更怕人的是这里没有人烟，没有车辆，层层叠叠的大山里，只有我们三个。

我们都打了个寒噤。

终于换好了轮胎，不敢再开快车，打开大灯壮胆，小心翼翼往前走。也没有

赛里木湖，大西洋的一滴眼泪

地方吃饭，哥几个拿出饼干、零食勉强充饥。

开到晚上 10 点，终于看到人了——路边，有一辆挖掘机还在干活，将山坡上的黄土挖出来，倒进卡车的厢斗里。那辆卡车停在路上，占据了大半个路面。我们战战兢兢从卡车旁边开过去。没承想，挖掘机往卡车上倒黄土，哗啦啦撒了我们车顶一大把砂姜。开到灯亮的地方一看，车的前引擎盖上被砸出了密密麻麻一片小坑。这真是屋漏偏逢连阴雨啊！

夜里 12 点，我们终于到达了唐布拉。

唐布拉有个边防检查站，是军队把守的，这时候已经关闸，战士回屋里睡觉了。路面上，一根栏杆横放着，加了链锁。

我去敲值班室的门，说我是内地的公务人员，有事情要过关，请通融。

不理。

我说我也是一枚老兵，参加过老山作战的，战友请通融放行。

还是不理。

我们只好把车停在路边，把厚衣服拿出来，准备睡在车里了。

大约过了 20 分钟，值班战士出来了，敲车窗。“你们真是公务人员？”“是的，是的。”“真是老兵？”“那还有假？”“好吧，你们过去吧。”

真是谢天谢地啊！

那晚，我们在深夜敲开了唐布拉一家小旅社的门，吃了最幸福的一碗面条，睡了最香甜的几个小时。

后来到伊犁，我们把车开到 4S 店里，给引擎盖钣金，又买了一个备胎(那个胎报废了)。修车的 2 天里，我们租了一辆的士，去了赛里木湖，还去了霍尔果斯口岸、可可达拉和肖尔布拉克。

西塘：如果不得不堕落　我选择在西塘

面前的这张西塘地图，布的，手绘的，底色是淡淡的黄色，闻起来还有微微的墨香。那些熟悉的景——烟雨长廊、永宁桥、明清食代、西街、石皮弄，在地图上，一个又一个跳出来，在我的眼前晃悠。过去的一幕，拉洋片一样在我脑海中一一浮现。我想，我是该写一篇西塘游记了。

江南的古镇不乏名声响亮者：周庄、同里、甪直、乌镇、南浔……这些古镇，

前些年我大都去过，可是没有留下什么印象。但这次去西塘，情形大不同。

原因是我在西塘住了两个晚上，见识了水乡的黄昏和夜色，在西塘老酒酒力发作的微醺状态下，用模糊而又敏锐的眼，对西塘做了惊鸿一瞥。

那个周末，突然心血来潮要去西塘。于是驱车来回1300公里去朝觐那个沉浸在江南温柔乡里长睡不醒的千年古镇。

西塘，在南宋时是个村落，在元代形成集镇，在明清走向繁华。西塘有三多，号称“西三多”：桥多、弄多、廊棚多。到西塘，你看到的水是春秋的，镇是唐宋的，建筑是明清的，只有人是现代的。所以，肉眼看西塘，只要你不是文盲，多少可以看到那历史的纵深感。

网上定了一个客栈，在烟雨长廊的东头，靠近永宁桥，带雕花大床的。因为是水景房，价格不菲。

一路驱车，不敢开太快，100公里时速。上午10点从淮南出发，经合肥—芜湖—宣城—广德—长兴—湖州—嘉兴—嘉善，到达西塘景区。下车看表，正是下

小桥　流水　人家

时光黏稠得有一点滴答

午5点一刻。

有网友评价说，西塘不大，走得快一点儿，两个小时就玩完了。所以，住下后，我没有立即去游览，而是拣了一家临河的酒店，坐下，要了一瓶西塘老酒，点了几样菜品，慢慢欣赏西塘的夜景。

晚上6点到11点，是西塘游人最多的时候。这时候的古镇，就是一个玫瑰色的温柔乡。耳边，飘着越剧温柔呢哝的腔调；眼中，悬着一串串的有点喜气又有点暧昧的红灯笼，用古色古香的老屋檐角做了衬托，背景是还没有黑透的天空幽幽的蓝；鼻子里，嗅到的是女子毒药一般的香水和江南臭豆腐混合的气息，那感觉，有一点点小富小贵的心满意足，也有一点点糜烂颓唐的自甘堕落。

微醺的状态下，走在永宁桥上，不明白这小小的古镇怎么装得下这么多的人。桥上挤满了红男绿女，如蚁如团。入夜后，这些人将分散在古镇各个角落的旅馆里，躲进自己的空间。他们在曲终人散之后将会发生哪些传奇和故事呢？

西塘，特色是她的小桥流水、江南古民居，精华是烟雨长廊，风格是地灵人杰、温柔富贵。据说这里历史上产生过19名进士、31名举人，有志书记载的9人，有著作留世的103人。环镇的水系，带着灵气，从风水学的角度看，肯定比荒山旱地更出人才。

次日天阴，我起床比较晚。早晨5点撩开窗帘往外看，见天低云厚，知道晨曦拍不成，索性又去睡，直睡到10点。

起床后，去吃了一份管老太的臭豆腐，权作早餐。

永宁桥直对着的那个胡同里，有一个不带门面的臭豆腐摊，只卖管老太臭豆腐，5块钱一份。那臭豆腐好吃极了，味道有说不出的爽，买的人络绎不绝。

西塘最美是黄昏之后，所以我白天只在核心景区之外的寻常小巷转悠，喝茶，发呆，而把精华景点留在了晚上。

在狮子桥喝茶，在苏家弄吃石锅拌饭，在西街嚼麦芽塌饼……一天过得很懒散放松。

当华灯初上时，永宁桥上早已经站满了手持长枪短炮的摄影发烧友。我好不容易才挤出了一个位置，等待期盼已久的晚霞。

西天慢慢变成了绯红，天，暗了，两岸的红灯笼显得俏目起来。有船儿从远处吱呀吱呀地划过来，让这水景有了生动之色……咔嚓咔嚓的快门声响成一片。

拍完永宁桥晚霞，又转战到环秀桥拍夜景。有船儿挂着红灯笼从桥下驶过，那照相机的慢门将灯笼轨迹拉成了优美的曲线，很是耐人寻味。

拍夜景，我一般用 A 档，光圈在 16 以上，保证景深。速度一般是 25—30 秒。三脚架下悬挂摄影包，增加稳定性，防止行人的脚步造成相机轻微抖动。

直到再无可拍之处，去睡。

又次日，早上天大晴，5 点起来拍晨景，游客稀少，只有少数和我一样的拍片者在活动。西塘的清晨，空气格外的清新，人少，色温好，是适合创作的好时间。尝试拍接片，回去后用 PS 软件制作全景照片。

去过了西塘，有句话对同学们说，你要是住在那儿的话，建议住狮子桥那边的客栈。那儿清净，离核心景区不是太远，价格也相对便宜。网上所说的雕花大床，都是现代仿古的，做工粗糙，不大能找到感觉。还是住带院子的比较好。

滇西北：自驾误入丙察线

一、老姆登教堂的天籁之音

（一）

2015年9月30日，我和队友共5人从云南大理租了一辆7座汉兰达，经怒江傈僳族自治州首府六库，自驾到福贡县匹河怒族乡老姆登村。

当夜，住在老姆登。

“老姆登”是怒族语的音译，汉语的意思是“人喜欢来的地方”。

老姆登是滇西北十大名村之一，建在高黎贡山皇冠峰对面，俯视着怒江大峡谷。这里远离尘嚣，静谧安详，恰如世外桃源。公路通到村里，家家有电，并无蛮荒之感。

旅游手册上说，老姆登是“心灵寄居之所”。这个称谓，是因为这里宁静可以修心，更因村里有一座著名的百年基督教堂——老姆登教堂。

怒江沿线，曾是中国最原始、最蛮荒、最贫穷的地界，新中国成立的时候，这里的傈僳族、怒族、汉族、白族和藏族兄弟还未完全从刀耕火种、茹毛饮血、树冠为盖、树皮为衣的社会阶段中脱离出来。但是，奇怪的是，这里建有很多基督教、天主教教堂，民众绝大部分是基督教、天主教教徒，只有极少数人信仰原始的宗教，如傈僳族的东巴教和藏族的喇嘛教。须知，基督教、天主教是西洋人的宗教，属于蔚蓝色的海洋文化。难道说，西风东渐，竟然越过了中国广大富庶繁华地区和一望无际的大平原，直接吹进了由梅里雪山、碧罗雪山、高黎贡山、但当里卡

怒江第一湾

山等层层叠叠大山簇拥的褶皱里？

这个问题，我也曾不解，查找资料才晓得，基督教、天主教在滇西北的传播和普及，是世界宗教史的一个奇迹。此间，渗透了西洋传教士的血泪，也宣示着信仰的力量。

（二）

老姆登教堂，是哪一个西洋传教士建的，我已无法考证。我所知道的是：第一批进入怒江大峡谷的，是法国传教士，是从德钦县的茨中村进来的（茨中教堂是天主教“云南铎区”的主教礼堂），以后有英国、德国、美国传教士陆续进来。你可以想象，一小群“歪果仁”，不远万里，来到中国最偏远、最贫穷的未开化地之地传教，面临着怎样的困难！远离了亲人（有的再也没回去过，死后就葬在教堂旁边），跋涉于豺狼虫豹出没的山路，语言不通，还要冒着被当地原始教派驱逐和追杀的危险（1865 年，崩卡教堂传教士吕项在过溜索时被追赶的喇嘛开枪打死）。这样的传教，需要的是怎样的一种大无畏精神！如果不是有信仰支撑，有谁能迸发出如此强大的精神力量!

这群人中,最著名的是丙中洛乡重丁村教堂的法国神父任安守。

任安守神父,于 1888 年从阿墩子(今德钦)来到丙中洛传教,1904 年修建了白汉洛天主教堂。教堂建好不久,喇嘛教僧众暴力抵制天主教,烧毁了白汉洛教堂,追杀任安守。任安守逃脱后一路走到昆明(天哪,在当时的条件下从丙中洛走到昆明,有多艰难,想都不敢想),向清廷报案。清廷派兵镇压了喇嘛教僧众,赔偿任安守白银 5 万两。任安守利用这笔赔款修建了多所教堂,其中就包括模仿香港天主教堂修建的重丁教堂。

老姆登教堂

任安守神父在丙中洛生活了 49 年,在他 81 岁时死于糖尿病。据说,神父吃的药是从碧罗雪山翻山送过来的,那段时间一直下雨,送药的人没能及时赶到……

应该说,这里的人是感谢西方传教士的,他们不仅带来了宗教,还带来了全新的生活方式,教会了人们使用厕所,教会了人们复杂的烹饪……

即使是借助手电看《圣经》,也要把歌词唱准确。

(三)

我们很幸运,到达老姆登那天,适逢礼拜三。礼拜三和礼拜六的晚上,信徒要聚集在教堂里唱圣歌、听宣教。我们正好可以一聆天音。

晚上8点半，我们正在怒苏哩农家客栈(怒苏，怒族的意思；哩，风情。皆为怒族语)等待吃饭，教堂的钟声响了，老板郁大哥说，你们先去听圣歌，回来正好可以吃鸡了。

教堂离客栈不远，下坡就到。我们走进教堂的时候，其他游客也陆陆续续赶到，其中有云南大学艺术学院的一位女教师和十来个学生。他们是来采风的。

村民在游客之后三三两两赶来，他们并不着急。

开始唱圣歌的时候，村民拢共到了三四十人，和游客人数差不多。

村民的穿着朴素干净，他们的脸庞因风吹日晒的关系，普遍黝黑沧桑，与游客泾渭分明，他们的表情平静淡定，也有别于游客的焦急浮躁。

信徒男右女左分列而坐，外人自觉坐在后排。

指挥唱歌的，是个小个子的女信徒，也许是神职人员的助手什么的。她站在神坛上，面对信徒，轻轻抬起双臂，意在请大家注意，随后她向空中划出一道优美的弧线，舒缓而有力，教徒的合唱便随着这道弧线哗然喷泻，珠玑高扬。

说实话，我不是教徒，从未现场聆听过唱诗班唱歌，所有对圣歌的经验均来自影视作品(比如《修女也疯狂》)。影视作品里，唱诗的人均服饰整齐，面容娇丽，他们的歌唱是专业合唱团体配音的。老姆登教堂的圣歌从专业的角度来说远不能和荧屏里相比，但此种优美的无伴奏合唱出自一群面容黝黑的村民之口，仍让人觉得震惊。

他们一定是受过训练的。四个声部层次分明，高音与低音的分工、男声与女声的配合，有模有样。我想到了100年前，活跃在大峡谷的一位传教士和他的夫人(基督教传教士是可以结婚的，天主教神父不可以结婚)。那个传教士学会了最标准的傈僳语，把圣经翻译成傈僳文。她的夫人——一位深受乡人敬重的女医生，亲手指挥当地人学会了四声部无伴奏合唱《哈利路亚》。

最重要的，他们虔诚肃穆，用心在歌唱。

游客们都屏息静听。

一首又一首，他们一共唱了四首。其中一首的旋律是《友谊地久天长》，一首就是《哈利路亚》。

歌毕，全体起立，祈祷。游客也都肃然而立，随之默祷。

(四)

世界上最有力量的是什么？要我说，是信仰。其次是信念。再次是信心。

信仰也许不是利剑出鞘的英勇，不是一剑封喉的绝技，但绝对具有水滴石穿的力道。

“给我个支点，我能撬动地球。”信仰就是这个支点。

有了信仰，人就不卑不亢；有了信仰，人才宁静平和；有了信仰，人方明白自己的使命。

从教堂出来，我们回客栈吃饭。席间，郁大哥带人过来敬酒，唱怒族人的祝酒歌。因为云南大学艺术学院的老师和同学在这里采风，郁大哥还请了两位怒族民间艺人过来弹琴跳舞，一时酒酣耳热、兴高采烈。至夜方散。

但是，笑语喧哗仿佛只在背景中，自始至终，萦绕在我耳边的是教堂的圣歌。

这一夜，我睡得不踏实，一会儿清醒，一会儿又朦胧。似有所悟，又悟得不彻底，挺折磨人的。

二、误入丙察线

去滇西北自驾之前，我和队友们就商量好了，这次旅行，只探秘，不探险。对于有些朋友建议的，走丙察察线(丙中洛—察瓦龙—察隅)去西藏，然后从德钦、香格里拉回大理，或者玩了丙中洛后从贡山走贡德公路到德钦，再回大理，我们都没有理会。

丙察察线，被称为国内自驾的第三条死亡之线，是进藏的第八条线，也是最原始、最危险、最艰难，也最具挑战性的线路。每年这条线上翻入怒江峡谷，或被落石击中、被泥石流掩埋的车子都在两位数；而贡山直插德钦的简易公路，要翻过碧罗雪山，水毁、塌方、落石，各种危险像雨点一样密集，断路退回是很常见的情况。我们无意去冒险。

丙中洛，滇藏边界的一个小乡，隶属云南省贡山县。再往北，就是西藏察隅县的察瓦龙乡。从丙中洛溯江而上，分别是石门关、重丁村、四季桶、雾里村、秋那桶和那恰洛大峡谷。这一片神秘的所在，被旅友称为“人神共居的地方”。我们的目标，就是去这几个“桶”里，看看人和神是怎么同居的。

从丙中洛的阿洛国际青年旅舍出发之前，我又检查了一遍刹车、油箱。丙中洛到秋那桶，一路没有地方加油，油量必须足够往返还有富余。车里带着 4 个女士，必须把她们安全带回家。

虽然这里是旅游的冷线，可是hold不住路太窄啊——和对面来车一抵头，如果各自后边再跟几辆车，那好，基本就死定了。我们快到石门关的时候，就遇上了这一幕。幸运的是，有交警巡逻到这里，指挥我这边的车辆后退，再后退，大家才算都过去了。

在这边开车，都不能脾气暴，相互间礼让，对大伙都有好处。路上我们遇到过一个躁爷们儿，我们让他后退一点，他居然说："你放屁！"你以为你是当地土司啊！我愿意放屁让你过去，可我无路可退啊。我只好不动，等着他飞过去。最后他还是乖乖退到会车道上。

到了雾里村，我们把车停在山根下，跨过一座吊桥，徒步去村里寻访。

雾里村，名字起得好有意境，可是今天没有雾。说是村子，其实就是靠怒江

雾里村

边，山坡平缓的地方，生活着十几、二十户人家，有怒族、傈僳族，也有藏族。从怒江对岸看这个村，就像世外桃源一样。

村子很安静，除了我们，并没有其他游客。房子很原始，木屋子顶上铺着薄薄的石板。

我们兜兜转转，趸进了一户人家。皆因瞄见这家有个年轻姑娘眼波里流动着现代的光。

雾里村的姑娘李金芳

姑娘叫李金芳，21 岁了，上过初中。家里有一个老父亲，看起来病怏怏的。小李的母亲，47 岁时病逝了。

征得主人同意，我们进入她家里参观。

进门有一个窄窄的过道，过道里堆了一堆南瓜和老黄瓜，是用来喂猪的。正厅中间是一口火塘，墙上胡乱挂着农具、渔具等物件。没有家具。唯一值钱而又带一点现代气息的，是一只电饭锅。

火塘上方，挂着一嘟噜老鼠夹子。小李的父亲说，苞谷成熟的时节，老鼠特别活跃，糟蹋苞谷。这里的野老鼠是能吃的。

在这样的屋子里，细皮白肉、眼波流转的李金芳显得光彩熠熠。她应该是不属于这里的，但是命运安排她在这里，在这里招一个女婿入赘，照顾父亲终老。很可能一生就窝在这里，寂寂如怒江边的一朵野花，很短的花期，无人识得其香。但她自己并没有意识到这些。

我一时萌发了把她“拯救”出来的冲动。不过，冲动只能是冲动，我知道，我无力改变什么。我没那么大能量。况且这样的人太多了，我也帮不过来。

从雾里村到秋那桶，有 6 公里茶马古道，人和驴子皆能通过。不过我们带着车，没能体验徒步的乐趣。

中午入住秋那桶的七三客栈。饭后，小憩了一会儿，然后在村子里转悠。往上坡走，还有几个居民点，路还不错，遇到几个自驾客，也遇到几个骑行的牛人。远山含黛，近畴秋浓，村古朴，人平和，连狗狗都是友好的。尽管没有特别壮美别致的风光,可也给人一种海清河晏的宁静。有游客过来,那些村民自顾自劈柴、喂猪,旁若无人。不像内地的景点,到处是兜售物品的小贩,遍溢着商业化的气息。你看你的风景,我过我的日子,安贫乐道,倒也值得尊敬。

我们上到山顶,又下到河谷,把《咱们工人有力量》改编成自驾队队歌,唱着玩儿。(歌词是这样的:咱们的队伍会得瑟,嗨,咱们队伍会得瑟;白天黑夜拍照忙,嗨,白天黑夜拍照忙;拍完了照片,又上微信,哎咳咳咿呀嘿,又上微信……)我们还跳起了锅庄舞,拍成照片和视频,玩得开心尽兴,眼角都笑出了纹路。不知谁,把这纹叫"那马纹",意指像我脸上一样的快乐而深刻的皱纹。后来,"那马纹"成了我们一路打趣的热词。

在秋那桶住了一夜,宁静的小山村,新鲜而富氧的空气,让人感到久违的神清气爽。真好。

队友还没起床,我独自在晨雾中散步。遇到一个开丰田越野车的牛人,说是凌晨3点到的雾里村,在车上猫了几小时,天亮才来的秋那桶。我说你准备去哪,他说今天走丙察察线。我看他那车轮子,跟拖拉机的轮子似的,心里生出了些许的羡慕。即便到这时候,我都没把自己的行程跟西藏联系起来。我说祝你好运,他笑笑轰大油门开走了。

我们今天的行程是去那恰洛大峡谷,晚上返回丙中洛。

出了秋那桶往右拐,路就烂了。准确地说,这一条羊肠线过去也许是路,现在路基都烂掉了,只能称为一条灰白色的没长草的荒芜带。我小心翼翼往前开。攻略上说,从秋那桶到那恰洛大峡谷只有十几公里,我们时间充裕,不着急。

现在我得回头说说我们租的这辆7座汉兰达。这台车,我们开了三天了,省油是肯定的,日本车就是喝油少。轻轻一加油门,速度敏感地往上蹿,有推背感。操控也挺方便的。但是它有几个致命的缺点:一是底盘低。去那恰洛大峡谷的路上,大坑多,车辙深,我慢之又慢,底盘还是时不时被刮。那声音就像铲锅底的次声波,刮得人心惊肉跳。我自己的感觉:这样的路,换同样级别的大众途观来走,不会刮那么狠。二是上坡起步时溜坡。你不得不用脚跟踩刹车、脚尖点油门,一边抬脚跟、一边压脚尖,为在零速度获得足够的上坡推力,把轮子打得飞沙走石,一股焦煳味儿。

过了一个观景台,我们下车赏景照相。然后继续往前开。又开了一会儿,感觉这十几公里怎么恁么长呢。也没个人可问,只好闷着头再往前走。

路越来越危险了,前边有碎石窸窸下落,我说姑娘们你们睁大眼睛看着山上啊,有落石赶紧叫喊。路,除了布满大坑和落石,也变得须溜溜的窄,有时候只有轮距宽。左手边，是深不可测的怒江峡谷，右手边，是陡立千仞的悬崖峭壁，一不小心就会撞上崖壁，或者滑入怒江，把命儿玩完。在开车方面，我一向是有一些自信的，可是今天，面对这条死亡之路，我有点胆寒了。

过一把怒江溜索的瘾

我说姑娘们，你们在车里稍候，我下车方便一下。

我得下去抽支烟，定定神。

这一路，一般午饭后队友把我换下来开一会儿。因为我有午休的习惯，一到这时候就犯困。

可是今天，我必须自个儿一直挺下去。

狠狠地抽完一支烟，上车，稳住神，慢慢往前挪。放慢车速，就给了自己处理急难情况的时间和空间。

好不容易等到后边上来一辆车，问那司机，那恰洛大峡谷还有多远。司机说，早过了，前边还有 4 公里就到西藏了。

我晕！

我以为那恰洛峡谷不在丙察察线上，原来它就是丙察察线的一个节点啊！

我以为那恰洛峡谷是一个景区，会有个醒目的标志，原来它就在刚才那个观景台的底下啊！

瞧我这攻略做的。

我不想走丙察察，命运弄人，还是走了丙察察。

我说，姑娘们，前边还有 4 公里就是西藏的察瓦龙了，我们是现在回头，还是去察瓦龙呢？姑娘们这时候兴奋了，异口同声地说：去察瓦龙！去察瓦龙！

好吧，将错就错，我们去察瓦龙。

小心翼翼开过水毁路段，战战兢兢与修路拉石头的大卡车会了车（会车的时候，为了让出足够的宽度，我把后车轮倒上了一块大石头），我们终于抵达西藏的察瓦龙地界。

在丙中洛和察瓦龙的交界处，有察瓦龙乡政府和察瓦龙派出所竖的几块牌子，牌子上写着：

> 您已进入西藏境内，前方路险，依法行驶，限载5吨。
>
> 紧急告示：因滇藏公路滇藏界至察瓦龙段道路破损，年久失修，已无法保证车辆安全通行，请过往车辆尽量绕道通行。5吨以上载重车辆及载员5人以上客车严禁驶入该路段。若强行闯入，后果自负。

我们都很兴奋。因为，我们踏上了西藏的土地。对有的队友来说，这是第一次"入藏"。

一直关注我们的后方朋友通过微信发来消息：前边快到察瓦龙乡、在一个大理石场附近，几小时前发生了塌方，路断了，要3—4天才能修通。

呵呵，我们无意再往前去。路断与不断，已成了我们的"窗外事"，可以充耳不闻了。

不过，我的车，为了掉头，又往西藏境内深入了2公里。在一个路面稍宽处，捯饬了十来把，才勉强把方向转过来。

三、寻访独龙族纹面女

自驾完丙察线，我们回到丙中洛，休息一晚，次日往独龙江进发。

从丙中洛到贡山，40公里，车程1个小时；从贡山到独龙江乡乡政府所在地孔当村，约80公里，因一路上不时停车拍照，走了4个小时。

好在，我们把欣赏沿路的风景当成旅行的内容之一，并不急于到达目的地。

贡山到孔当，全长6.68公里的独龙江隧道已经开通（是我见过的最长的隧道）。公路一直沿独龙江蜿蜒，路面很好，只是比较窄。如遇对面来车，必须有一方退到路面稍宽的会车处（每隔不远就有一个会车处）。我们驾车过程中遇到几处塌方、水毁路面，小心翼翼地开过去，庆幸路没有断。

独龙江水质清澈，颜色像翡翠一样绿，一路伴着我们欢腾流淌，激起晶莹的浪花。比起浑浊如铁灰的怒江，独龙江带给人强烈的视觉愉悦。

沿岸是忽深忽浅的峡谷、古老的参天大树、浑身披满了黄绿色的寄生植物，在侧逆光的照射下，仿佛是《阿凡达》画面的放大。特别是雷劈折断的大树，树干直指云天，极富画面感。

自驾独龙江，我们不为观景，只为寻访独龙族纹面女。

独龙江沿岸，高黎贡山以西，但当利卡山以东，生活着总人口只有7000多人(2000年人口普查数据)的少数民族——独龙族。独龙族，旧称"俅人"，新中国成立时，人数只有1700人。1952年，在周恩来总理亲自关心下，依据独龙人民自己的意愿，定名为独龙族。在中国56个民族(中国大陆地区)中，独龙族人数仅多于塔塔尔族、赫哲族、高山和珞巴族，列第52位。

独龙族自古生活在崇山峻岭之中，条件恶劣，交通闭塞，生产力水平低下，

独龙江河谷里，居住着总人口只有7000的独龙人。

独龙江河谷的古树

社会发展较为迟缓。新中国成立前后仍保留着浓厚的原始公社制残余。经济以刀耕火种的粗放农业为主，采集和狩猎占有相当大的比重。

民俗上，独龙族原有原始群婚的习俗，现已不存在。但女子有纹面遗俗。独龙江地区保持着“路不拾遗，夜不闭户”的风尚，绝少发生盗窃现象。如果有客人来，主家没拿出最好的东西给他吃，没留他过夜，被认为是很没有面子的事。

在我国，只有两个民族有女子纹面的习俗，一个是海南岛的黎族，另一个就是独龙族。

关于独龙族女子为何纹面，有多种说法。一说是为防止被异族劫掠为奴，就是把娇丽的容颜弄得人不像人、鬼不像鬼，吓跑劫掠者；二说是为了分辨男女，旧时独龙族男女均披头散发，赤足，难以辨认，故以纹面区分之；三说是为了美观，和现在纹身、纹眉的功用是一样的；四说是为了死后和灵魂相认……由于独龙族没有自己的文字，缺乏历史记录，在世的纹面女又各有说辞，所以到底为什么纹面，现在还是个谜。

据 2011 年末的统计，贡山县当时在世的独龙族纹面女有 36 个，她们绝大部分居住在独龙族唯一的聚居区——独龙江乡，只有四五个嫁到了丙中洛和察瓦龙一带。据说,由于年龄普遍已 70 多岁,到 2014 年 12 月,只剩下 20 多个。老的纹面女相继谢世,新生代独龙族女孩已不再纹面(据我看,确实称不上美观),最后的纹面女,亟须留下影像资料,保有民俗价值。这,就是我们迫不及待寻访独龙族纹面女的主要原因。

前天,在丙中洛秋那桶村客栈的餐厅,我们意外地看到了一本贡山县政协于 2014 年 4 月编著的画册《今日独龙江》,里面详细刊登了 36 位纹面女的姓名、照片、所在村和其他基本状况。我们当即对头像部分做了翻拍,以备寻访时用。

这份资料,极其珍贵,对我们正确的寻访起到了很大作用。

到达乡政府所在地孔当,我们在路边一家饭馆打尖。刚坐下,队友就争先恐

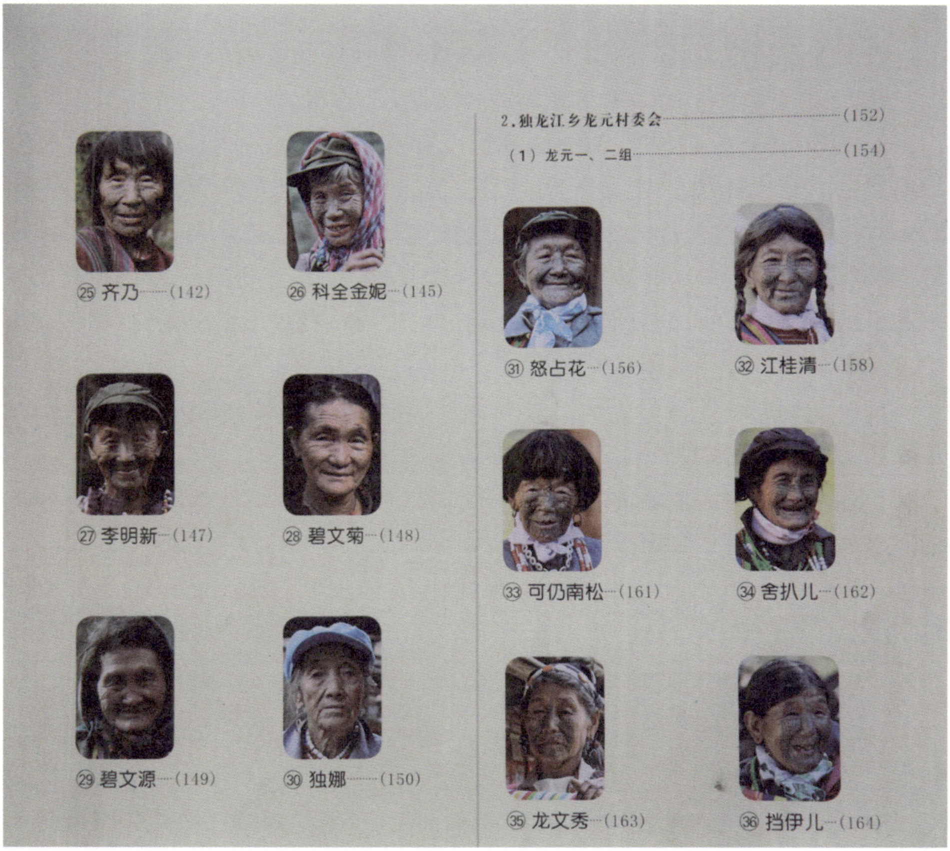

贡山县政协的画册资料

后地向老板询问附近哪个村子有纹面女。老板说，往上游走，迪政当村那里有几个。

中秋、国庆，国内热门景区全部人满为患，高速公路成了停车场。而这里，游客不多，专程来寻访纹面女的更是少之又少。没有塞车之虞，更无争抢之患，我们庆幸选择了一条正确的路线。

午餐后，我们开车向独龙江的上游走。沿路只要见到居民点，我们就下车询问。如此过了几个只有五六户人家的居民点。

独龙族人现在的居住条件已有很大的改善，所有的家庭均由政府资助翻盖了新房。毕竟，只有7000多人的民族是很稀有、珍贵的，需要好好保护。沿路的民居，家家都挂了国旗，表达对国家的感激之情。

在龙元村村口停车，我们向旁边小卖部的年轻女老板打听，这里有没有纹面女，女老板说“有”，当即热情地领我们去纹面女的住处。

纹面老人住在小卖部的后边。原来，她就是年轻女老板的外婆。

我们和纹面老人谈话，女老板给我们做翻译。她说，外婆叫当齐，75岁（据贡山县政协的资料，她应该叫挡伊儿，我们以资料上的名字为准）。老人现在住在政府建造的房子里，尚能走动自理。但是，看得出来，老人的腿部关节不太好，眼睛时时流泪，牙齿也快掉光了。这里的傈僳族、怒族、独龙族乡亲，正屋都使用火塘，长期烟熏火燎，眼睛肯定会出毛病。（火塘，在怒江、独龙江一带的少数民族家庭里，具有举足轻重的意义。一个火塘，就是一个家庭，子女分家，就要另立火塘；谁掌握了火塘，就掌握了家庭大权。）

挡伊儿披着独龙族特有的条纹独龙毯，一直面带微笑，快乐地说着我们听不懂的语言，显得和蔼可亲。

我仔细看了老人的纹面，从眉心，到两颊，到下巴，都有纹路。局部看，是菱形图案，整体看，似一只蝴蝶。

我们给老人拍了特写，又拍了合影，向围观的孩子们发放了钢笔、本子和糖果，又奉敬了老人100块钱，挥手告别。

下一个村子，就是迪政当。

在车上，有队友问，她们是用什么器具和材料纹面的呢？又是什么年龄开纹的呢？

当时大家都说不清。回来我查了资料：独龙族女子纹面一般在少女时代实施。施纹时，由年长有经验的妇女先用竹签蘸烟锅水在少女脸上画出图案，然后用小木棍敲击荆棘的硬刺，使之依图案刺破皮肉，再将锅底灰或草汁揉入伤口，脱痂后即成青蓝色纹样。

据贡山县政协的资料：在36名纹面女中，开纹的年龄最小的6岁，最大的31岁，平均开纹年龄14岁，以12岁左右居多。这个年龄的少女，正是即将具备孕育能力的时候，是异族强人劫掠的主要对象。我个人更倾向于她们纹面是为了防止异族劫掠的说法。这和黎族妇女纹面的初衷相吻合。

迪政当，是一个较大的村，路边就是村委会大院。下车，又看到一个小卖部，里面依然坐着一个女老板。我们向女老板打听，女老板没等我们说完，就让她8岁的女儿带我们去找纹面女。

看来，近年来采访、探望纹面女的人不少。纹面老人现在是明星了。

不巧的是，小女孩带我们找的这个纹面女不在家，抱小孙子到村卫生室打针去了。

“还有没有别的纹面老人呢？带我们去找找吧。”我们央求带路的小女孩。

纹面女挡伊儿

小女孩带我们沿着公路往前走。走不多远，恰好遇见刚才要找的纹面老人抱着小孙子从卫生室回来，我们围上去问候。不过我们听不懂她说话，她也听不懂我们的话，小女孩憨憨地吃着糖果，也不给翻译。比画了半天，无法沟通。考虑到老人孙子生病(也可能是重孙子)，心情不好，我们不该为了自己的目的过多地打扰她，拍了几张照片就告别了。

后来查找我们翻拍的资料，知道这位老人叫曾梅兰，将近80岁了。在入册的36位纹面女中，她不是最大的。最大的已经106岁了。

曾梅兰老人的纹面，也是全纹，从眉心，到两颊，到下巴。而在独龙江下游的几个村，女子一般只在下巴纹几条竖纹。

小女孩最后带我们去的，是纹面老人李永英的家。

李永英的住房也是政府帮盖的统建房。和挡伊儿、曾梅兰两位老人不同，李永英显得有点木讷，不怎么说话。老人有眼疾，一只眼睛已经失明了。她的手上，捧着一只铁皮糖盒，大约是其他来访者赠送的礼物。虽然不大说话，但她不惧镜

纹面女李永英

头，甚至可以说，很有镜头感，知道看着你的相机，微笑，半侧着脸，给你一个角度。显然已经习惯了被采访。

最后的纹面女，不经意间成了全国（甚至世界）各地摄影师镜头前的明星，这是她们始料未及的。

由于时间的关系，我们拍下了影像资料，没能做更加深入的采访。她们生活习俗的细节，我们只好从资料上获得了。

向周围的孩子们发放了文具、糖果，又奉敬了老人100块钱，我们离开了。

每一种民俗，都隐藏和昭示着历史。在寻访独龙族纹面女的过程中，我们窥见了旧时相对强大的藏族、傈僳族土司对独龙族的劫掠和侵害，领略了独龙族百姓的淳朴、热情和好客，观看了独龙毯的织造艺术，感受了国家对独龙族兄弟的关怀和照顾。民俗，是一本神秘的大书，翻开了第一页，就会着迷地一直看下去。

——我们的旅行，无意中驶入了民俗探秘的轨道。

四、有一种旅行，叫赖在旅馆里

（一）

“我去登山了。”

“我去潜水了。”

“我去滑翔了。”

……

假期回来，人们通常这样回答互相的询问。

没有人会说：“我去住旅馆了。”住旅馆，这算哪门子旅行呢？

哎,话不能说得绝对。据本人观察,还真有一种旅行,叫“赖在旅馆里”,旅馆,成了完成旅行目的的载体。

(二)

大理的双廊,一个洱海边的普通小镇,得苍山洱海之佑,近年来成了旅游热点。因时之需,诞生了许多风情客栈。

双廊镇所辖的几个村,双廊村、大建旁村、莲花曲村、萝莳曲村……过去都是渔村,渔村的民居本来就没有规划,建得随意,所以从外观上看,这几个村都很普通,电线拉得凌乱,村中小路曲里拐弯,路面不平,有时还流污水。光看村子,叫人有点儿失望。

然而,当你步入由民居改建的旅馆客栈时,你的感觉会为之一变。

双廊的旅馆客栈,“内秀”得让你不忍离去。

光看那客栈的名字,你也会醉了——半寸日光、一览小筑、虫二、海地生活、

海地生活馆 4 号院

暖暖……无不拿捏着懒散、小资的腔调，似乎不经意（其实是有意）透露出与众不同的特质。

再看那写着客栈名字的招牌——没有几个是高挂在门楣上的。要么是一方古木的横截，斜斜钉在门旁，要么是一块丑石，松松栽在小巷的尽头。虽附庸风雅，可也附庸得别致得体。

通向客栈的，有时是弯弯的小巷，有时是缓缓的山坡。不论是哪一种通道，道旁必罗列着绿植和鲜花。紫妍的三角梅，迎风怒放，安静的海棠，羞答答低首，让人立刻就喜欢起来。

客栈普遍有一个雅致、舒适的公共空间，可以读书、闲谈，也可以上网、发呆。院内的小树上或餐厅的门口，有时会挂一块小黑板，除了明示开饭的时间，到大理、丽江、昆明的汽车时刻，还会有调侃的标语，比如“你可以砍我，不可以砍价”“把自己灌醉，给别人机会”等等，瞥一眼即莞尔生笑。

极致的，是那建在高处或海边的客栈，推窗便见苍山如黛、洱海如烟，阳台就是赏景的平台。

这样的所在，就有了赖在里边的理由。

（三）

赖在旅馆里的，多是少男少女，正值青春勃发的年代。

老年人不属于双廊。中年人，在双廊也没有位置。这里只提供慵懒的时光，不出售门票。

只有任性的年轻人，有资格窝在双廊的客栈里，慢慢稀释、升华黏稠的荷尔蒙，让海风把驿动的心熨平。

他们可以一整天不出客栈，在院内读书、上网、聊天、邂逅。他们不用观景，因为，所有的活动，苍山洱海就是背景。

老朋友走了，一批新朋友住进来。一群人中，也许会有一双脉脉含情的眼睛，刹那间永驻芳华。

没有这样的眼睛又何妨呢？有开朗的性格、幽默的谈吐也足以铺垫愉快的时光。

何况，大家的苦闷都差不多，彼此沟通无碍，可以互诉衷曲。

失恋的，淡然了那时间；迷茫的，调整了那航向；心里纵有九曲回肠，终抵不过山高水阔的涤荡。

……

一个客栈的公共活动室

双廊客栈的时光，是蜜糖般的时光，黏稠得有一点滴答，松软得有一丝颓唐。

一心要出人头地的“上进青年”不会喜欢这里，因为这里的调调与他们格格不入。

喜欢这里的，是屌丝文艺青年。就是有一点愤怒，有一点狂傲，有一点多情，又有一点彷徨的那种。

还有，就是有一点失落和颓废。

不要反感他们的颓废。年轻人，没成气候的时候，总是爱说“我把什么都看透了”“生活真没有意思”等等。过过就好了。有点颓废的人，反而珍视能够容纳颓废的环境，成年后一般比较平和。倒是那些拼命要把自己弄优秀的“进步青年”，一旦沾了成功人士的边，立马变得傲居和凌厉，身边的风都硬起来，让人不快。

上左：居然生活客栈；上右：虫二客栈

下左：半寸日光客栈；下右：暖暖客栈的入口

不敢说，双廊客栈的窝居时光能让年轻人变得多么成熟，但是，从懵懂到明白，人总要有所经历，流过苍洱之间的风，总会让他们的心更沉静一点。

说了这么多，现在回到主题——如果赖在旅馆里，能获得和旅行一样的成长，这又怎么能不算旅行呢？

从这个意义上说，泡旅馆，是对旅行外延的拓展和内涵的深化。

不过，前提是：旅馆有足够的魅力让你赖在里边，而你又能赖得起。

一个人和世界的艳遇

YIGEREN HE SHIJIE DE YANYU

驴行屐痕

一个人和世界的艳遇·驴行屐痕

库布齐沙漠:不一样的穿越

作为驴友,如果你不去穿越一次沙漠,你是驴行履历就多了一份遗憾。我这样认为。

2013年的端午，我去位于内蒙古阿拉善右旗的巴丹吉林领略了大漠风光，但那次是乘越野车进去冲浪的，并没有真正的徒步，因此留下了一点点遗憾。2014 年 8 月下旬,我总算了却了一桩心事——纠集了 9 个“猛驴”(7 男 2 女)，沿中国第七大沙漠——内蒙古的库布齐沙漠东线，做了总长度 80 公里的轻装穿越。

走啊走,似乎永远走不出无垠的沙漠。

累，并快乐着。

3天虽短，快乐悠长。每每回忆穿越途中的一幕一幕，嘴角就会轻轻地上扬，还会不由自主地笑出声来。

千里奔袭谒沙漠

此次穿越，我们的行程和线路是：第一天，恩格贝—黑獭沟（中餐）—鹿场（老刘家住宿、用餐），直线距离15.6km；第二天，鹿场—包头人家（中餐）—龙头拐（李磊家住宿、用餐），直线距离20.3km；第三天，龙头拐—银肯塔拉生态旅游风景区（中餐）—响沙湾（终点），直线距离13.8km，晚上到鄂尔多斯东胜区住宿。

总的来讲，这是一次成功的穿越，9人中，有6人3天全部参加，走完了全程，年龄最大的64岁，最小的20岁；有3人（1男2女）中间休息了一天，乘装备车直接到了营地。两位女士主要是因为鞋子不防沙，装备没有按要求购置，一位男士（58岁）是因为两条大腿比较“肥美”，出汗后相互摩擦受伤，贴上创可贴调整了一天。

第一天晚上住鹿场老刘家。不知为什么，老刘一家当天心情不好，全程没有笑脸，好像我们是座山雕来打劫似的。铺上没有垫子、被子，就一个光板板；要开水，没有；晚饭烧的鸡肉是臭的（经交涉，鸡肉没收钱）。

第二天住龙头拐李磊家，条件很好，房间有被子，提供蚊香（沙漠蚊子攻击力很强的），大院子里可以搭帐篷，晚饭可以自己下厨做，一家人笑容可掬的，好着呢。

我家在安徽省淮南市，离内蒙古包头市1588公里。我们一行9人，有8个人是淮南的，一个是苏州的（2014年五一随我登顶四姑娘山二峰的20岁小伙）。苏州小伙乘火车到包头与我们会合，其余8人租了一辆17座的福特全顺，跃马扬鞭、千里驰骋到包头。路上用去2天：第一天从淮南经周口、郑州、焦作、长治，到达山西平遥，行程 980 公里；第二天，从平遥出发，经吕梁、吴堡、绥德、米脂、榆林、鄂尔多斯，到达包头，行程 600 余公里。

租车我有经验的。长途奔袭，千万不能租座位空间太小的车，更不能 8 个人就租 10 座或者 12 座的车，那会非常难受的。去年 11 月，我带单位的同志们去九寨沟，从成都租了一辆丰田海狮，海狮车座位太挤，腿都伸不开，别扭啊。而且那次只有 3 个空位放行李，人和行李挤在一块儿，遇到转弯、刹车，行李就往人身上冲，一路上难受死了。所以这次我们 8 个人租了一辆 17 座的福特全顺（每天租金 600 元，管两个驾驶员吃住，和丰田海狮价格一样的），7 个座位放装备，宽宽松松的，大家都说好。

沙漠中的婚纱照

姑娘、萌宠添快乐

沙漠徒步穿越是个什么概念？它没有攀登雪山时的高反，但是体力的消耗不比攀登雪山小。原因就是沙子柔软陷脚，走一步退半步，消耗的体力是硬地上行走的三倍。沙漠行走，必须有专业的向导，否则，迷路了就可能有生命危险。茫茫大漠，热浪逼人，水分蒸发很快，人对水的需求很大，沙漠没有水源，徒步时要背上一天甚至更长时间的饮水。

沙漠徒步，是有技术含量的。小步快走最节省体力。这次我们聘请包头自由组合户外俱乐部的天赐做向导（他老婆姗姗做我们的后

是不是有穿越的感觉?

援),他就是小步快走,快得像兔子一样,我们撵不上。休息也有讲究,每走一个小时,要休息5到10分钟。饮水时切忌大口牛饮,要小口慢饮,节省水资源。

沙漠徒步,有一些装备是必备的:宽檐遮阳帽、风镜、魔术头巾、防晒霜、高帮登山鞋、雪套、登山杖(最好是双杖)。千万不能仗着年轻、体力好而轻视装备。这次,两位女士因为没有按照要求穿高帮登山鞋,吃尽了苦头。她们穿的鞋子是低帮的,雪套是假货,完全不能防沙,最后只好用一双长筒袜套在鞋上,用胶带纸缠上防沙。

去沙漠之前,我就在考虑,怎样走出一个不一样的库布齐。进沙漠时,我做了2件事:一件是带了几个萌宠——就是儿子小时候玩的玩具小恐龙,作拍摄道具;另一件就是和一位年轻女队友商量,让她带了白色婚纱,进沙漠拍单身婚纱。

萌宠的拍摄,一路都在进行。本来想,最关键的一组萌宠照片在夜晚的星空下拍。然而,夜晚的沙漠蚊虫凶猛,容不得你有半分钟站立不动。穿着拖拉鞋,艰难进入营地边的沙漠,勉强拍了几张,实在受不了,仓皇逃窜回来。

婚纱照的拍摄,放在徒步第一天的傍晚。之所以放在这个时间,是因为徒步第一天姑娘还不会显露疲惫之态。而傍晚的光线是最柔和、最辉煌的,这种暖色调,适合婚纱所体现的浪漫温馨氛围。

我们在拍婚纱的时候,有其他徒步沙漠的队伍路过,都感到新奇,纷纷拿起相机拍我们的模特。向导天赐开玩笑,把帽子托在手上,说:“各位,有钱的捧个钱场,没钱的捧个人场,收钱了,收钱了。”逗得大伙儿哈哈大笑。旅行,快乐是第一要义,失去了快乐,是走不远的。

牛背山：独狼激情牛背山

春末夏初的牛背山之行，历经千辛万苦，但是我没有看到风景。

在牛背山上的三天，全是阴天，大雾弥漫，经久未散。

然而这并不代表我这一次的旅行没有意义。我有过几十、上百次的旅行，如果你问我哪一次旅行最让我难忘，我会告诉你，牛背山之行是其中之一。

这一次，没有风景，但有故事。

风冷水寒，大雾朦胧，四个热情如火的男人在牛尾断崖边，脱得一丝不挂，拍下了“艳照”。

牛背山，位于四川省荥经县境内，山顶海拔3600米，因山头酷似牛背而得名。牛背山的山顶，有个360度的观景平台，在这里可以看到云海瀑布和远处的四姑娘山、贡嘎雪山。作为行摄者，我对牛背山觊觎久矣。

3月，我在一个自助旅行网上看到了一个牛背山“五一”徒步的召集帖。时间上和我吻合，我就报了名。

封贴时，有14个人确定参加徒步，从冷碛上山。

但是谁也没有想到,4 月 20 日芦山发生了 7.0 级地震。而牛背山距离芦山仅仅 60 公里。

出于安全和不给救灾工作添麻烦的考虑,14 个人中,有 8 个人退出了行程,有 5 个人转道九寨沟。

地震造成的落石

我选择了去峨眉山。

机票早已订好,是特价机票,不能退,也不能改签。

但我心知,峨眉之行于我,是不得已而为之。犹如鸡肋,食之无味,弃之可惜。

临行时,我带上了登山杖、护膝、抓绒衣等登山装备。万一呢?万一还有希望去牛背山呢?

现在看来,多带一些东西是正确的。不要怕麻烦。

在成都,青年旅舍的服务员告诉我,开往冷碛的长途大巴正常营运,只是绕道雅西高速,经石棉再折往东北,相当于本来到了雅安只需走三角形的一条短边,现在要走一条长边再加一条短边,多走几个小时。

我一阵狂喜,立马拨正航向,再往牛背山。只要能走通,绕点道算什么!

不能半途而废。只要有一线希望,就要把事情做到底。

我并不担心安全问题。作为一个越战老兵,曾经在弹雨中钻过,要死的话早就死了。小小的余震不算什么。

我所担心的跟救灾车辆争道的问题,因为客车绕行,已不存在。

我唯一担心的是当地政府派人堵路封山,我插翅也飞不上去。

我给山下的客栈老板兼向导"邓军长"打电话,询问还能否上去。"邓军长"说,旅游局给他打过招呼了,不让他带客人上山,但是如果我自己上山,没人拦阻。

这就好。

在经历了大雨、塌方、塞车、转车等种种让人焦虑的折磨之后，我辗转迂回，于4月28日下午5点到达冷碛，再搭上一辆载人摩托，来到位于徒步起点的“邓军长”家。

“邓军长”，名叫邓顺军。因幼时家贫，冬日衣单，一团鼻涕长期挂在上唇边，被人称为“团长”。后来长大了，鼻涕没了，“官”也该升了，人们就着他的名字，又起了一个外号：“军长”。

“军长”人很好，实诚。虽然他不能给我当向导，但是他在沿途拍了照片，对一些岔路和拐点做了标记，他把照片给了我，叮嘱我拿不准时就给他打电话。

29号早晨7点，我开始徒步上山。

一个人。没有向导，没有旅伴。

我不是偏爱孤独，只是有牙口把孤独咬碎。

那些因为地震而放弃行程的人，我理解。但是我自己绝不轻易言弃。

好在这里不是深山老林，有时能看到村庄人家。

从“邓军长”家到牛背山顶，我走了9个小时。包括中间迷路一个小时，在“云海人家”小马哥的家里烤火一个小时。

迷路是因为有一个路口和“军长”给我的第三张照片上的路口有点像，那张照片有箭头让我往右走，下穿河谷，这个路口恰恰也有右行的路下穿河谷，我就下去了。

走到谷底，发现不对劲，这里没有垃圾。而通常，驴友走过的路线遍布垃圾。

我回头，上坡，在三岔路口上了左行道。

走了一会，又觉得不对，怎么离河谷越来越远了？

我又折回三岔路口，右行，下穿河谷。

这次在快到谷底的时候遇到了一个采药的小孩。我向小孩问路，小孩热情地带我回到三岔路口，把手指向左行的道路。

仙童指路，呵呵。

这两下两上，就耽误了一个小时，把我早上在“邓军长”家里吃的那一碗面条消耗殆尽。

快到“云海人家”的时候，下雨了，山林里雾气蒸腾。我气喘吁吁，体力透支，出现了幻觉。眼见得前边有几座房子，还有鲜艳的雨衣挂在屋檐，我高兴地大喊——我来了！一阵风吹过，雾散开，才发现那只是几座坟墓和黄色塑料垃圾袋。

靠着这几张照片的指引，我一个人上了牛背山。

徒步路上的事儿就不多说了。反正我到达山顶客栈的时候，全身湿透，冷得发抖，赶紧换了干净衣服上床，盖上2床被子保暖。

雨一直下一直下，没有云海瀑布，也没有日出日落。

我以为在牛背山顶只有我一个游客，其实不是。第二天早上看日出，发现山上有人，他们是：成都自驾客老李哥、河南摩托客九霄、成都拼车客小付(他有4个同伴，在客栈睡觉)。

从早上到中午，山顶始终笼罩在浓雾之中，没有一丝天晴的迹象。

我们回客栈休息打尖。我住在360全景感受客栈，其他人多数住在牛背山客栈。

山上客栈的吃住价格是一样的，大通铺都是50元，荤菜40元，素菜15元，面条10元，炒饭15元，一只鸡蛋5元。

下午2点，我们约好上山拍裸照。不知是谁起的头，获得了大家一致赞同。

没有风景，但有玩兴。

再次上山时已经有8个人了，其中还有2个姑娘。

在后地震时代冒着危险上牛背山的人，都是一些极端热爱生活、对生活充满激情的人。无论风景怎样，都改变不了他们乐观坚强的生活态度。那一张张生机勃勃的脸，洋溢着憧憬，深藏着执着。我好喜欢他们。

气温很低，大家热身，拍照玩儿。拍了“悬崖定车”(有骑行者把自行车骑到了山顶)，拍了“僵尸跳”，拍了“痴情女怒踢薄情男”，各种萌。

然后让姑娘们回避，在6℃到8℃的低气温下，由老李哥掌镜，拍了一组一丝不挂的“艳照”。

我没有认真分析大伙儿拍裸照时的心理，但我想，渴望解除羁绊、追求最大自由应该是这种行为的深层动因。

后地震时代的牛背山，游客稀少，天气又不给力，为“人体摄影”提供了极佳的外部环境和心理氛围。

从此以后，牛背山的经典照片就有可能由“华山论剑”“放风筝”换成“美臀大展示”了。我这样预测。

东北：我在雪乡撒个欢儿

多年来，我对南方有明显的偏爱。我喜欢郁郁葱葱的山林，清澈见底的小溪；喜欢南方人的婉约、细腻，和追求时尚与享乐时无可救药的热情。所以，近年来，我行走的多是云南、四川、湖南、江浙这样的雨水丰沛、绿色怡人的大地。其实，我对东北三省一直是非常向往的，不是冲着那里的风景，而是特别想体验那

我在雪乡撒个欢

里的极寒。到底零下三四十度的生活是什么样子的呢？耳朵会冻掉吗？人要穿几件羽绒衣呢？美丽姑娘的身材是怎么显示的呢？我真是有点好奇呢。

带着上述疑问，我参加了一个户外俱乐部组织的雪乡徒步和查干湖冬捕9日活动。

这是一支大队伍，一共有48人，成员来自全国各地，还有三人来自马来西亚。在9天的时间里，我们携手穿越了雪乡雪谷，领略了雾凇奇观，在长白山顶体验了零下35度带白毛风的极寒，泡了露天冰火温泉，滑了“跟头流星”雪，在查干湖参加了冬捕，与蒙古族人一起抓了活鱼……对东北，我终于有了感性的认识——原来冰雪的世界是那么的美丽，原来这里的夜是那么的漫长，原来这里才是真正的鱼米之乡……

一、雪乡徒步

从哈尔滨到东升林场，270公里，不知不觉就到了。这里已经是冰天雪地的世界，是我们徒步的起点。

我们徒步的终点也是林场，是大海林林业局的双峰林场，现在叫“中国雪乡”。

这个徒步线路近年来是驴友的热门线路。东升到雪乡穿越，全程15公里，上升高度800米，穿越最高点1200米，行程约5—6小时。

我们傍晚到达东升村，在村里的农家旅馆住了一夜。虽然这里气温极低，但因户内都有火炕，晚上睡觉并不冷。我们6个人挤在一个大炕上，悲催的是，我睡在烧火的炕洞上方，炕烧得太热，我上火了。

极寒天气下摄影，和平时不一样。电池消耗快，电子元件容易失灵，尤其是快门容易出问题。出发前，我带了3块电池，拍照之后，我就把相机后背抵在胸口上保暖，备用电池装在羽绒衣的内侧口袋里。即便是这样，在东升村那天晚上出去拍篝火晚会，相机还是冻失灵了。后来拿回屋里暖和了一夜，才重新恢复正常的。

组织者给每个人发了雪套。从东升徒步到雪乡，一直在林海雪原穿行，行路艰难，景色大美，边走边玩，心情畅快。到了羊草山顶，最艰难的路就走完了，往后就是下坡。

雪乡现在有点商业化了，有几家的院子，雪型保存较好的，都要收费进入。

我一路带着的三脚架，因为白天徒步，用不上，放在了车里。晚上要用时，才被告知，今天车子没来。在最关键的时刻，要用却没了。在村里，与拍照的陌生人商借，人家不情愿地给了，但是还没拍两张呢，又要回去了。毕竟，人家也要用哪。我只好打高感光度，手持相机拍

雪谷之夜

金黄的玉米，勾画出丰收的年景

摄。回来一看，大部分是糊的。有两张清晰的照片，我是把相机固定在路边的车子引擎盖上拍的。这次得到了一个教训，以后不管什么情况，三脚架都得带在身上，哪怕全程只用一次。

二、零下 35 度露天温泉　体验冰火两重天

你要是问我，在东北 9 天，哪一天、在什么地方最冷？我会告诉你，上长白山那一天、在天池边上最冷。刚一从越野车上下来，就能感受到刀子一样的寒风，虽然早有准备，身上穿得很多，但是眼镜下面、口罩上面仍然像是被吹裂了一样疼痛。

我像一个球一样往山上滚，有勇敢的团友跟着我，我们互相激励。福州来的竹子姑娘，因为是南方人，从来没有经受过寒冷锻炼，在这里冻哭了，一步也不

冰冻的长白山天池，对面就是朝鲜。

愿意上了。结果她没有看到冰冻的天池。

手机显示，那天有零下35度，还刮着白毛风。每一个人的帽子上、口罩上都结了霜花。

从山上下来，泡温泉的时刻是幸福的。男女温泉只有一墙之隔，都是室外的呦，互相可以打雪仗。我真正体味到了冰火两重天的境界。有两个女团友泡晕了，还去医疗室看了医生。

三、雾凇岛上拍奇观

雾凇

距吉林市35公里的松花江下游有一个雾凇岛。岛上的曾通屯是欣赏雾凇最好的去处。这里树形奇特，沿江的垂柳挂满了洁白晶莹的霜花，江风吹拂银丝闪烁，景色奇特壮观。雾凇俗称树挂，与桂林山水、云南石林、长江三峡并称为中国四大自然奇观。

我们早上4点多就起床了，先乘车到渡口，然后坐船到岛上。摆渡的船工高声大气，吆五喝六，显示出“这是我的码头，到这儿都归我管”的气势。可能东北爷们的风格都是这样吧，这是他们说话的方式，并不见得就是对谁不尊重。

我们去雾凇岛之前，有摄影家在岛上等了一个星期，岛上始终没有雾凇；我们去的头一天夜里，上游的丰满水电站开闸放水，那水的温度高，流经雾凇岛时蒸腾的水汽环绕岛上的榆树，遇冷空气凝结成雾凇，雾凇奇观霍然呈现，让大批端着长枪短炮的摄影发烧友忙得不亦乐乎。我们在这里流连到下午，拍了很多美美的照片。

四、亲历查干湖冬捕

查干湖，离哈尔滨5个小时车程，是蒙古族同胞聚居的地方。查干湖冬捕历来是民俗学家和摄影家关注的焦点。

那神秘的祭湖仪式和凿冰撒网的捕鱼场面，充满了原始北方渔猎文化的气息，对游客和摄影家有极大的诱惑力。

马拉绞盘

起网了

冬捕时，先在一米左右厚度的冰层上每隔八九米的距离凿一个冰眼，一网要凿几百个冰眼，然后穿杆引线。下网时，由于网太长，每隔一定的距离，他们都要使用马拉绞盘拉动大网，才能将大网逐步下到位。

收网时，几匹高头大马拉动绞盘牵引着钢丝绳转动，四五米宽的大网裹着冰层下的鱼儿从宽一米、长两米的出鱼口缓缓露出冰面，渔工们边收网，边将打上来的鱼平摊在冰面上，等在两侧的人们拿着渔场准备的专用编织袋，将一二十斤的大鱼收入囊中。

现在，由于游客多了，每天都有冬捕收网，不可能每天都搞祭湖仪式，大部分游客就只能看到捕鱼活动。

查干湖是我们9天行程的最后一站。早上从长春出发，上午11点不到就到达查干湖。当地人说，收网要等到下午1点半，所以我们就找了一家餐馆先吃饭。

湖边的村庄只有两家餐馆开业，菜品上除了鱼几乎没有别的东西。这里的鱼非常贵，最便宜的小草鱼30元一斤，其余40到80元不等。没有土豆，没有洋葱，没有蔬菜。只有吃鱼。没办法，总不能空着肚子上湖，点几个吧。7个人，吃了400多块钱。

饭后，坐村里的中巴车上湖。查干湖有大湖小湖之分，大湖小湖都有冬捕的。但因大湖冰薄，中巴车上了危险，所以我们转道小湖。后来我有点后悔，因为论起冬捕的气势来，还是大湖出效果——大湖里冬捕网大嘛。

上湖时，我穿上了最厚的衣服，连穿越雪乡时发的雪套我都套上了(可以挡风)。攻略上说，查干湖冬捕是全程最冷的，但实际上远不如长白山山顶冷。我带的 20 片暖宝基本上都没用到。

虽然没有拍到鱼儿堆成小山的场面，但是见证了查干湖冬捕的过程，也算是不枉此行了。

一个人和世界的艳遇

YIGEREN HE SHIJIE DE YANYU

驿路亲情

一个人和世界的艳遇·驿路亲情

厦门:厦门海的恋情

我能想到的最浪漫的事,就是和你一起慢慢变老。

——题记

我太太是校花。

我是说在她上大学的时候。

柔情蜜意

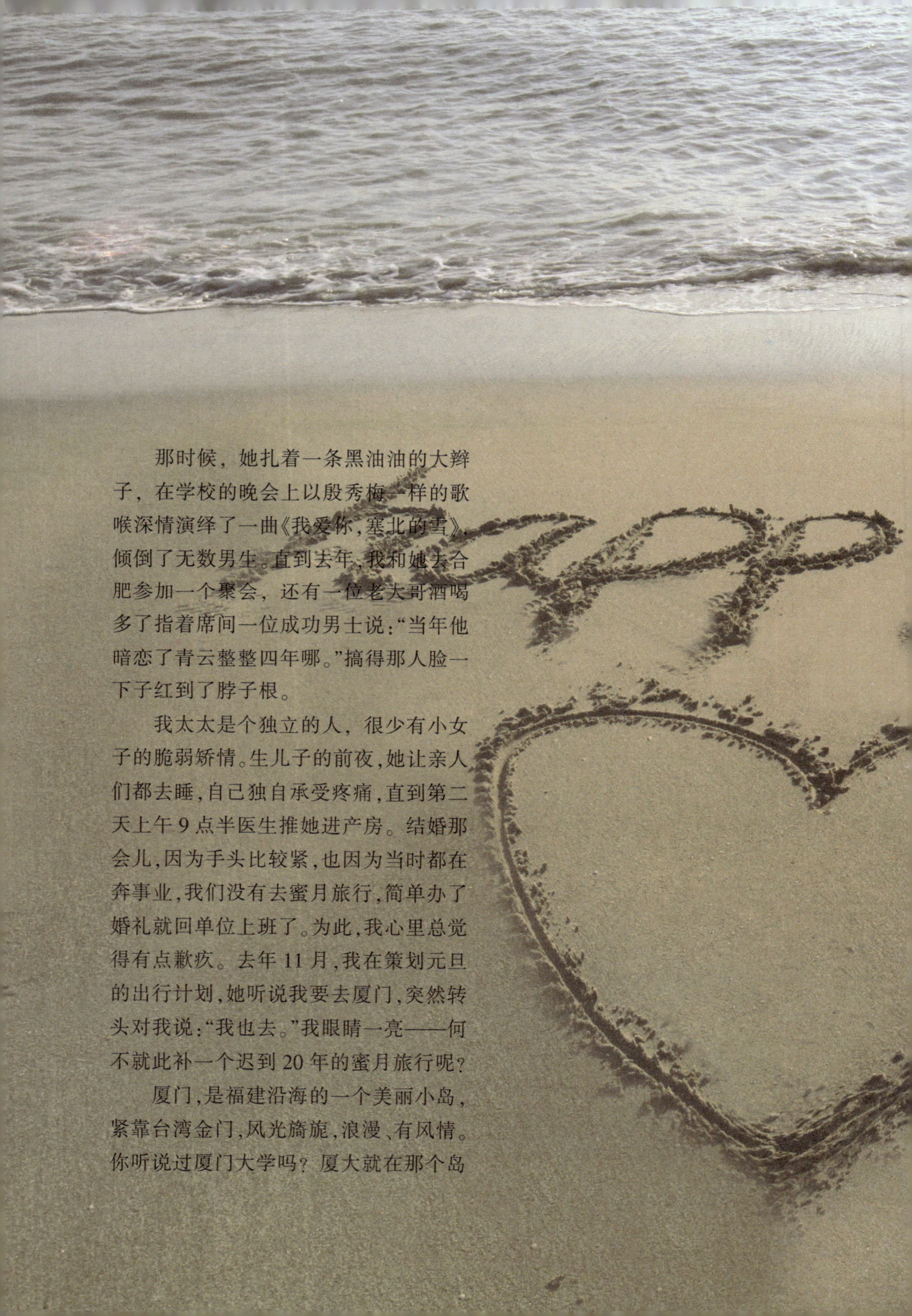

那时候，她扎着一条黑油油的大辫子，在学校的晚会上以殷秀梅一样的歌喉深情演绎了一曲《我爱你，塞北的雪》，倾倒了无数男生。直到去年，我和她去合肥参加一个聚会，还有一位老大哥酒喝多了指着席间一位成功男士说："当年他暗恋了青云整整四年哪。"搞得那人脸一下子红到了脖子根。

我太太是个独立的人，很少有小女子的脆弱娇情。生儿子的前夜，她让亲人们都去睡，自己独自承受疼痛，直到第二天上午 9 点半医生推她进产房。结婚那会儿，因为手头比较紧，也因为当时都在奔事业，我们没有去蜜月旅行，简单办了婚礼就回单位上班了。为此，我心里总觉得有点歉疚。去年 11 月，我在策划元旦的出行计划，她听说我要去厦门，突然转头对我说："我也去。"我眼睛一亮——何不就此补一个迟到 20 年的蜜月旅行呢？

厦门，是福建沿海的一个美丽小岛，紧靠台湾金门，风光旖旎，浪漫、有风情。你听说过厦门大学吗？厦大就在那个岛

上。那个大学本身就是一个景点，美丽的校园，浓厚的学术氛围，还有个名声很响的学界潮人易中天。与这个岛相毗连的还有一个更小的岛，叫“鼓浪屿”，是全国著名侨乡，岛上有千座别致的老别墅，沙滩、浴场、椰树、琴台，相得益彰，又叫琴岛。离厦门 2 个小时的车程，有南靖、永定土楼景区。再往福州方向，还有霞浦滩涂，是拍摄影大片的好地方。这几个地方，青云都没有去过，我虽然到过鼓浪屿，但那是多年以前，开会间隙走马观花。土楼和霞浦我没有去过，这次我们就初定元旦飞厦门了。

过了几天，我说你能定吗？她说能定了。我说那我订票了。她说订吧。我就上网——携程网、去哪儿网、芒果网一通乱搜，芒果网票价最便宜。12 月 27 日去、1 月 2 日回往返，合肥—厦门直飞，往返两人加税费才 2000 元，去程是山东航空，回程是东方航空。就是说，单趟一人才 500 元。我当即下单。

旅行之前，我一般要上网查查攻

略，对目的地有所了解，尽可能科学地安排吃住行玩。网上，旅友一致评价曾厝垵住宿不错。曾厝垵原来是个小渔村，因为闯南洋的华侨多，后来盖起了很多小洋楼，现在是个家庭旅馆聚集地。村口就是海，很有点风情，价格也实惠。我决定到了厦门就住曾厝垵。

过了几天，突然接到了山东航空公司客服部的电话，说 12 月 27 号的山东航空飞机取消了，请我另想办法。我第一次遇到这样的情况——还带这么玩的啊？这不是闪我吗？放下电话，赶紧上网查 27 号的其他飞机，都好贵。看 28 号的，海南航空的飞机比较便宜，单程，每人 600 元（含税费），中午 10 点 55 分起飞，时间也合适，就下单订了。这样旅行的时间就少了一天。考虑到冬季霞浦滩涂不一定能拍到好照片，驾车从厦门过去要 6 个小时，忍痛将霞浦从目的地列表中删除。

出行的前一天，大雨，高速关闭。我很担心。出行当天，早晨 6 点起来拉开窗帘观察，天虽然阴，但是没有雨，放下心来。慢悠悠地起床，早餐，8 点出发。

接近高速口，雾大起来。收费站前面站着一排警察，一律做着拒绝接近的手势。收费站的绿灯一个都没亮，全是红色的叉。坏了，高速封闭了。谁能想到会有雾呢。我看看表，8 点半。走 206 国道还来得及。快，赶紧掉头，上 206。

206 国道那个破哦。送我们的表弟驾着车子在断成一截一截的马路上颠簸，就像船儿在大海上摇晃，那车轮回来肯定报废，我都怕它中途爆胎。揪着一份心，颠簸了 1 个多小时，好不容易走到岗集，看到有车子从高速下来，想来高速开通了，就拐头上了高速。从导航上看，上高速以后，去骆岗机场要从岗集往淮南的方向走。不会吧？那不是又回去了？不能相信导航。右打方向盘，往肥东方向开。这一打，我又错了，沿着合肥环城高速绕了个大圈才到机场。原来，往淮南方向是对的，是最短的路径。晕死！

反正也赶不上飞机了，索性不急了。慢悠悠转了个大圈，10 点 40 才赶到机场，按照规定，10 点 25 就关闸了。我试着走近安检，居然可以通过。哈哈，原来飞机晚点了！我勒个去，人品大爆发啊！上次到广西北海也是这样，飞机 12 点起飞，我 12 点零 5 分才到机场，塞车呀。结果飞机晚点一个小时，貌似专门在等我一样。我为什么就恁幸运呢？全赖平时与人为善、积德较多啊。登机，还等啥呢！

起飞时，合肥的气温是零度；落地时，厦门的温度是 16 度，那个热哦！在摆渡车里汗就顺着脊梁下来了。赶紧的，找洗手间，换装。

早就在网上查好了，从机场到曾厝垵要先乘机场快线到渡口（就是去鼓浪屿的渡口），然后转 29 路公交车到曾厝垵站。太太啥心都不要操，拉着我的手跟我走。厦门的公交很便宜，上车就一块钱；机场快线贵一点，10 块。一个小时后，到曾厝垵，每人花了 11 块。不是旅游旺季，空房很多，找了一家叫“听海小筑”的家庭旅馆，带大阳台的标间，才 120 元一晚(原价 268 元哪)，欢天喜地地住下。

村口就是海滩。青云喜欢海，放下行李就拉着我去沙滩漫步。游客不是很多，海滩安静祥和，海浪哗哗拍打沙滩，把游客踩凹的脚印复原。我们从曾厝垵散步到珍珠湾，又走回来，凝神听涛，极目天际，放松心情。天色渐暗，风也有点凉了，就回村吃饭。

晚上在曾厝垵里的“三年二班”“上课”。“三年二班”是个概念餐厅，食客是学生，服务员是班主任，老板是校长，菜单叫成绩单，付账叫交学费，进出要打铃。那晚，我和青云边吃边笑，从头笑到尾。上了生物课——水煮鱼片，上了植物课——炒时蔬，上了自然课——麻婆豆腐，上了海洋课——凉拌鱿鱼须，上了化学课——一瓶劲酒。平时不喝酒的青云，和我连干了几杯，脸上现出一抹腮红。出门前交学费：89 块钱。呵呵，好玩不贵。

次日游鼓浪屿。我们都有证件，不收门票，只花了 8 块钱渡船费。鼓浪屿有 1111 座老别墅、5 个外国领事馆，我们慢慢逛。在一幢老别墅前，有个小伙子摆摊卖小饰品。我问他，你守着金山怎么还做这种小生意啊？他说，我住的这别墅，只能住，不能卖。要卖的话，需要国内国外几十个亲戚签字。我说你这别墅能卖多少钱？他说你猜猜看。我说，2000 万。他说，乘以 10。我勒个去……

鼓浪屿的转角

我们在鼓浪屿找“转角”，就是台湾电影《转角遇到爱》里的徐熙媛遇到罗志祥的那个转角。这里是命运的转角，也是爱情的转角。鼓浪屿转角很多，不知哪个是属于我们的转角，看到有一个写着字，就照了张相，算是找着了吧。一路遇到“张三疯奶茶”“赵小姐的店”，随便逛了逛，不是很感兴趣，啥也没买。我太太和我一样出门不购物,想从她口袋里掏钱,没门儿。

在鼓浪屿,我和太太除去鞋袜,下海了。我们手拉手在海滩漫步,任海水哗哗冲上来,漫上小腿,湿了裙裾。湛蓝的海水、坦荡如砥的海滩,衬着一对资深青年的柔情蜜意,让我们成了年轻游客的镜头焦点,谋杀了他们不少的存储空间。

逛到中午,遇到一个家庭餐厅,叫"海角5号",里面有厦门最有名的"海蛎煎",于是走进去吃中饭。那海蛎煎就是海蛎子用鸡蛋、小粉调和在一起煎熟,看起来像一个蛋饼。不知道是我吃得太多,还是俺这土包子的胃根本就不适应海鲜,到傍晚俺的小肚子就开始疼痛了,后悔怎么不弄碗蛋炒饭吃了算了,那才是俺的最爱啊。

回到旅馆,天降大雨,我的肚子好痛,并且开始发烧怕冷。切,我到西藏、尼泊尔独行20多天从来没有水土不服,没拉肚也没有其他不适,今儿怎么啦?

冷得发抖,盖上被子睡倒。青云问,吃药吗?我说不吃,抗过去。她又问,吃饭吗?我说一点儿也不想吃,肚子痛,你下去吃点吧。青云也不吃,看电视。我眯了一会,到9点钟,肚子不疼了。青云说,我下去买两盒面去,遂下楼。好长时间,上来,笑眯眯的,说:"我把村子逛了一遍,蛮喜欢的。"我说,买伴手礼了吗?她说,没有,一件也没买。我说,你真铁,一点儿也不照顾人家生意。她笑。泡了两碗面,吃了,很爽,比海蛎煎好吃多了。

次日早上,好了,什么事也没有,早餐吃了两个"金包银"(厦门特产早点,水晶面皮里包香菇肉丁),到村口等租车公司送车来。今天我们要自驾去南靖土楼。

租车公司是在网上找的。厦门租车公司有好多家,我打了很多电话询问、比较,这一家价格实惠,而且不用到公司办手续,车子送上门,手续上门办。我租了一辆起亚福瑞迪,手自一体纪念版,讲好两天450元。

车子比预定时间晚来20分钟,而且老板没有按我的要求带导航来。只好又开到他店里拿导航,耽误了一点儿时间。好在车况很好,我也不赶时间,不就带太太耍嘛,气定神闲最好。那11万的福瑞迪发动起来一点儿声音都没有,加速快,省油。我算找对了。

南靖那一路上到处都有土楼,有的集中连片,有的零散孤单。我们拣了一些有特色的参观。自驾的好处就是想停就停,不受制于人。

第一站是田螺坑土楼群,也就是代表福建土楼形象的"四菜一汤"。然后沿着一个环线陆续去了裕昌楼(东歪西斜700年不倒)、德远堂、塔下村、河坑土楼群,晚上住在云水谣。还没到田螺坑的时候就已经中午12点了,我们在一个叫

“四菜一汤”远景

土楼内景

云水谣村口

“五更寮”的小村停车吃饭，进了路边“新口味”农家饭店，要了一个豆腐烧肉、一个炒茼蒿、一个西红柿蛋汤。菜很好吃，老板娘很淳朴。临走，她收了我们40块钱，觉得不好意思，还送了我们一个大柚子、五个大橙子。

云水谣，本来叫官洋村，因电影《云水谣》在此拍摄而更名。这里有古老土楼、千年榕树、潺潺清溪，是适合情侣游玩的地方。到村时，天已经黑了。我们找了一个叫“水云居”的土楼旅馆住下，真正体验一把居在土楼的感觉。那个土楼叫“墩脚圆寨”，我们住在3楼306，是个标间，带卫生间、淋浴，淋浴室还有浴霸呢。天！住在古老土楼，用着现代浴霸，我真说不好那是神马感觉。住下后到村口春燕饭店用餐，喝了她家自酿的米酒，青云直说好喝。我们喝了6两，不敢再喝了，怕后劲大。

次日起床，早餐，玩云水谣，然后回程，到漳州吃中饭，不提。

回到厦门，时间还早，我们去南普陀朝拜。老早老早我就想到南普陀看看，皆因作家王朔的那篇小说《一半是火焰　一半是海水》。小说里，“我”和吴迪经历了一场烈火焚身之爱，身心俱疲。吴迪自杀了，“我”坐了牢，得了肝炎，然后出狱治病，到南普陀去换心情。在南普陀，“我”遇到了女孩胡亦，一个甩着小腿把嗑瓜子嗑成了艺术的叛逆女孩。“我”又感受到生活的美好，遂演绎了一场英雄救美的故事。去年4月在三亚,我到处打听南普陀在哪里,没人知道。现在晓得了,南普陀就在厦门大学的背后。我一定得去看看。

进了南普陀的大门,我到处找甩着小腿、嗑着瓜子、长得像胡亦的女孩。青云帮我找。找了半天也没看到一个相像的。这里的姑娘不清丽,我一路没拍到一个养眼的(包括外地来旅游的),很是遗憾。美女总是旅行中的一道风景,不是吗?青云赞同我的观点,她一向没有小肚鸡肠,令我十分佩服。

随着游客往山上爬。爬到半山的观景台,我走进前面的栏杆拍摄厦门大学全景,左照照,右照照,回身已看不见青云。我喊了几嗓子,没人应,想来自己往山上去了。她就是这样,从来不围着我转,都是我到处寻她。我气喘吁吁爬到山顶,看不见她的影子。这个时候接到信息,原来她还在观景台呢。我赶紧下来,心里有点恼,她也有点怄,但她只开了一句玩笑:"你要是把我弄丢了,我就摆个小摊:求捡,谁给我飞机票我就跟谁走了。"

从地下停车场把车取出来,开回曾厝垵。到处找不到停车位,勉强停在一个建筑工地的围墙外。下车没有多远,警察就来贴了个罚单,罚款100元。我重新找停车位,青云下了车,说自己先到听海小筑看看有没有房。等我停好车,赶到听海小筑,老板娘说她来了又走了。她老干这事,不打招呼就离开我,害我到处去找她。那次在家乐福,上次在浦东,还有这次在南普陀……我心里那个火啊,你就不能不离我的视线吗?让我到处寻你成为你的习惯了是不是?

我坐在听海小筑院子里等她。老板娘递来一杯茶,喝着香茶,我心里的火慢慢地消下去了——唉,反正她就这样了,生气也没用。人家围着你转的时候多了去了,你咋就记这一项呢?相夫教子,孝敬公婆,工作应酬,人家样样都要强,你咋不看这个呢?夫妻之道,重在包容,别把小事惹大,大事撩炸。这么一想,当她回来的时候我的脸上已经挂上了微笑……

这天已经是年末最后一天,外地游客明显增多,房价一下子上去了。听海小筑已经订满了,268元都订不上。青云拉着我走了一圈,订了一个鼓悦宾馆的顶楼,168元,也还不错,有免费wifi,大浴室。关键是,就在阿吉仔饼屋旁边,楼下很热闹。

晚上,楼下有年轻人弹吉他、唱歌,唱得很带劲,动情的歌声传出很远。我们在歌声中入眠,那夜睡得很香。

山西:流浪日记

前　言

2012年6月20日至25日,我在山西进行了为期6天的旅行。这是我年度旅行计划的一部分,也是我6月份唯一的一次出游。山西,我印象中著名的景点有:五台山、云冈石窟、平遥古城、祁县乔家大院,还有与陕西共享的黄河壶口瀑布。这里边,壶口瀑布和平遥古城是我最想去的地方。听一位外地朋友说,从陕西方向去壶口瀑布,有一段路,一边是悬崖,一边是深涧,非常危险。山西方向,道路相对平坦。所以这次去山西,我首先选定要去壶口瀑布,去看那气势磅礴的奔腾黄水,去听那震撼人心的黄河绝唱。

就个人兴趣而言,我似乎更喜欢奇峰秀水、雪域冰川这样的自然景观。人文的东西,往往让人失望。上次去某某古镇,本来质朴而有鲜明特色的老建筑,硬是被修复一新,并且到处开发店面,嘈杂喧闹,拥挤混乱,让游客大倒胃口;又一次去某某山,被假僧、假道强拉算命,诱骗入彀,在半强迫的状态下捐钱。所以,综合时间、路程、喜好等各种因素,这次山西之行,我选择去4个地方:太原、壶口、平遥古城、祁县乔家大院,以自然景观壶口瀑布为主。没去的地儿,下次再去,给自己留个想头。

但这次旅行没能独行。

原因是我带了一个摄影助理。

这个摄影助理是我亲爱的儿子。

写到这里你就知道了吧，为什么固执地喜爱独行的那马兄这次会一反常态，结伴出游？因为那家伙是我儿子，不带不行。而且，我把这次出行看成是一次身教胜于言教的绝佳机会。在旅行的过程中，我要把自己对人生、对旅行、对艺术的自认为正确的见解向他渗透，让他在今后的人生和艺术道路上少走些弯路。这是我一个做爹地的良苦用心。

尽管这种用心在儿子看来有点可笑，尽管你认为是鲜血换来的教训、实践检验的真理在他看来是迂腐的老生常谈。

2012年6月20日　晴

我现在太原火车站附近一个叫“呈运快捷”的旅馆里，写日记。

上午还在单位上班呢，下午就到了远隔千里的我从来没有到过的省会城市，你不能不感叹现在的交通就是快捷。这要是在古道西风瘦马的年代，没有十天半个月的风餐露宿恐怕到不了山西的地界。

这次出行，我是沾了端午节的光。感谢党中央国务院，端午节给咱老百姓放假一天，加上双休日，就是三天。因为假期不出报纸，放假的头一天，咱基本上就没事了，这又腾出来一天。这样，从21号到24号，我就有四天的空闲。20号我上了半天班，把一天要办的事安排好，下午溜号，这又腾出来大半天。加上25号口头请假一天，我一共有将近六天的旅行时间。都在抱怨工作忙，没有时间旅行，其实时间就像海绵，挤挤总会有的，就看你愿不愿意挤而已。

我一个摄友说：你坐飞机旅行，算什么流浪，简直是豪华游嘛。说得好！所谓流，就是随大流，走到哪算哪，像我这样子把攻略做得好好的，连从太原机场到火车站要坐201路不要坐901路都知道，确实不够“流”。但我够“浪”啊。我一路背着个双肩包，怀揣少得可怜的钞票，看美景，拍美人，尝美食，饮美酒，迎风流泪，背风撒尿，我还不够“浪”吗？俩字占了一字，按四舍五入的原则，哥基本上称得上“流浪”了吧。难不成你非得让哥坐马车睡草铺弄一身虱子才够范儿？

那还真不是我神往的旅行状态，尽管必要时我会毫不犹豫地那么做。

说到机票，那可是我20天之前就订好的。小航空公司，支线飞机，又是提前订，便宜到心尖儿颤——合肥到太原来回才580元。当然，不含机建燃油和保险。不过，往返的保险费才20元，管7天之内乘幸福航空的任何一个航班，这不又省了20大洋。就是机上噪声大一点、飞行时间长一点而已,我能忍。

我写日记的时候,儿子在洗澡。那家伙什么都不带,毛巾用我的,剃须刀用我的,水壶也用我的,真够轻装的。临行前,我一再跟他交代,所有的东西,包括相机、镜头、衣服、洗漱工具,要能用一个双肩包带走,带不完的就用个塑料袋外挂——咱不能拖着个行李箱去旅行不是?那岂不是很跌份儿?结果那小子不折不扣执行了我的意见。他晚上从北京坐火车过来,我接到他就傻眼儿了:他就背了个摄影包,连装钱包和地图的腰包都不带,可真是潇洒啊!摆明了让我路上伺候他嘛。得,谁让他是咱儿子呢,咱心胸宽一点儿,不跟他计较。

2012年6月21日　晴

这一天够辛苦,坐了9个小时的车——先乘火车,再转大巴,又转小面包,才到达壶口。当年解放军打临汾才用了9个小时嘛,还诞生了一个"临汾旅"。有这个时间,一座城都攻下了。

网上订的火车票,早上7点57分准时从太原发车,开往临汾。不知哪位旅行前辈说了,你出门旅行,要是不乘哐当哐当的绿皮火车,简直就不能算旅行。咱坐的这趟火车,凑巧是轻盈无声的现代快车,还涂了粉红色的漆皮,这让我很不过瘾——找不到感觉嘛。儿子一直在用手机上网,请教他籍贯山西的女同学哪里能找到好吃的,脸上始终挂着微笑。这个吃货。老爸找不到感觉了你也不来安慰一下。后来我自个儿慢慢想慢慢想,也就释然了——人的秉性不同,对于旅行的理解也大不相同。有人就是喜欢腐败游,有人偏偏乐于自虐;有人最是亲水,有人特别乐山;有人风飘无痕,有人掷地有声,凭什么非得乘哐当哐当的绿皮火车才算旅行呢!

4个小时的火车坐完,紧接着是4个小时的长途大巴(临汾到吉县)。临汾到吉县145公里,居然没有高速,白瞎了吉县这个鼎鼎有名的壶口瀑布。虽然不是高速,但大部分道路还算畅通,只是有10来公里被运煤的卡车轧得不成样子,还塞车。路上尘土飞扬,两边矮矮的平房被蒙在灰土里,显得十分寒碜。路上看到的每一个人,脸上都是被生活压迫的无奈表情和浓浓的烟尘味儿,让人觉得压抑。

这样看来，还是发达好啊，还是富裕好啊，还是现代化好啊！虽然现代化会带来数不清的后遗症，但是，这儿的人，分明是挣扎活着，而不是生活，哪里有游离于生存之外的疏疏朗朗的快乐呢？

2012年6月22日 晴转多云

昨晚6点多钟到的壶口，没来得及仔细领略瀑布的魅力，天已经黑了。晚上就住在景区唯一一家私人旅店里，等待今晨拍壶口日出。

早晨5点钟，天刚麻麻亮，我们就起床了，牙没刷，脸没洗，提着相机和脚架来到黄河边。游客极少，只有3个年轻人和我们一样早起，在河边拍照。壶口瀑布虽然名气很大，但由于交通不便，又不是旅游旺季，游客稀稀拉拉的。这给我们拍片创造了极好的条件。想起有一年去周庄，人多得连支三脚架的地儿都没有，相比而言，这里简直是摄影创作的天堂。

景区工作人员还没有上班，我违禁越过栏杆到河边，近点、再近点，零距离拍摄黄河。

黄河在怒吼。她从300多米宽的河道里缓缓流过来，被挤压在不到50米宽的峡谷里，一下子很不适应，很不舒服，狂怒地奔腾而下，在数十米深的峡谷底部激起冲天的巨浪和水烟。这就是人们常说的壶底生烟。看着滚滚黄水激流奔进，听着万股波涛激情合唱，你的魂魄不由得受到震撼，体会到自然的伟大和个人的渺小。

此情此境，相机不足以还原其壮观豪迈、其激烈奔放、其惊心动魄。只有亲临其境，才能真切感受作为中华民族母亲河——黄河的气势与力量。

昨晚，我们饭后曾到黄河边小坐。景区除了我们俩，没有别人。这使我有时间对壶口瀑布从哲学层面做一些思考：那黄河在上游300米宽的河面流淌，脾气是和缓的；在下游2000米宽的河滩上流淌，简直就没有脾气，有的地方还分支成涓涓细流，若断若续。可是你要是硬把她挤压在50米宽的河面上，还给她设一个峡谷落差，那她的脾气可不得了。由此想到人的心胸。你心胸开阔一点，别人对于你就好似涓涓细流；你要是心胸狭隘，势必激起愤怒的力量，这力量会把你摧毁。

关于心胸的话题，我和儿子吃饭时曾经谈论过。我们住宿吃饭的地方离瀑

壶口瀑布

布只有400米。平时我一个人旅行的时候，饮食是很简单的，常常是一碗面或者一碗炒饭就对付过去了，省下银子玩更多的地方。而且，少吃点肉，有利于保持身材、遏止"三高"。但有儿子在，我们要腐败一点，毕竟他还在长身体阶段。

晚饭，我们要了一个手抓排骨，一个青椒土鸡蛋，一个花生米拌黄瓜，半斤白酒。涛声是我们的背景音乐，凉风是我们的电扇空调。我们煮酒论心胸。

我对儿子说，一个人，特别是一个男人，心胸是很重要的。心胸有多大，事业就有多大。

我说：你看，项羽多英雄啊，可是他失败了。为什么啊？他心胸小。他拿着王侯的印信，天天在手里把玩，印信的边角都磨圆乎了，就是不舍得分封给功臣，谁给他卖命呢？那刘邦，他有什么本事啊，论武艺，项羽一个挑他十个，论文才，他大字不识几个，到人家家里做客，没有礼金却大摇大摆地坐上席，就是个无赖。可是他有心胸啊，能容人啊。即使是韩信这样的脑后长反骨的人，他都不杀（韩信是吕后杀的）。所以他成就了一番大事业。

当然，我也无意要求你成就什么大事业，那挺累人的。你只要健康快乐就好，只要自食其力养活老婆孩子就好。

说到老婆，你以后可能会恋爱结婚。恋爱也需要心胸啊。没心胸的人最爱拈酸吃醋了。要知道，拈酸吃醋是男人的大敌。有的男孩子被女朋友甩了，不是因为不够优秀，不是因为不够帅气，就是因为拈酸吃醋，让人受不了。女朋友跟同学看场电影他吃醋，外出吃顿饭他也吃醋，让人家不快。要知道，倘若你足够自信，女朋友自然会紧紧黏着你；倘若你没这个自信，吃再多醋也改变不了最终的结果，还是不要酸唧唧的好。

我喝了酒，说话有点絮叨。好在我说的儿子都懂了，理解了。儿子和我没有代沟，沟通丝毫没有障碍。今年春节，我带儿子上黄山拍雪景，同屋的俩女生说我像儿子的表哥，把我笑得，嘿嘿，花枝乱颤。

2012年6月23日　阴转晴

今天在平遥古城闲逛一天，走遍了大街小巷。不坐电瓶车，不租自行车，全步行。平遥是晋商文化的发源地，老城几乎全是明清时代的建筑，其古城墙、古街道、古店铺、古民居、古寺庙组成的庞大建筑群，是中国明清时期汉民族地区

儿子在平遥古城

县城的典型模版。

平遥古城的风情,我想我还是不用文字描写为好,我有大量图片可以直观反映,文字显得多余。我只想告诉亲们,用脚板去行走、去体验,让我真正找到了旅行的感觉。每一个垛楼,每一条小巷,我都印在脑子里,历久弥新。

昨天,我们在拍过壶口日出之后,大约 8 点 20 分,就从景区搭班车回县城了。在吉县县城吃过早饭,看看表,10 点半,赶紧坐大巴回临汾。还是按照来时的路,坐到临汾尧庙汽车站,乘 3 路公交到火车站,上火车回太原方向。但不到太原,离太原还有 1 个半小时就下车,即是平遥。

此时已经是下午 7 点半了。

从平遥下火车的还有两个姑娘，是从鄂尔多斯来的游客，是旅行菜鸟。看到路边有个宾馆，俩人就进去问价。总台说 138 元一天，俩人就要登记，我和儿子扭头就走。她们赶紧撵出来，说："这么便宜你们怎么不住？"我说这是古城外，既没有情调又不便宜，不如住在古城。她们说："138 够便宜了哇，你们心理价位是多少？"我说，端午小长假，古城里的民居式旅馆，标间，带独立卫浴的，我出 80 到 100。她们一听，立刻扔了宾馆给的名片，跟我们走。

从凤仪门(西门)进去，一路问过去，果然找到一家这样的旅馆，100 元一天。4 个人安顿下来。俩姑娘欢天喜地地去洗漱。

少顷，姑娘们来敲门，问我们出不出去转转。儿子微笑着摇了摇头。"你们先去吧，我们等会儿。"是的，我们还是自由行比较好，带着俩菜鸟，是个累赘。

平遥古城城墙

2012年6月24日　阴　有雨

平遥古城给我们的感觉很好。我们原计划昨天傍晚离开平遥去乔家大院的,结果临时决定多住了一晚。

在平遥,我们不仅欣赏了美景,还品尝了美食。

国家旅游局界定的,旅游由6大要素构成——吃、住、行、游、购、娱。这一路行来,我们每到一地都尽量品尝一下当地美食。在太原,会了“串串叔叔”;在吉县,吃了羊汤饸饹;在平遥,品尝了平遥牛肉、香锅肉丝、罐罐面、莜面栲栳、碗秃则。说实话,好多东西其实并不对我们的胃口,浅尝辄止而已,并没有吃了还想吃的感觉。西红柿炒鸡蛋、青椒土豆丝依然是我的老土肠胃最能接受的东西。海鲜大菜我吃了会拉肚子(这给我省了不少银子),山西的面食也感觉一般般。

不过,在平遥,吃饭吃的是个情调。

昨晚,我们在北门内那家号称有18种最具特色的平遥小吃的饭庄用餐,吃到一半停电了。店家手忙脚乱的,到处找蜡烛,客人抱怨声一片。嗨,这可难不倒我,谁让咱是资深的户外老驴呢。我立马拿出户外用的头灯,揿亮,戴在头上,来

平遥美食

个头灯晚餐，当即把邻座羡慕得直吧唧嘴。那叫一个酷哟，儿子可高兴了。

说到面食，近几年我可吃了不少。在成都，吃了担担面、勾魂面（担担面分量太少，我一次得吃两份）；在兰州，吃了正宗的"尕老汉"牛肉拉面；在上海，吃了阳春面；在镇江吃了锅盖面；在武汉，吃了热干面；在北京，吃了炸酱面；在新疆禾木，我吃了一大碗拌面，把我撑得哟……最难忘那次在敦煌吃驴肉黄面，儿子接到了中国传媒大学导演专业的录取通知书，给我打电话报喜，我一高兴，请临时认识的两个天津大学生吃驴肉黄面，那顿饭吃得那叫一个爽！

今天，我们去乔家大院。

乔家大院离平遥古城很近。旅馆里有告示牌，拼车的话从平遥到乔家每人才 50 元，还是来回价。但我们今天时间充裕，我决定按最省钱的方式，坐班车去。

出了古城北门，再往前走一点，右转 100 米，左手边就是长途汽车站。

在开往榆次的那条线上，买了到东观的票，两个人 26 块钱。到东观之后，打的到乔家，10 块钱。在平遥北门的时候，有出租车司机一直跟着我们，两人 70 元，直接拉到乔家，我没干。70 元和 36 元比，多花 34 块钱呢。儿子有点不屑，意思是为省那点钱，多走 2 里路，浪费近 1 个小时。嘿，我说儿子，咱今天时间充足，不赶点。况且，两人闷在出租车里怎么跟人交流，怎么领略民风民俗啊？旅行，不要以观景为唯一目的，路上的时光其实也很有意思呢。

乔家大院，游览用时 110 分钟，有照片为证，略去不表。

我想说的是，那个乔致庸可真有钱。不是一般的有钱。那乔家大院里，随便给我一间房，就够我吃一辈子的了，再给我一间，就能让我周游世界了。纵观史上的巨商大贾，无论是徽商、晋商，还是浙商、闽商，成大业者，无不注重交结官府，互为利用。古今通律，概莫能外。乔家的萧条和没落，最后还是缘于官方银行的兴起，挤兑了票号的生意。官家有了自己的生意了，谁还理你呢，你就自生自灭吧。

2012 年 6 月 25 日　晴

有一句话说得好：不出门的人，以为眼前就是世界；只有走出去，才知道原来世界这么大、这么丰富多彩。反观自己的生活，才知道你处在什么样的坐标。

走千走万，最后还是发觉自己生活的这个城市最好。尽管平时对她有这样那样的不满，但比较后才发觉她干净、舒缓、不大不小、物质丰富、空气清新、生活安逸。这是我和儿子共同的结论。

今天，是在山西流浪的最后一天。我和儿子去晋祠。

晋祠是一个公园，在郊区，通公共汽车，火葬场过去就是。对晋祠，没什么好说的。我和儿子大部分时间坐在廊亭里聊天。

下午2点半，该是我去机场、他去火车站的时候了，他先送我上公共汽车。车开了，远远的，我看见他高高的、单薄的身影站在人群中向我招手，我心中还是有点不舍。人生，会遇到很多困难，我想替他扛也扛不了，那漫长的路必得他自己走。我愿山西之行能使他悟出道理：把人生当成一次旅行，不在乎目的地，只在乎沿途的风景。

一个人和世界的艳遇

YIGEREN HE SHIJIE DE YANYU

领队手记

一 个 人 和 世 界 的 艳 遇 · 领 队 手 记

川西:登顶四姑娘山二峰,故事连着故事

这次川西之旅,没想到会有那么多的剧情:历经艰难,成功登顶;下撤中遭遇队友受伤,紧急救援;最后从民航的飞机上拆了9个座位,将躺在担架上的她送回家乡。

坐标

四姑娘山位于四川省阿坝藏族羌族自治州小金县与汶川县交界处,离成都245公里。山脉由四座连绵不断的山峰组成,它们从北到南,一字排开,海拔高度分别为6250米、5355米、5279米、5038米。四座山峰长年被冰雪覆盖,犹如头披白纱、姿容俊俏的少女,屹立在长坪沟和海子沟两道"银河"之上。四姑娘山雄峻挺拔,山体陡峭,冰雪覆盖,银光照人。山麓森林茂密,绿草如茵,清澈的溪流潺潺不绝,人称"东方的阿尔卑斯"。

由日隆镇海子沟口至二峰峰顶,全程大约24公里,上升高度为2100米。一上一下,一般需要2天。第一天徒步或骑马到大本营宿营,第二天凌晨冲顶,当天返回日隆。大本营到峰顶路段没有冰裂缝,驴友重点要注意防滑坠,防冻伤、晒伤。冲顶要求队员无高反,有较强的体能。二峰线路是强驴攀登雪山的训练线路,但对一般驴友来说,难度是相当大的。

这条路通往日隆。

登顶

这次攀登二峰，我们一共有 6 个人，3 男 3 女。其中 3 个和我在同一座城市，2 个是在网上拼的。6 个人中，20 岁的青椒和 26 岁的小陆是新驴，但这 2 个新驴表现不俗，最后都成功登顶。

4 月 26 号中午，我们在成都双流机场集合，简短交流后，乘事先联系好的越野车前往日隆。当天到达日隆，住在向导小胡安排的客栈里。

为节省体力，我们选择骑马到大本营。第二天上午，在景区管理处每人交纳了 150 元资源费，办好进山手续，我们跨鞍上马，踢踏踢踏进入海子沟。这个时候，我们每个人的心情都是轻松愉快的，对登顶二峰充满了信心。途中，我们一路欢歌，藏族马夫五阿哥也给我们献上了一首藏族民歌。在锅庄坪等地，我们数次下马照相，这样那样地摆 pose。

来之前，我对大家说，这次我们要把川西之旅变成文艺范儿的旅行，要拍出

骑马往二峰大本营。

美照,羡煞家里的驴友,所以几个美驴都带了花花绿绿的衣服。

下午 4 点,顺利到达二峰大本营,住在那座著名的简易房子里。房子里一溜木板床,床上简单铺了一层防潮垫,睡袋是我们自带和从日隆镇租来的。大本营四周全是雪,放下行李,我们就去山岗上拍照,各种得瑟。

这个时候,西安来的非凡已经有高反了。大本营海拔 4200 米,在上大本营最后一段下马步行的时候,他的脸色就不好看了,而且出现了头痛、呕吐症状。他躺在小屋里的木板床上,辗转反侧。

晚上,非凡数次呕吐。吃晚饭时我端了一点萝卜汤给他,他难过地摇摇头。他说:"队长,我好难受,要死的感觉。"我摸摸他的额头,没有发烧,就笑着说:"你死不了,下了低海拔你就活蹦乱跳的了。"高反这东西,我有经验的,只要没有感冒引起的这个肿、那个肿,或者其他并发症,下到海拔 3500 米以下就一点事都没有了,不必过分担心。

8 点钟就开始睡觉,为了蓄养体力,我强迫自己入睡,很快就睡着了。不过中间数次被冻醒。最烦人的是,夜间起来小便 2 次。这里夜里起来小便是要人命的节奏啊。

凌晨 2 点起床,吃饭打尖,3 点动身登山。非凡没体力了,他躺在床上等我们，我们 5 个配好装备跟着小胡和另一个向导出发。之所以用 2 个向导，就是为了预备中途有人下撤，能够兵分两路。

Y 和海天走了不久就下撤了。Y 有轻微的高反，出发时嘴唇是紫的；海天还可以走一段，但是她不愿再占用一个向导，拖累能冲顶的人，就和 Y 一起下撤了。剩下我、青椒和小陆。

我知道登四姑娘山二峰对于一般驴友挺难的，但我没想到会这么难。走啊走啊走啊，累得不行了，向导说才过了 1/3 呢。我问，垭口快到了吗？向导说，平台还没到呢，垭口早着呢。哎哟喂，这是要死人的节奏啊。特别是几个危险路段，稍有不慎，就会滑坠悬崖。难与险，就像一对孪生兄弟，形影不离，交叉鬼缠着我们。不过，我是有信念的，我一定要登上二峰，拍到精美照片。我绝不下撤。

但是，3 个小时之后，小陆不行了，小陆腿软了。在向导几次说“还远呢”“还早呢”之后，小陆动摇了。

据说这个坡叫作好汉坡。

“队长,我走不动了,实在走不动了。我要回返了。”小陆带着哭腔说。

我把水递给她喝。我说:“我看过别人的游记,只要你不下撤,哪怕走慢点,哪怕一步一喘,总能登顶的。你现在就是有恐惧心,你想到还有那么长的路要走,你害怕。你看我多大年龄了,我比你体力差,但是我不恐惧,你还恐惧什么!你一定要战胜自己,千万不要半途而废。”

小陆不说话,良久,她说:“队长你先上吧。”

好,我就先上了。据说,那个地方叫好汉坡,又陡又长。我上到很高的位置,小陆在下面叫:“队长,我实在上不去了,我要下撤了。”

这个时候,我骂人了。我高声说:“小陆,你给我听好了, 你现在下撤,你就是失败者、懦夫!你战胜不了自己,你被恐惧吓破了胆,以后不会有出息的。半途而废,你一生都会后悔的。你要下撤,可以,我让向导跟你撤,我和青椒跟别的团队走。但是你记着,你以后永远不要跟我玩户外了,我不会再带你的。”

小陆撇撇嘴,想哭没哭出来。她站起身,拍拍屁股上的雪,一声不吭又往前走了。

我知道,姑娘,你很不容易,我怜惜你。我不是真的要骂你,我就是要激你。人不激,不成器。事实证明,这个时候激她是很正确的,她最后上去了,上得比我还快。她会感谢我的。

就这样一直走,一直走,走到了平台。走到平台的驴友已经寥寥无几了。据说我们当天出发 40 多人,到达平台的只有十几个。

到达平台时,天光大亮,太阳出来了,壮美的雪山风光呈现在我们面前。天是那么的蓝,云是那么的白,雪是那么的纯净,空气是那么的透明——眼前的一切,美得让人喘不过气来。为这样的美景,所有的付出都是值得的。怪不得前辈说,绝美的风景往往出在绝境,真的一点儿也不错。

有人不解地问英国登山家乔治马洛里:你为什么登山?答:因为山在那里。初听起来,这话不太符合逻辑。但是,登过山之后,用心去体味,就能咂摸出一点味道。“因为山在那里”,只能去意会,不能去解读。

走啊走,走到了垭口。前年,我们俱乐部的一个驴友在这个垭口拍了裸照。我说青椒你拍裸照不?青椒说,他要到顶峰拍裸照。从垭口回望,雪峰傲立,云海翻腾,如在仙境。昨夜睡在木板床上,我还在想,这些年我浪迹天涯,登山潜海,苦苦追寻,到底在找什么?现在我明白了,我在找人生的制高点。在这个制高点上,你俯视红尘,透视人生,就像一个伟大的作家,既体验着生活,又高悬着一双慧眼,剖析生活,带着微微嘲讽的神态。站在制高点,你鸟瞰着尘世间的一切,对

到达平台，天光大亮。

那些追索、挣扎的方向与结局了然于胸，你活着，却已超越了生活。可以说，没有制高点，就没有洒脱的人生。

在垭口稍事休息，继续冲顶。这里离顶峰只有300米了，但是，这300米完全没有路，景区管理处架设的钢丝绳被雪埋住了大半，我们只能摸索着前进。体力已经到达了极限，一步也不想动。这里的氧气只有山下的2/3了。

青椒说他想呕吐，我也想。

这时候变天了，顶峰云遮雾罩，能见度很低，上去了也拍不到好照片。我有点动摇了。但是我不好意思说下撤。我试探性地对两个年轻人说："现在我允许你们下撤了。你们要是不想上，就在这儿等我，我上去马上就下来。"其实我心里希望他们说："队长，咱们都撤吧。"但是他们没说。他们说的是："都到这儿了，咱们一起上吧。"得，我硬是被他们给逼上去了。这两个年轻人，我爱他们。

之前是五步一喘，现在是一步一喘。幸运的是，上午9点半，在起风之前，我们终于登顶了。当天登顶8个人，5女3男，在顶峰相聚。顶峰很小，8个人挤挤巴巴坐着，刚好把峰顶坐满，向导们就只能站着。

8个人中，有一个女的，叫煦煦。她从大本营出发时就嘴唇发紫，喘得厉害。但是她坚决不下撤，虽然走得很慢，可是一直面朝前进的方向。向导将绳子一头系在自己腰上，一头系在她腰上，拉着她。但是她最后登顶了，登顶后连说话的力气都没有。这样的女人，真让人钦佩。

在顶峰只待了10多分钟，我们就下撤了。天气突变，大雪纷飞，据说这样的风能把200斤的大汉吹下悬崖。下山4个小时的路，我们大部分是坐在雪地上秃噜下来的，实在不想走。我的一条9成新的冲锋裤屁股上被石片刮出了数条大口子，走光了。小陆不断地问向导：怎么还没到？怎么还没到？我说你不要问，只管往前走。看起来你一步也走不动了，但是如果需要，你还能连续走几个小时。真的，人的潜力比你想象的要大得多。这次登二峰，我有一个重要的收获或者叫领悟——只要人的精神不垮，没有过不去的坎，没有克服不了的困难。

二峰的峰顶很小，大家挤挤挨挨坐着，最左边是煦煦。

四姑娘山二峰，让我的人生上升到一个新的层次，不因那个高度，只因敞亮感悟。

但是，更严峻的考验还在后面呢。

救援

我们回到大本营，看到人去屋空。其他队的驴友早就回镇上了，海天也陪高反严重的非凡回了日隆，留下Y在等我们。我把自己放倒在床板上，一动也不想动。Y说：“你们太厉害了，我好佩服你们，我要给你们每人一个拥抱，免费的。”“哎哟喂，还是别抱了，我还得坐起来，要命哦。”我哼哼唧唧地说。

Y给我盛了稀饭，给我夹了榨菜，把筷子递到我手里，我好歹喝了碗稀饭。稍事休息，骑马回程。还有4个小时要走哦。这个时候，我无比渴望能泡个温泉，美美地睡上一觉。不知明天去丹巴还能不能玩得动哦。

骑了不到 1 个小时,突然看见前边 Y 和小陆的两匹马受惊了,飞快地往前跑,就听 Y 啊的一声,貌似从马上摔下来了,小陆使劲儿勒住马缰,但是那马儿根本勒不住,飞身越过谷底,又跃上一座山梁,不见了踪影。

坏了,要出事!

我和青椒到跟前时,看见 Y 躺在山坡上,一动不动。问她哪儿疼,说是腰疼。我和青椒试着扶她坐起来,但是她疼得叫我们赶紧放手。雪在猛烈地下,这里是风口,气温极低。我脱下冲锋衣盖在 Y 身上。

马夫去追小陆了。一会儿回来,小陆没事,我松了一口气。

我对马夫说,Y 的腰受伤了,你赶紧找人弄一副担架抬她下山。马夫说,我们轮流背她下山不行吗?我说,她的腰可能伤到骨头了,不能背。

马夫骑上马飞快地向大本营方向去了。

我知道,这下麻烦大了。这里前不着村后不着店的,电话也没有信号,下山找救援要 3 个小时,救援的人上来要 3 个小时。6 个小时下来,冻也把人冻死了。Y 躺在潮湿的地上,极容易失温。我和青椒不断踏步都冷得受不了, Y 更是受不了。这是要命的啊!我忽然间感到死神像一块巨大的阴云,在逼近,在逼近。

急中生智,我想起了睡袋。我让其他马夫把我们的睡袋解下来,给 Y 套了 2 床,我和青椒各裹了一床。稍微好点了。

脑子飞快地转圈,怎么办?怎么办?我想起了四姑娘山景区管理处,就像抓着了一根救命稻草。进山交资源费的时候,我和他们签的有协议,协议上有电话号码。

但是电话打不出去。

时间一分一秒地过去,天越来越暗。我想到了最坏的结果,就是没有人来救援,需要我们队员和马夫、向导自己扎担架,自己抬伤员下山。我和青椒、小陆体力已快崩溃,但是必须这样的话,也要扛住、坚持,绝不能任由伤员在这儿失温。

好在马夫很快喊来了七八个采药人。虽然下着大雪,仍有山民在深山里采虫草、菌菇。都是乡里乡亲的,一听马夫招呼,二话不说,放下手里的活计就来帮忙。谢天谢地!大家迅速用两根粗一点的树棍做主杠,用几支登山杖做横杠,扎起一个简易担架。然后把 Y 连同睡袋绑在担架上,发一声喊,抬起来就往山下走。我们骑马跟在后面。(后来我问马夫,出力的这些人给钱了没有,马夫说,给啥钱啊,都是乡亲。真是淳朴啊!)

3 个小时后,将 Y 送到镇急救中心。急救中心医疗设备不足,又从小金县医院要了一辆救护车，把 Y 拉到县医院拍片。确认是第一节脊椎骨骨裂，需要卧床静养 2 个月。没伤到脑子，没伤到神经，万幸啊！

那天晚上，是海天和非凡陪着伤员到县医院检查的。我累得实在不行了。非凡从大本营回返，下到海子沟保护站就完全好了，在保护站呼噜呼噜吃了一碗方便面，那天就他精神最好了。

出发前，我们都买了美亚"神州行"保险。美亚接到我们电话报案以后，电话调查了县医院的急诊医生、马夫，要了诊断书等材料(拍成照片传到邮箱的)，很快做出了理赔决定：派了两个医护人员、一辆救护车将 Y 从日隆送到成都机场，从民航飞机上拆了 9 个座位，将担架抬上飞机。又安排救护车从合肥新桥机场把人送到家。两名医护人员一直跟到家，态度温柔，办事麻利，非常专业。当然，这是后话了。

第二天早上 7 点半，我挨个敲门，通知队员下楼开会。睡了一觉，我恢复了体力，膝盖也不疼了。而且居然没感冒。我没想到我会有这么大的潜能。这让我重新认识了自己。

开会决定：副队长海天带着非凡、青椒、小陆继续预定的行程，去丹巴、牛背山、海螺沟。我留下来看护 Y 并等待 Y 的亲属飞过来；协调马夫对 Y 的赔偿，同时联系保险公司将 Y 送回家。如果有时间，就去追赶他们。

日隆镇长坪村白海螺客栈，我在这里多待了 2 天。Y 的亲属很快飞过来，保险

公司也定了伤员回家的飞机航班。困难的是协调马夫对 Y 的赔偿。马夫没牵好马，他是有责任的。可是他经济条件很差，挣几个小钱很不容易。而且他及时组织救援，这两天又嘘寒问暖，极尽殷勤，在道义上不亏，也没有任何逃避责任的意思。协调他的赔偿，是个技术活，更是个良心活。Y 的亲属是个非常善良的人，她也不忍心多要对方的钱，反而还给马夫的老母亲几百块钱（当然，人家没要）。最后，定了个双方都基本满意的赔偿数额。

等一切都安排好，看看没我多少事儿了。我告别 Y，继续我的行程，去往牛背山。我仅有时间在牛背山待一个早晨，但是这个早晨我看到了难得一见的云海。那如同仙境的、美轮美奂的景色是对我多天劳累的最好奖赏，将我的情绪再一次推向了高峰。

牛背山的骑行客

大西北:一半是风花雪月 一半是历练修行

旅行是一场修行。

人的修行有多种方式,坐禅、面壁是修行,素食、斋戒是修行,饱浴苦难、力挺河山也是修行。但迄今为止,我所认为的最好的修行是——在路上。在路上认识自己,在路上感悟人生,在路上学会包容和解决矛盾,人格、修养、能力都获得提升。

盐湖之舞

2015年7月，我组织了一次大西北精品线路自助游（西宁—青海湖—茶卡—敦煌—张掖—门源—西宁），初衷是约几个朋友一起自驾，谁知朋友带朋友，朋友的朋友又带朋友，一弄弄了个30人的庞大团队。网上说天秤座的人天生学不会拒绝，我信了。

我有点骑虎难下。我真害怕带不动这个团队，路上遇到过不去的坎，导致崩盘。如果在千里之外，因为领队能力的问题，大伙儿无奈散团，那该是多么丢人现眼的一件事儿啊。

事已至此，后悔也晚了。我只好顺水推舟地把这一场旅行当成了一次不期而遇的修行。就看看自己可有那份耐心、可有那份涵养、可有那份担当把队伍带好。我豁出去把自己的忍耐力放到极限，决心一路上不正面批评任何一个人，对所有人的需求尽力满足，让大伙儿玩得开心。

2015年7月16日，我们的旅行在一场瓢泼大雨中从伸向远方的铁轨开始了。

一

必须说明一下，我们这支团队，女性占绝大多数。30人中，除了司机苏师傅，男的只有5个，其中还有一个是带妻子同行。女人占主导的团队，有个很大的优点，就是发生矛盾时一般不会暴打队长，这让我稍稍松了口气。

临行前有朋友提醒我，带一群女人出行，你必须和每个人保持同等的距离，你要是对某一个人或某几个人好，对其他人表现冷淡，哼哼，那你就死定了。嘿嘿，这个我懂。

16号下午我们在淮南火车站集合，大家打个照面，有认识的，也有不认识的，都很面善，我心中暗喜——都是正常人，那就好说。

火车一天一夜到西宁，一路打牌、聊天、做瑜伽，感觉一点儿也不闷。虽然列车晚点了100分钟，但有旅馆的人去接我们，住下还不算太晚。

我们订的“青青·青年旅社”在一个小区的六楼，没有电梯。刚到楼下，我就听到了抱怨：“这么高的楼，没有电梯，叫我们怎么把行李箱拿上去呀！”不要紧，不要紧，这个好解决。“拿不动的放在楼下，待会儿几个男的下来给你们拎。”

我们包下了这间青旅的全部30个床位。有一个四人间、一个六人间、一个八人间和一个十二人间。之前我心里预分好的，四人间给2个小孩和她们的母亲（小孩调皮，住大间容易打扰别人的休息），六人间男的睡，八人间给2个四人小团体，其他人住十二人间；年长的睡下铺，年轻的睡上铺。但是我还没进屋，有人就抢先“占领”了四人间。先行后效，后来者很快占领了各房间的下铺。乱了，全乱了。几位大姐来问我她们住什么地方，我无奈地摊摊手：“您随便找个铺吧，要是实在爬不动上铺，我再给您调。”

如果说，这样的小乱还只是小事，第二天住黑马河湖边帐篷真的是让我头疼死了。

在说黑马河住宿之前，我必须先说一件事，就是黑马河青旅老板小凡“掉链子”。亲们都知道，30人的大团队自助旅行，又正值青海湖周边旅游最旺的季节，住宿必须提前预订。这次我们路途中住的6家旅馆，是我看了很多人的游记攻略，在网上反复比较订下的，全都预先打了订金。出发前一个星期，我又一一打电话提醒、确认。但是在确认到黑马河青旅时，老板小樊很茫然，说不记得我订

大美卓尔山

了 18 号晚上的 30 个床位了。哇咔咔！您不要吓我哦！我把汇款信息截图给他，又把我俩对话的信息截图给他，他才如梦方醒："我忘记这事儿了，哥，对不起。"

好吧，忘了不要紧，谁都有忘事的时候。"那你现在就赶紧给我安排吧。"6 个小时后，在我一再电催下，青旅的前台客服石头对我说："尊敬的那马哥，我抱歉地通知您，经全力协调，我们只协调出 14 个床位，无法满足 30 个人的住宿要求。对于给您带来的不便，我们深感歉意。"我汗！我汗！我汗汗汗！"那你叫我其余 16 人住哪儿？"石头沉默了好大会，说："我们老板有个朋友，新开了一家帐篷旅馆，有 70 间大帐篷，要不我们安排你们住那儿好了，条件很好，两人一间帐篷，就是不能洗澡而已。"我考虑一下，答应了。人家忘了安排，现在给你补救了，能将就就将就吧。人在江湖，混事不易，大家互相体谅点。

18 号那天，我们的大部队先后"扫荡"了塔尔寺、日月山倒淌河、青海湖二郎剑景区，一路经历了塞车（车可真多啊，神龙见首不见尾），晚上 11 点才到达黑马河。打电话给小凡，他说"马上有人来接你们"。可是等啊等，等啊等，迟迟不见

卓尔山风光

人来。我又电催,他说:“还没到吗,我催他,马上就到。”队友都急了。又过了一会儿,还不见人来。我又电联小凡,他说你们往回开,过了桥有个大牌子,牌子底下有人打手电一闪一闪的,就是接你们的人。哎呀,我们往回开……总之反反复复,反反复复,过好久总算到达了帐篷旅馆。

就在我导引苏师傅把车开进草原里的时候,我亲爱的女队友们,自行跑去把帐篷都占了。

老板说,帐篷不够,你们必须睡一个八人帐篷。我说不对啊,说好的全都是二人帐啊。“必须睡一个八人帐”,老板的语气不容置辩。我说,我们男的总共才6个人,你叫2个女的来跟我们混住,谁愿意呀!这不是要我的命吗?我打电话给小凡,小凡表示也没办法。我说你过来一趟,我们现场解决,他说我在外地呢。我就无语了。

这边有几个人住不下去,那边苏师傅来找我:“队长,这草原里不能泊车,一下雨肯定陷,明早开不出去就完了。你赶紧跟老板讲,叫他安排人带我去外边泊车。”我正要去找老板,外边有人叫:“队长!队长!我的行李箱被谁拿错了,我的行李箱被谁拿错了!你快出来!”我出去把孤零零剩在车边的一个行李箱拎进帐篷,跟她说,你喊一嗓子,看谁拿了你的箱子,反正都是我们的人,不会有外人拿。这厢还没处理完呢,那厢小夫妻来找我,说:“队长,我们最好住一块儿,你跟老板讲讲,给我们匀一顶帐篷,我们另付费都可以。”

我有胆囊炎的老毛病,一累一急就犯。今天真累了,也真急了。

深夜12点半,总算把人全部安顿好。有几个小姐妹3个人挤一顶帐篷,腾出了2顶帐篷,这样男女就不需要混住了。要不然的话,叫谁出来混住都是头疼的事。

草草吃了一盒自热米饭,又吃了消炎药,我睡了,决定明早不看日出了,牺牲风景保证身体。

二

出行之前,我对我们这一趟行程大致有一个整体的期望和设计,那就是:我们的旅程,必须是一个快乐的旅程,一个和谐的旅程,一个相互结下善缘的旅程,一个有所收获的旅程。从这两天的情形看,和谐被打了折扣,善缘也很难结下。没有礼让，就会造成矛盾、滋生怨怼，我的美好的预想就会付之东流。这个局面必须改变。

所以，早上起来往茶卡盐湖去，趁着堵车的时候，我跟大伙说了几句话：

“我很累。胆囊炎犯了。队长不好当，我现在后悔得一塌糊涂。”大家伙都笑了，气氛轻松下来。

“昨天大伙没睡好，我知道。夜里一伙自驾客在草原上喝酒唱歌看电影，我也是一宿没睡。早上5点他们去湖边看日出了，我才勉强睡了一个多小时。住宿没安排好，对不住大家了，责任在我。”

“但是今天，我保证给大伙安排好住处。”我接着说，“今天我们住大柴旦西海宾馆，虽然说不上多么高大上，但是是正规宾馆的标间，能洗澡，能充电，大伙儿放心。住青年旅社和帐篷省下来的费用，全部用在解决自费景点的门票，不让大伙吃亏。”

费用问题，看起来大伙都温情脉脉地不讲，其实是个极其敏感的问题，是矛盾导火索，你必须在费用上清清爽爽，给大家明白，给自己清白。

“大家跟我出来旅行，是我的荣幸。不过，我也是有规矩的。”说到这里，我就

敦煌雅丹

严肃了，收敛了笑容。“住宿，我们按年龄大小来领房间，大姐们最先，其次是孩子。不要抢房间，不要计较楼层位置。我们礼让老小病弱，大家说这样行不行？”

“行！”几个人大声附和。好，事情就这么解决了。

这里我要说一句，2015 年青海湖沿线是旅游大热的一年，从塔尔寺、二郎剑、茶卡盐湖，到祁连、门源，一路堵车。我不知道全国的游客为什么突然集中到了这里，就我身边的朋友，夏天在微信里晒青海湖旅游照片的不下 20 人。人多，接待能力有限，住不上店、吃不上饭是很常见的。这就显出我提前预订的“英明”了。除了青海湖青旅，我订的酒店都很不错。

从茶卡，到玉门关、雅丹，再到莫高窟、鸣沙山月牙泉，一路过来，大家玩得很嗨。男队友，个个都是专业级摄影师，女队友，个个都是带了七八套衣服的得瑟狂，“烈火干柴”，一拍即合。呵呵，你就看吧——相机基本上处于连拍状态，像机关枪一样哒哒哒，QQ 和微信群里，臭美的照片满天飞，老的、少的都达到了忘我的境界。

在行车途中，我们有专门的主持人，给大家讲故事、抖段子，引导大伙儿唱歌、诗朗诵，还有瑜伽教练带大家活动身体。可以说，一路笑声朗朗不寂寞。

不过，玩得忘乎所以了，就出现了一些小枝节——有人在玉门关越过栏杆到禁区内拍照，被工作人员罚了款；有人在雅丹进入禁区拍照，被我发现喊出来了；有人在景区扔了矿泉水瓶子。司机苏师傅那晚跟我说：“你跟你的人讲讲，车里不要把脏餐巾纸丢在地上，不要把果汁洒在座位上。”

这一天，是从敦煌到张掖的 680 公里长途奔袭。在车上，我跟大伙说了这么一番话——

“今天，我跟大伙聊个话题，就是什么是先进户外文化，怎样践行先进户外文化。”

咦，我说话的时候，队友都抬头了，过去我说要注意安全、保管好证件钱包，大伙儿各干各的事，根本不认真听。

“什么是先进户外文化？我理解其核心内容就是：坚强、勇敢、超越，互助、审美、分享，敬畏、尊重、环保，等等。

“人世艰难，我们都承担了很多责任，承受了很大压力，快乐不易。而旅行和户外带给了我们快乐。我不知你们有没有这种情绪体验——当我们快乐得忘乎所以的时候，有时候会有一种心虚的感觉，觉得快乐缺少灵魂，显得没有底气。

“有这种感觉，是因为快乐只是单纯的快乐，过于个人化。太过个人化的东西，缺少实际意义，所以使人心虚。

“换句话说，如果我们在旅途中坚持践行先进户外文化、弘扬正能量，我们的快乐就有了灵魂，就会充实得多。

“大家回想一下，到目前为止，我们有没有做有悖先进户外文化的事，有没有坚持一路弘扬正能量。如果有所不足，我建议大家立即改正。

“司机苏师傅，作为我们团队的一员，为我们安全准时到达付出了心血。不错，我们是雇佣关系，我付给他钱，他为我服务。但是我们又不仅仅是雇佣关系，我们还是互相尊重和体谅的关系——他体谅我们的旅途劳顿，我们体谅他的挣钱不易。尊重和体谅是人性的应有之义。我们能不能在车上的小垃圾桶满了之后，利用停车休息时主动去倒一下，能不能把果皮纸屑先找小袋子装一装，下车带走，避免垃圾桶溢出？践行先进户外文化，让我们从细节小事开始，可以吗？”

“可以。”队友们大声回答。

三

孟德斯鸠说，人生来就有的欲望都不是罪恶的。

旅行前辈说，人在旅途中的正当需求都应该得到满足。

这趟旅行，我们人品大好，一路阳光灿烂。快到张掖市，下了点小雨，我心说，坏了，七彩丹霞的日落看起来要泡汤了。幸运的是，当我们抵达丹霞景区的时候，云开雾散，漫天飞霞，让我们目睹了丹霞的辉煌色彩。然而，有两位摄影师队友为拍到日落的最后一瞬，在集合时迟到了。

我一路都在强调守时，强调“守时是对大家的尊重”。虽然这两个摄影师是我的朋友，我也不能不批评他们。

我说过，出发前我就下定决心，绝不正面批评任何一个人。谁愿意被批评啊，我自己也不愿意。想了半天，我决定委婉点，提醒提醒算了。

“今天有人迟到了。”我艰难地选择措辞，“迟到了 25 分钟。作为摄影师，我理解他们，毕竟，千里迢迢而来，赶上个壮美的丹霞日落不容易。我要不是队长，我也会再坚守一会儿，等待最辉煌的光线。”

“但是，我要是这位摄影师，我会不吝啬跟大伙儿说一声‘抱歉，让你们久等了’。”

虽然我极力说得委婉，可我还是感觉到，气氛一下子凝重了。

景色如诗如画

这时候,“政委”李大东接过了话筒(我很感激大东的补台),他用一贯的连讲话带手势配合的风格说:“大家都是来寻找快乐的,那马队长带我们出来,做了很多工作,很不容易,我们应该感谢他。看我们玩得多开心,今天不少人在夕阳下跳起来拍照……”嘚吧嘚吧嘚吧……这样一打岔,这事就这么过去了。两位摄影师说了“sorry”,大伙儿也没责怪。

肯定有人会疑惑,你们队伍里怎么还有政委呀?对了,我们不仅有政委,还有副队长呢。我一个人带 30 个人,哪能带动啊。出发前,我就跟大东和版纳商量,请他们一个担任政委,负责拍照、服务、安抚人心,一个担任副队长,管吃饭结账、收队、招呼司机。事实证明,这俩人我选对了。大东是个热情如火的人,充满了激情(他网名就叫“激情”),一路上乐此不疲给大家拍照,指导队友摆 pose,千方百计让大家开心。副队长版纳,人很低调,有亲和力,你总是看到她在默默刷碗,收拾垃圾,做一些别人不愿意做的琐事。她在车上的座位一挪再挪,挪到了最后一排,让大姐姐坐到前边。我清楚地知道,无论什么时候,她都可以托付,因此她给了我带好队伍的信心。

前辈说,一个好队长,要洞察每一个队友的需求,并予以尊重和满足。好吧,我试着去洞察。

七彩丹霞

那一对小夫妻，提出来要住在一起。可是他们住一起我们就会出现单男单女，不好安排。也许有人会说，在外旅行，就那么几天，克服克服就过去了，干吗非得住一起。我心里不这样想。他们要住一起，有可能因为俩人都内向，又跟其他人不熟，和陌生人住一起会焦虑、局促。这一点，你得理解。所以，能够调房间的话，我尽量安排他们住一起，实在不可调，他们自费开房，我就帮他们和老板讲价。

那几位婆婆级大姐，在如花似玉的姑娘少妇面前，多少有点担心被冷落，所以到景区拍照，我得主动给她们多拍点，不让她们被忽视。

那位瘦弱的中年女教师，据说是深受学生喜爱的优秀教师，两年前动过大手术。我得多注意她。这样的人，把集体看得大，把个人看得小，一般不提个人要求。但是不提出要求不等于没有要求。我必须要主动点。

那位“安静的美男子”摄影师，喜欢自己琢磨拍照片，不喜欢扎堆。那就尽量不去打扰他，让他安安静静拍好大片。

还有在旅馆差一点丢失手表的女士，那手表是女儿送给她的珍贵礼物，我得急她所急。

还有孩子……

还有母亲……

洞察每一个人的需求，我做得还不够。有一些需求我未必能够体察出来。但是我做到了对每一个需求的尊重和理解，并尽量去满足正当需求。旅行，丰富了我的情感世界，锻炼了我对人性的体察，这是我始料未及的。

一个人和世界的艳遇

YIGEREN HE SHIJIE DE YANYU

边走边想

一 个 人 和 世 界 的 艳 遇 · 边 走 边 想

两位驴友关于河南郭亮村的对话

某一年的仲夏，户外爱好者一行 28 人驱车来到河南省辉县郭亮村驴行。这次我们到郭亮，下车看的第一个风景是绝壁上的长廊 。这条长廊高 4 米，宽 6 米，长 1300 米，是 20 世纪 70 年代郭亮村书记申明信带领 12 个村民用 6 年时间用钢钎和大锤开凿的，共用掉 12 吨六棱钢钎，打烂 4000 把八磅大锤。由此，郭亮村才告别了极度封闭的状态。郭亮人能过上今天这样的日子，老支书当居首功。

"在坚硬的岩石中开凿出这样一条坦途，要付出多大的劳动啊。"猛驴那马和美驴星星雨边赏景边发感慨。

星星雨：12 个人干了 6 年哪，天哪，换了我早不跟申支书干了。

那马：申明信这个人了不起！有坚强的意志和常人难具的吃苦耐劳精神，还有足够的威望。

星星雨：我想象这个人，50 多岁，黑脸，满脸皱纹；话不多，但性格倔强；活干得比别人更多，村民既心疼他，又畏惧他。

那马：你是照陈永贵的样子来想象他的，还有史来贺。这些人，都是中国乡村的能人，或者叫精英。他们文化程度不高，但能量惊人。

星星雨：还有吴仁宝、申纪兰等。

那马：我很佩服他们。在一定程度上，他们主导了中国农村发展的模式和走向。比如，大寨主导了 20 世纪六七十时代，华西村主导了当今时代的新农村建设。

星星雨：他们在当地具有极大的威信和影响力，心术正的，可以带领一方走上现代化之路，心术不正的，就可能为害一方。

那马：比起他们，我们这些文化人真是无用。

星星雨：你的寓意是他们没有文化吗？非也。你可以说他们没有文凭，但不可以说他们没有文化。实际上，他们所表现的生存智慧、政治才能、斗争精神是课本上学不来的，他们的文化比我们层次要高。

那马：说得好。南街村的墙上写着"傻瓜种瓜，种得傻瓜；只有傻瓜，救得中华"。朱咸来有句名言："只要精神不滑坡，办法总比困难多。"细究起来，这些话里有很深的意味，是没有文凭的人说的极具文化色彩的"村话"。

星星雨：(笑)这话听起来有点像绕口令。你说的意思我明白，就是跟这些老农比起来，我们这样的读书人显得好无用。

那马：显得好渺小。在意志品质上，我们不如他们。他们有改天换地的坚定决心，我们没有。我们是在夹缝中随波逐流的可怜书生。在人格魅力上，我们不如他们。他们总是先人后己，在村民中享有崇高威望，振臂一呼，应者云集。我们内心深处计较名利，伪饰矫情。在政治智慧上，我们不如他们。陈永贵即使贵为副总理，每年还要回大寨劳动200多天。我们呢，当了个班组长就开始"翘尾巴"，脱离群众；被人诟病，还说诟病者是小人。

星星雨：(笑)很形象，说得太好了。

那马：(笑)看来你当过班组长。

星星雨：没有呀。你讲到政治智慧，我想到了李佩甫小说《羊的门》中的那个村支书。那人帮过好多"文革"中落难的高官，后来他们落实了政策，他却从不找他们办事。越这样，高官越不安，都争着主动给他拨款上项目。有一个农大教授，也落难了，村里拿钱支持他搞研究，等他有了点成果，立即问村里要专利费。后来支书就躲着不见他了，研究也没法再搞了。一个是教授，一个是农民，哪个高啊？

那马：百无一用是书生哪。

星星雨：所以说，不能看谁是博士就毕恭毕敬，看谁是农民就瞧不起。农村中的精英是值得尊重和研究的。

那马：是啊。从某种意义上说，是申明信这样的人创造着中国乡村的历史，左右着中国乡村的状态。上层从他们那儿欣喜地发现了解决中国农村问题的方法，制定政策大多以他们为参照。他们对中国这个农业社会的历史进程很重要。

星星雨：应该有人好好研究他们。

旅途拾翠

我不是在玩儿，我是在自费采访世界。

玩儿的心态，采风的姿态。

我在寻找两个坐标：一个是中华文化的坐标，一个是个人生活的坐标。

走遍五大洲，只为得到两个字：不惑。

越走，越明白。

在路上，我获得了两点领悟——

一点是要包容。面对不一样的文化、不一样的观点、不一样的习惯，你可以不赞同、不参与，不跟他玩儿，但千万不要想诋毁人家；心有多大，舞台就有多大。

另一点是对亲人，要更好一点。天涯孤旅，方知亲情的可贵；飞得越远，越思念家的温暖。

旅行，强化了现实生活的幸福感。

只行走不思考，旅行一万次，依然摆脱不了迷茫。

穷游的方式，代表了中国人民的大多数。

穷游是有底线的，这个底线，就是保有健康和尊严。

出境游，不会外语也可以，但是旅行的质量会下降，会花冤枉钱。

试图把所有景点都写入行程单的人，出发前已经迷失了旅行的初衷。

不要试图在萍水相逢的情况下，和路遇的人打得火热。

玩得最快乐的，是在穷国家；在富裕国家，银子哗哗地流，会败坏旅行的心情。

越是混乱，越有生活气息，也越有故事。

旅行，必须有资金支撑，靠打车蹭饭完成行程，这事不靠谱；放弃一切责任，挣了钱只顾旅行,这事也不能干。

旅行如果能够使人进步,完善自我,就不再是败钱,就有了实实在在的意义。

永不失去探索未知世界的激情,这是旅行的快乐之源。

看景不如听景,确实是这样。

中国和欧洲的经济差距,不久之后或许能赶上;中国和欧洲的文明差距,估计会需要更长时间,尤其是公民意识和尊重他人的意识。

欧洲历史上的战争,多是不同信仰之间的战争;中国历史上的战争,多是同一宗教内部的纷争,这个教是“拜物教”。

中国,现在需要强化的是务实的精神。

考察了文明世界,回来指责自己的祖国、自己的同胞,这是不对的;我们的任务,是帮助自己的祖国、引导自己的同胞走向文明,而不是一味指责。

最好的旅行目的地,是中国。

最壮美的风光,在中国的西部。

最绝美的风景,在雪线之上,人迹罕至之处。

川西是中国旅游资源的瑰宝,一个川西就够你走很多年的。

人生一大误区:走着走着,就忘了出发的初衷。

人生无非两件事:一件是安妥自己的身体,一件是安妥自己的灵魂。

旅行,就是让身子和灵魂合体,身子离开了灵魂,是行尸走肉;灵魂离开了身子,是魂不守舍。

有一种人生观,叫“在路上”;有一种世界观,叫“走世界”;有一种价值观,叫“开心是硬道理”。旅行,是人生困局的激情突围。